À LA GORGE

DE LA MÊME AUTRICE

Corpus Christine
Albin Michel, 2006

Géographie de la bêtise
Seuil, 2012

Comment j'ai mis un coup de boule à JoeyStarr
Christophe Lucquin Éditeur, 2013

Somb
Seuil, 2020

Je suis le feu
Seuil, 2022

MAX MONNEHAY

À LA GORGE

ROMAN

ÉDITIONS DU SEUIL
57, rue Gaston-Tessier, Paris XIXe

ISBN 978-2-02-154182-3

www.seuil.com

À ma mère

Prologue

Une chaleur terrassante le submerge, et il est surpris par la violence de son érection.

Cherchant à repousser l'inévitable conclusion il ferme les yeux. Sous ses paupières ses globes oculaires effectuent une danse saccadée, frénétique, d'une symétrie parfaite.

Ça y est : il est ailleurs. Il est autrefois.

À ses pieds le ressac éclabousse d'eau glacée ses cuisses potelées. L'océan étincelle comme de la roche en fusion. Au loin, il voit son père se jeter joyeusement dans les vagues, cherchant lui aussi à plonger en un temps révolu.

Celui de l'innocence, ou quelque chose comme ça.

Agenouillée face à lui, sa mère enserre ses petites mains dans les siennes. Le contre-jour nimbe sa silhouette d'un halo de feu. Il la trouve si belle. Elle rigole à en perdre haleine.

L'image intacte de cet instant de bonheur explose dans une zone minuscule de son lobe temporal médian.

Ses orteils nus se crispent entre les longs poils du tapis orange, tout droit venu des années soixante et dont il s'est moqué la première fois qu'elle l'a invité chez elle.

Elle.

Il rouvre les yeux.

Elle est allongée sur le dos, là, à moins d'un mètre de lui. Ses longues jambes un peu maigres et hâlées sont légèrement repliées. Son tee-shirt vert orné d'une tortue marine blanche est remonté sur ses hanches, laissant apparaître l'anneau argenté qu'elle porte au nombril.

Il la regarde, cette fille dont il est en train de tomber amoureux. Mais c'est le visage de sa mère qu'il voit entre les mèches de cheveux décolorés, celui d'hier et d'aujourd'hui, le sourire qui tranquillise, qui lui dit que tout ira bien, que tout finit toujours par passer.

À présent c'est sur cette vieille affiche défraîchie de *Kill Bill* scotchée au mur face à lui qu'il se concentre, et c'est con, il le sait, mais il espère que l'image de cette guerrière qui s'en est sortie après avoir subi le pire lui donnera la force de faire de même.

La force de survivre.

Il essaye de dire « Maman », parce que c'est à elle qu'il veut consacrer ses derniers instants, il n'a pas encore assez vécu pour qu'elle ait eu le temps d'être remplacée par une femme, par un enfant, par sa propre famille à lui. Seule une voyelle étouffée parvient à se frayer un chemin à travers son larynx écrasé.

À la suite de quoi plus un son ne sort de sa bouche.

Il n'y a plus que l'absence d'oxygène, une absence qui emplit tout.

Alors il se met à taper du pied, petit garçon refusant son sort. Il ferme à nouveau les yeux, il veut retrouver la béatitude de son enfance bénie, saturée d'amour. Rien ne surgit. Il n'y a plus à présent que la terreur et cette chose autour de sa gorge.

L'ongle de son annulaire saute mais il ne s'en rend pas compte. Il a beau s'arracher la peau du cou, rien n'y fait : il ne passera pas un seul doigt sous la fine ceinture de cuir.

Pas un des coups qu'il tente de donner n'atteint celui qui la tient.

Bientôt ses gesticulations se font moins frénétiques. Ses forces de jeune homme fondent alors que son cerveau n'est plus irrigué et que la base de sa langue obstrue définitivement ses voies aériennes.

Il a la sensation que ses yeux vont bondir hors de leurs orbites. La peau de son visage lui fait l'effet d'une poche d'hémoglobine prête à éclater.

Le temps n'est désormais plus une ligne droite : c'est une spirale descendante où le futur disparaît comme dans la bonde d'un évier.

L'espace d'une milliseconde, la question du pourquoi frôle sa conscience. Mais elle n'est qu'une lointaine figurante dans ce cadre où la mort qui s'approche prend toute la lumière.

Il regarde une dernière fois Roxane : ses yeux immobiles sont deux disques bleus cerclés de sang.

Et c'est dans un silence déroutant qu'il pousse, ou ne pousse pas, en l'occurrence, son dernier souffle.

1

Mercredi 29 septembre – 17 h 03

Le bruit d'une porte métallique qu'on ouvre et qu'on referme. La cinquième ? La sixième ? Ça faisait un bout de temps qu'il avait perdu l'habitude de compter. Le long de la coursive, leurs pas résonnaient au milieu des éclats de voix. Un détenu lâcha une injure à une distance non négligeable. Elle ricocha de mur en mur jusqu'à lui, éclata au creux de ses oreilles comme l'écho d'un pétard. Les bips suraigus et la voix grésillante émanant de la radio de la surveillante qui le précédait annoncèrent un incident mineur à la Caserne – lui se trouvait à la Citadelle, le quartier de la Centrale de Saint-Martin-de-Ré où crèche la moitié la moins problématique de la population carcérale.

Le bruit est constant en prison. Un chaos sonore auquel on ne s'habitue jamais vraiment. Le jour, la fracassante symphonie ne connaît aucune réelle interruption. La nuit, les rondes des gardiens et les hurlements réguliers passent votre sommeil au hachoir. Il en résulte une fatigue nerveuse qui n'est pas étrangère à la violence qui gangrène Saint-Martin comme la quasi-totalité des prisons françaises. Les choses sont encore pires dans les maisons d'arrêt, où l'attente de leur procès met les prévenus à cran.

La surveillante, le cheveu réuni en un chignon bas et plus compact qu'une balle de golf, la nuque large et la fesse ronde moulée dans son pantalon bleu flic, n'était là que depuis quelques mois. Il se demanda si elle allait tenir le coup. La semaine précédente, un détenu placé au quartier disciplinaire avait ébouillanté un maton avec l'eau chaude que ce dernier lui avait apportée pour son thé à la menthe.

Et quelques jours plus tôt, un objet métallique provenant des ateliers de confection avait creusé un trou de plusieurs centimètres dans la boîte crânienne d'un jeune surveillant fraîchement débarqué.

Tétraplégique, le gamin.

Alléluia.

Côté détenus, on n'était pas en reste. On venait d'ailleurs de juger sept agents pénitentiaires après l'asphyxie d'un prisonnier de trente-trois ans, provoquée par une serviette éponge enfoncée dans sa bouche alors qu'il était maintenu au sol, face contre terre, pendant de longues minutes.

Bientôt quatorze ans qu'il arpentait ces couloirs. Qu'il hantait ces murs. Et chaque année, il observait le merdier prendre de l'ampleur. La pourriture s'étendre. La colère enfler. Avec, pour toute réponse de l'État face à la débâcle, un budget pénitentiaire presque exclusivement consacré à la construction de nouvelles structures. Parce que les quinze mille nouveaux détenus attendus dans les cinq ans, il allait bien falloir les caser quelque part. Et à part pousser les murs (rêve de prisonnier) de cellules déjà surpeuplées, la politique de l'incarcération à laquelle on se cramponnait sans jamais la remettre en cause n'offrait d'autre solution que la multiplication des lieux de détention.

Pour les prisons existantes ne restaient du budget que quelques miettes. Et encore.

Matons et taulards pouvaient bien hurler en chœur leur

désespoir : celle qu'on nommait la « petite muette » était bel et bien devenue sourde.

La surveillante stoppa devant la porte de la cellule numéro 18, déverrouilla et se décala pour le laisser passer. Elle n'eut pour lui pas un regard, pas un mot, sans même parler d'un sourire. L'humanité bien planquée derrière une gueule dont l'équivalent en termes d'accueil se situait entre le fil barbelé double lame et l'ortie.

Oui, il était bien possible qu'elle tienne le coup, celle-là.

La porte se referma sur lui avec un *clong* assourdissant qui fit entrer en résonance toutes les cellules nerveuses de son corps. Il ne s'y ferait jamais. À ces agressions acoustiques incessantes. Au vacarme permanent de la taule. Et c'était aussi bien comme ça.

« Bonjour, Émilien, dit-il en s'avançant vers l'homme assis derrière la minuscule table en contreplaqué. Moi, c'est Victor Caranne. »

Le détenu se leva d'un bond, pressa un peu vivement la main qu'on lui tendait. Son sourire crispé dévoila deux rangées de dents irrégulières dans un visage à la peau prématurément vieillie. Ses cheveux en pétard étaient poivre et sel. Caranne savait qu'il n'avait pourtant pas encore trente-cinq ans.

Le psy s'assit et d'un mouvement du menton invita le prisonnier à faire de même. Pourtant celui-ci ne bougea pas.

L'espace d'une seconde, un rush de haine et de rancœur envahit Caranne. Il s'y était préparé et repoussa soigneusement ces émotions parasites.

Puis il observa l'homme face à lui.

C'était une silhouette en javelot, maigre et nerveuse. Rien à voir avec les photos datant de son procès et que Caranne gardait en mémoire. Une bonne quinzaine de kilos en moins, aujourd'hui. Les joues creusées, comme aspirées de l'intérieur. Sa lèvre supérieure retroussée donnait l'impression qu'un hameçon y était planté, probable résultat d'un bec de lièvre mal opéré.

« Milou, pouvez m'appeler Milou, finit-il par lâcher. Y a plus personne qui m'appelle Émilien, c'est même bizarre d'entendre ce nom, là, Émilien, c'est plus moi ça. »

Les mots se bousculaient au sortir de sa bouche, un embouteillage verbal qui exigeait un supplément d'attention.

« Ça marche. Alors, Milou, dites-moi pourquoi je suis là. »

Après une minute ou deux, le détenu finit par s'asseoir, en clignant exagérément des paupières.

« Z'êtes direct, vous. J'sais qu'on a qu'une heure, mais même chez les putes, hein, y a des préliminaires, chez les putes. »

Caranne ne put s'empêcher de sourire. Ce n'était pas la première fois qu'on comparait sa profession au plus vieux métier du monde. Pour différentes raisons et avec divers degrés d'estime, ça allait sans dire.

« Le client est roi. Va pour les préliminaires.

– On leur coupe la tête, aux rois, en France.

– Vous vous intéressez à l'histoire de France ? »

Milou ne répondit pas. Ses yeux sautaient d'un point à un autre sans jamais se poser nulle part. Il n'était pas difficile de comprendre que le bonhomme s'était un peu éloigné du rivage. Restait à savoir s'il se trouvait pleine mer ou s'il apercevait encore la côte.

Soudain il ramassa ses lèvres en cul-de-poule, passa ses doigts malingres le long de ses tempes et se pencha brusquement vers Caranne, allongeant presque son buste sur la table.

« Z'avez raison. Vaut mieux passer tout de suite aux choses sérieuses, ouais. Les préliminaires, c'est pour ceux qu'ont du temps. Et moi, dans huit jours j'suis mort. J'suis mort, ouais. »

La rive s'éloignant à vitesse considérable, Caranne se

redressa et se cala bien au fond de sa chaise, son pied d'appui prêt à le propulser sur le côté en cas de besoin. Il tenta encore de harponner le regard de son patient. En vain.

« Pourquoi pensez-vous que vous allez mourir ? »

Milou se redressa à son tour. Ses yeux – deux prunelles noires aux contours mal définis – rencontrèrent enfin ceux du psy.

« Tout le monde crève. Mais moi c'est dans huit jours. C'est tout. Oui c'est tout. »

Son débit vocal s'était encore accéléré. Le doublement des mots en bout de phrase rappelait à Caranne un de ses patients souffrant de palilalie, un toc de répétition généralement induit par la maladie de Parkinson. Il considéra les mains de son patient pour y déceler un tremblement, sans pouvoir toutefois se prononcer : le jeune homme serrait les poings à s'en blanchir les articulations.

« Pourquoi dans huit jours ? »

Milou mordilla de ses incisives inférieures sa lèvre déformée. Puis il soupira bruyamment.

« Mais on s'en fout de savoir pourquoi ! C'que je veux, c'est quelqu'un capable de faire semblant. Pas compliqué. Hocher la tête, oui oui oui je crois ce que tu dis. Juste une fois. C'est tout c'que je demande. »

Il n'était pas compliqué de savoir de quoi il parlait, mais la première tâche du thérapeute consistant à amener son patient à mettre des mots sur ce qui l'a conduit à le consulter, Caranne se devait de poser une question susceptible de le faire passer pour un con.

« Semblant de quoi ? »

Les billes noires de Milou se couvrirent à demi de paupières méfiantes.

« Vous êtes débile ou quoi ?

– Semblant de quoi ? répéta Caranne d'un ton égal.

– Jouez pas à ça avec moi, putain, de quoi je parle à votre avis, hein, à votre avis ?

– À vous de me le dire.

– Je vous parle de mon innocence, bordel ! » hurla-t-il en claquant une paume sur la table.

Caranne hocha doucement la tête.

« Vous voulez que je fasse semblant de croire à votre innocence. Et c'est pour ça que je suis là.

– Ouais. Comme une pute f'rait semblant avec un gros porc suant et sa minuscule bite. Juste une heure, et le gars sort de là heureux. Ça vous gêne pas de faire la pute pour moi ? »

Les muscles des mâchoires du psy se contractèrent. Pas parce qu'on l'avait comparé à une prostituée deux fois en moins de cinq minutes, non. La raison était tout autre.

Nombreux sont les détenus qui clament leur innocence. Quelques secondes, le temps de leur détention ou une vie entière. Et il en avait entendu des centaines, de ces récits plus ou moins crédibles d'erreurs judiciaires, allant des élucubrations complotistes les plus délirantes à d'un peu plus vraisemblables scénarios.

Il y réagissait toujours en thérapeute : écoute, compassion et recherche de la vérité – pas la vérité du crime, non. Celle du patient. Les raisons profondes qui le poussaient à crier à l'injustice.

Aujourd'hui, avec l'homme assis face à lui, c'était différent.

Quand, quelques jours plus tôt, on lui avait demandé de prendre un nouveau patient du nom d'Émilien Milkovitch, Caranne avait ouvert la bouche pour refuser. C'était ce qu'il était censé faire. Ce que le bon sens et la déontologie commandaient. À la place de quoi il s'était entendu accepter.

Milou fit claquer ses doigts devant lui, perdant patience face au silence du psy.

« Alors ? J'sais qu'on doit vous l'faire souvent, le coup de l'erreur judiciaire. Je vous d'mande pas de me croire, hein. Juste de simuler. De simuler, ouais. »

Caranne fixa un instant la lucarne poussiéreuse par laquelle une triste lumière grise parvenait à grand-peine à se frayer un chemin.

« C'est d'accord. Je vais faire ça pour vous.

– Mec, c'est un…

– Mais à une condition, le coupa Caranne en plantant son regard dans le sien. Vous m'expliquez pour les huit jours. »

Le détenu oscilla de gauche et de droite, pesant littéralement le pour et le contre. Le balancier stoppa côté gauche.

« Dans huit jours, ça f'ra dix piges que j'suis enfermé. Qu'on m'a volé ma liberté. Et je vais la reprendre. »

Caranne laissa s'envoler une dizaine de secondes.

« On ne s'évade pas de Saint-Martin. »

Un petit rire strident fit tressauter la pomme d'Adam du prisonnier.

« Vous jouez encore au con. J'ai compris. C'est un truc de psy, hein. De psy. »

Caranne croisa les bras. Ce type souffrait visiblement d'un certain nombre de problèmes psychologiques, mais on sentait chez lui une vive intelligence, ce qui ne cadrait pas vraiment avec ce qu'il pensait savoir de l'homme.

À nouveau, il prit soin de refouler ces pensées importunes.

« Moi aussi je suis passé par là, dit-il. Par l'envie que tout s'arrête. Laissez-moi vous dire que ce n'est pas la seule option.

– Le suicide ? Si. C'est la seule, soupira Milou, soudain plus calme, comme si cette idée avait le pouvoir de dompter ce qui hurlait et se cabrait en lui.

– Je travaille avec des détenus depuis très longtemps, poursuivit Caranne. Les premières années sont les pires. Laissez au temps la possibilité de rendre les choses moins difficiles. Je sais que ça paraît impossible, de là où vous vous trouvez. Ça ne l'est pas.

– Vous travaillez avec des coupables. J'suis innocent. C'est de la torture, de la… Oui, de la torture. »

Caranne avait complètement oublié son aversion première. Le psy qu'il savait être, empathique, concentré, compatissant, était à cet instant seul aux commandes. Il ne voyait plus de l'autre côté de la table qu'un homme en souffrance, qu'importaient son passé, les actes qui l'avaient mené entre ces murs ou même les vies qu'il avait brisées.

« Avec les remises de peine, vous pourrez sortir dans sept ans. Vous avez fait le plus dur.

– On sait tous ici que si tu veux une remise de peine, il faut dire que t'as fait la saloperie pour laquelle tu pourris en taule. Même si t'es innocent. Si c'est pas le truc le plus débile que vous ayez entendu, sérieux, le truc le plus débile. »

Prenant le psy par surprise, il lui attrapa brusquement la main droite, la tirant violemment jusqu'à son sternum.

« J'ai vendu d'la coke à des gosses, d'la mauvaise héro à des mecs déjà au bord du gouffre, ouais, j'peux pas le nier, c'est la pure vérité. Mon p'tit pouvoir, c'était d'rendre les gens accros. À la drogue, et surtout à moi. Ça m'plaisait qu'on ait besoin de moi. Parce que c'était jamais arrivé avant. Avant la dope, j'veux dire. Y en a qu'ont clamsé après avoir pompé ma came, ouais, c'est sûr, y a pas à chier, au moins un connard a fini avec la gerbe au coin de la bouche et des yeux de poisson mort. J'ai sauté une mineure qu'était complètement dans les vapes, un jour, à cause d'une ecsta un peu hardcore, j'aurais pas dû, ouais je sais. Le truc, c'est que je l'ai pas tuée, Roxane. C'était comme ma sœur, bordel ! Et j'ai pas buté l'aut'gamin non plus. Lui j'l'avais même jamais vu. Mais personne m'a jamais cru. Ni mes potes, ni mon avocat, cette pauvre merde. Ni mon propre père, cet enculé qui m'a largué aux services sociaux alors que j'savais à peine marcher et qu'a jamais levé le p'tit doigt pour moi. Personne. J'veux pas mourir comme ça. Comme un coupable. Dites-moi que vous m'croyez. J'me tuerai quand même, j'vais pas vous mentir, mais j'me tuerai moins seul. »

Caranne libéra sa main de celle de Milou, la ramenant lentement à lui.

Puis il hocha la tête.

« Je vous crois.

– Vraiment ?

– Vraiment. »

De brusques sanglots jaillirent alors de la gorge du détenu. C'était de ces hoquets tragiques, comme ceux d'une grosse dame solitaire qui se serait assise sur son chat et qui n'aurait désormais plus personne au monde. Il pleura deux minutes, peut-être dix, le temps des larmes constituant une science foutrement imprécise, pendant lesquelles Caranne, pour la première fois de sa carrière, se trouva dans l'incapacité totale d'émettre le moindre son.

Il le devait à ce qu'il sentait remuer, au fond de lui, aussi coulant qu'un reptile : une intuition envahissante, impérieuse et hypnotisante.

Il sursauta quand on tambourina trois coups à la porte de la cellule. La gardienne et sa gueule Interdiction d'Entrer apparurent.

« Ter-mi-né. »

Les trois syllabes avaient été lancées avec la douceur d'un marteau-piqueur.

Oui, décidément, il était bien possible qu'elle tienne le coup, celle-là.

2

Jeudi 30 septembre – 7 h 48

À force d'avaler des kilomètres d'asphalte côte à côte, leurs foulées respectives avaient peu à peu évolué. Celle d'Anaïs s'était allongée de quelques centimètres, accentuant encore son allure élancée, tandis que Caranne avait spontanément raccourci la sienne. Si bien qu'on n'entendait, à cette heure très matinale et sur une anse de Pampin absolument déserte, qu'un seul et unique bruit de pas, léger craquement provoqué par l'impact des semelles sur ce chemin de bord de mer composé de sable et de terre.

En dehors de cela et aucun des deux n'étant du genre pipelette, un silence religieux les entourait, exclusivement rompu par le cri des mouettes ou des huppes fasciées, et à de plus rares occasions par la puissante sirène d'un cargo en passe de jeter l'ancre dans le port industriel de La Rochelle-Pallice.

Trois fois par semaine, c'était leur rythme depuis un an. Depuis que l'enquête qui les avait réunis s'était achevée dans le sang, le feu et les regrets. Caranne, confronté à un nouveau deuil, avait compris que s'il n'arrêtait pas immédiatement la picole, il en mourrait, à plus ou moins brève échéance. Il avait malgré tout un peu hésité : la perspective d'une lente noyade dans une bouteille de Dalmore vingt ans d'âge possédait un charme qui savait parler à sa mélancolie chronique.

Mais Anaïs, avec sa douceur naturelle, avait débarqué un matin et su trouver les bons mots : « Chausse tes baskets et bouge ton vieux cul, on sort cracher nos poumons. »

Ils étaient devenus amis et, depuis, il n'avait pas bu une goutte. Ce qui ne l'empêchait pas d'en rêver la nuit. Le jour. Et un peu entre les deux.

Anaïs passa les mains dans son carré court fraîchement shampouiné et entra dans la cuisine.

« Ton siphon est bouché.

– Je sais, grogna Caranne.

– Faut que t'envoies très vite une giclée de Destop là-dedans, si tu veux mon avis.

– Oui, je sais, grogna-t-il plus fort. Café ? »

Elle s'assit face à l'îlot central et colla ses mains autour de la tasse fumante qui y était posée.

Caranne était en train d'écraser à la fourchette un demi-avocat sur une tranche de pain de seigle. La jeune flic ne put retenir un soupir de dédain quand il saupoudra le tout d'une couche de graines de sésame.

« Si on m'avait dit, quand je t'ai emmené courir la première fois, que ça se finirait comme ça, je me serais un peu tâtée.

– Que ça se finirait comment ? demanda Caranne en plantant ses dents dans la tartine.

– Par un type de quarante-sept piges en pyjama violet qui se nourrit comme une influenceuse végane. »

Le psy pinça son survêtement entre ses doigts et tira un peu dessus.

« Ce pyjama, comme tu dis, articula-t-il avant d'avaler sa bouchée, est un article de sport qui m'a été offert par quelqu'un qui m'était cher, en des temps plus heureux. Alors pas touche, ou je mords. Pour le reste, fallait me laisser dans mon whisky, si ce spectacle est trop difficile à supporter. » Sur quoi il enfourna d'un coup la moitié de son petit-déjeuner.

Anaïs leva les yeux au ciel en souriant. Elle regarda sa montre et se laissa glisser du tabouret haut.

« Bon, faut que j'y aille. On est sur une affaire atroce, une petite mamie qui s'est fait tabasser à mort chez elle. Bonjour monde merveilleux.

– Non, attends. » Caranne posa sa tartine, s'essuya les mains sur le torchon posé en travers de son épaule et lui fit signe de se rasseoir.

« C'est quoi cette tronche ? demanda-t-elle. Si tu me dis que t'es tombé amoureux de moi, je vais être obligée de t'abattre. »

Le psy pencha la tête en souriant bêtement avant de reprendre son sérieux. Puis il passa les cinq minutes suivantes à lui raconter son entrevue avec Milou.

« Et alors ? demanda la fliquette quand il eut terminé son récit. Qu'est-ce qu'il a de spécial, ce mec ? Pourquoi tu m'en parles ? C'est quand même pas le premier criminel à clamer son innocence et à annoncer qu'il va se foutre en l'air ! Quel est le protocole, d'ailleurs, dans ce cas ? Quand le mec te dit qu'il compte se suicider ?

– Je préviens la direction de l'établissement, et il est placé sous surveillance renforcée.

– Qui consiste en quoi ?

– On le place en cellule d'isolement sécurisée, et un maton passe toutes les heures vérifier qu'il n'est pas en train de passer à l'acte.

– C'est efficace ?

– S'il est déterminé à se tuer, pas vraiment, non. Pour l'instant j'ai seulement demandé à ce qu'il voie le psychiatre, pour la mise en place d'un éventuel traitement médicamenteux.

Mais je suis à peu près certain que le toubib va se faire envoyer paître. Le mec m'a l'air assez… déterminé.
– Pourquoi tu retardes l'isolement, alors ?
– Parce que dans certains cas ça peut s'avérer contre-productif.
– Comment ça ?
– Quand on veut t'empêcher de faire un truc, toi, comment tu réagis ?
– Je veux encore plus le faire. OK, j'ai pigé. »
Sur le granit de l'îlot central, les ongles courts d'Anaïs cliquetèrent quelques secondes.
« Bon, et donc ? Pourquoi il est différent des autres ?
– Je ne voulais pas aller le voir, au départ. »
La suite tardant à venir, Anaïs ouvrit les mains.
« Tu veux que je te supplie ou quoi ?
– C'était un peu limite, déontologiquement.
– Limite comment ?
– Je connais bien la mère du garçon. »
Sous la frange brune et droite, une lueur d'intérêt traversa les yeux de la jeune femme.
« Du petit copain, tu veux dire ? Celui qu'on a retrouvé étranglé avec la fille chez elle ?
– Oui.
– C'est qui ? »
Caranne se versa une nouvelle tasse de café. Reposa la cafetière sur sa base et plongea son regard dans celui de la fliquette.
« Ma psy. »
Elle fronça les sourcils, avant d'amener son poing fermé jusqu'à sa tempe.
« Attends, tu veux dire LA psy ? Celle qui t'a empêché de te foutre en l'air quand t'avais vingt piges ? Et qui t'a donné envie de faire ce job ? Cette psy-là ?

– Celle-là même. »

Ses lèvres s'arrondirent autour d'un long sifflement.

« Ah ouais. C'est pas rien. » Elle soupira. « Tu sais pertinemment que votre code de déontologie, à vous les dingologues, me paraît légèrement aberrant, surtout quand il nous empêche nous, flics, de faire notre job, mais là je vois vraiment pas comment tu pourrais faire un travail correct dans ces conditions. Jamais un flic n'enquêtera sur la mort d'un proche. Je crois que si nos boulots ont un point commun, c'est celui-là.

– Je le connaissais peu, le gamin. J'ai dû le croiser cinq fois à tout casser. »

La jeune femme secoua vivement la tête, sa frange désormais sèche balayant son front.

« Oh, arrête, tu sais ce que je veux dire. T'as vu sa mère toutes les semaines pendant dix ans ! Laisse ça à un autre. T'as pas d'alternative.

– J'aimerais bien, je t'assure. Mais je ne peux pas.

– Et pourquoi ?

– Il ne l'a pas fait. Il n'a pas tué ces mômes. »

Elle chercha dans le regard de son ami quelque chose qui prouverait qu'il plaisantait. Ne trouva pas, mais décida malgré tout qu'il s'agissait d'une mauvaise blague.

« Ahah. Hilarant. Bon, moi je vais bosser. À samedi, même heure, et cette fois on se fait les Minimes. Y a un chemin derrière le port qui me tente depuis un petit moment. » Elle attrapa les anses du sac polochon à ses pieds et sortit de la cuisine avec un clin d'œil.

Caranne écouta la porte d'entrée s'ouvrir, puis se refermer. Il jeta un œil blasé à sa tartine, attrapa son paquet de Chesterfield, fit flamber le tabac à l'aide d'une allumette qui grésilla lorsqu'il l'écrasa dans l'avocat.

« Dis-moi que t'es pas sérieux, là… »

Le psy releva la tête : Anaïs, son sac à la main, sa veste en jean délavé sur le dos et sa paire de prunelles capable de vous clouer sur place, le regardait à la façon d'un zoologue face à une nouvelle espèce animale.

Elle laissa tomber le sac, croisa les bras et donna un coup de menton dans sa direction.

« Explique. »

Le bout de la Chesterfield rougeoya. Puis un épais nuage de fumée quitta la bouche de Caranne pour emplir l'espace devant lui, floutant la jolie brune et son air renfrogné. Quand il se dissipa, le psy soupira.

« Ce que je vais te dire ne va pas te plaire.

– Essaye toujours.

– Je n'ai rien. Rien à part un tic de langage et une intuition.

– On ne peut pas dire que tes intuitions tapent toujours dans le mille. Tu veux qu'on reparle de l'année dernière ?

– Ouais, je me suis planté, merci de me le rappeler. Mais est-ce que j'étais si loin que ça de la vérité ?

– Non, concéda Anaïs. T'étais pas tout à fait aussi loin qu'on peut l'être. »

La Chesterfield alla rejoindre l'allumette dans l'avocat.

« Je passe ma vie à écouter parler des criminels. Parmi eux, il y a de sacrés bons menteurs. Tu sais, c'est comme au poker. Au bout d'un moment, tu sais lire sur les visages. Même les meilleurs ont des failles. Des réflexes incontrôlables. Des micro-expressions impossibles à maîtriser. Lui, que dalle. Mais, comme le mec souffre de quelques soucis psy, on pourrait imaginer qu'il croit à son propre mensonge. Sauf que mon instinct me dit que c'est autre chose.

– On va le bâillonner, ton instinct. » Anaïs pointa un index dans sa direction. « Ouais, il nous gonfle, ton instinct ! Et c'est quoi cette histoire de tic de langage ?

– Un tic de répétition, pour être précis.
– Du genre ?
– Du genre un tic de répétition, de répétition.
– OK je vois. Et ?
– Et quand il m'a expliqué qu'il avait fait des trucs bien moches dans sa vie mais qu'il n'avait jamais tué personne, le tic s'est envolé. » Il mâchouilla sa lèvre inférieure un instant en plissant les yeux. « Je sais que ça n'a rien d'une preuve, mais j'ai déjà vu ça plusieurs fois. Des types qui bégayent tellement que c'est à peine si on comprend ce qu'ils disent, ou interrompus toutes les trois secondes par leur syndrome de Tourette et qui, au moment où la vérité s'impose, se mettent à parler clairement, comme si les mots coulaient sans plus aucune entrave. »

La mine d'Anaïs n'exprimait qu'un immense scepticisme. Caranne se leva, contourna la table et se planta face à elle.

« Pourquoi voudrait-il absolument que quelqu'un croie à son innocence avant qu'il ne se foute en l'air, s'il était coupable ?
– Tu viens de dire qu'il était à moitié barge !
– Non. J'ai dit qu'il souffrait de certains problèmes psychologiques.
– Tu parles d'une subtilité. » Elle fronça le nez. « Bon, peut-être qu'il a entendu parler de tes exploits à la télé, qu'il s'est dit que ça ne lui coûterait pas grand-chose d'essayer de manipuler celui pour qui *les monstres n'existent pas, on reste humain même quand on est coupable du pire et bla bla bla et bla bla bla.* » Le dernier des *bla* fut accompagné d'un borborygme nauséeux, auquel Caranne répondit par un long soupir. « Et qu'avec un peu de chance tu ferais exactement ce que t'es en train de faire.
– Et qu'est-ce que je suis en train de faire, au juste ?
– T'es en train de te demander comment tu pourrais le sauver.

– Hum. C'est vrai que s'il est innocent, mieux vaut ne pas bouger un orteil et le laisser s'ouvrir les veines en paix.

– Il te manipule, je te dis.

– Il ne pouvait pas savoir qu'il m'aurait face à lui, quand il a demandé à voir un psy.

– Vous êtes pas cent cinquante, non plus.

– On est quatre. Mais il ne m'a pas nommément demandé. »

D'une main à plat sur son thorax, elle le fit reculer de deux pas.

« T'as réponse à tout, tu m'agaces ! Passe à autre chose. Impossible qu'il soit innocent, ton gars là. Pas avec la montagne de preuves dont tu m'as parlée.

– Je ne me suis pas replongé dans les détails, possible que ma mémoire noircisse un peu le tableau et que les preuves ne soient pas si incontestables que ça. Ça fait quand même dix ans, cette histoire.

– Ouais, pareil que moi avec Guy Georges. J'ai plus trop le dossier en tête, donc il est peut-être innocent. »

Caranne soupira et alla se poster face à la baie vitrée ouvrant sur le jardin.

« T'as raison. Ça ne peut pas ne pas être lui. »

Anaïs frotta ses mains dans un bruyant aller-retour.

« Hé ben voilà, problème résolu ! »

Et elle disparut pour de bon, laissant dans son sillage une odeur de shampoing à l'amande douce.

3

Jeudi 30 septembre – 9 h 02

Sa troisième tasse de café à la main, Caranne fit coulisser la baie vitrée. Il faisait frais pour la saison et l'Atlantique, en contrebas de la falaise qui délimitait sa parcelle de terrain, commençait déjà à se parer de ses couleurs hivernales. Un gris bleuté, zébré par endroits de reflets jaunes et d'ombres lugubres, dont on ne savait si elles étaient le fait des nuages ou des fonds marins. Des formes inquiétantes qui se rendaient invisibles durant les mois d'été et ne ressurgissaient qu'avec le départ des derniers touristes estivaux. Comme si l'océan lui-même faisait l'effort de ne pas effrayer cette population saisonnière indispensable à la survie des locaux.

Cette maison, Caranne l'avait fait construire une vingtaine d'années auparavant, à une époque où sa clientèle n'avait pas grand-chose à voir avec l'actuelle. Une splendide habitation en épicéa de cent mètres carrés sur un seul niveau, posée à l'extrême ouest de la pointe du Plomb, et qu'il devait à ces maux ordinaires des classes privilégiées : névroses de bourgeoises désœuvrées et autres crises de la quarantaine de notables confrontés à la vacuité d'une vie qu'ils comprenaient soudain ne jamais avoir vraiment choisie.

Une rafale s'engouffra brusquement dans le séjour,

ébouriffant sa tignasse châtain, un peu trop longue, parcourue depuis peu de quelques fils blancs.

Il passa un pied nu sur la terrasse, fit une dizaine de pas en direction de l'océan. Il savait qu'un jour, les eaux allaient monter, grimper le long des huit mètres de roche et qu'elles finiraient par avaler sa demeure. Il espérait juste ne plus être de ce monde quand ça arriverait.

Au moment où il allait pivoter pour rentrer, ses yeux se posèrent sur les vestiges d'une balançoire, installée il y avait belle lurette pour celle qu'il avait longtemps considérée comme sa fille.

Comme à chaque fois qu'il pensait à Maddie[1], un picotement désagréable attaqua l'extrémité de ses doigts et son estomac se contracta.

Par peur de l'abandon, par jalousie, Maddie lui avait pris la femme qu'il aimait.

On avait retrouvé son corps au pied de la falaise de la Repentie, à un jet de pierre de chez lui. Le père de Maddie, le meilleur ami de Caranne, s'était accusé à la place de sa fille, avant de se donner la mort. Mais l'adolescente avait fini par se trahir. Et Caranne de découvrir que le malheur possédait ses propres abysses.

Jugée pour homicide volontaire sans préméditation à l'âge de dix-sept ans, Maddie avait écopé d'une peine de cinq ans de prison ferme, réduite à trois pour bonne conduite. Elle devait sortir cette semaine ou la suivante.

La Centrale de Vivonne où elle avait passé les deux dernières années se trouvait à cent vingt bornes de là. Et, parce qu'il était incapable d'abandonner cette gamine malgré les conséquences terribles qu'avait eues son geste, il était allé lui rendre visite chaque mois.

1. Max Monnehay, *Somb*, Éditions du Seuil.

Après une douche rapide, il s'installa devant la longue plaque de verre dépoli qui lui servait de table de travail et mit son ordinateur en marche.

Le psy posa la main à plat sur une pile de dossiers multicolore. Les trois du haut concernaient des patients en liberté conditionnelle dont il devait étudier les antécédents avant de les recevoir l'après-midi même à son cabinet.

Sa main se détacha de la pile et resta quelques instants en vol stationnaire au-dessus du clavier.

Il leva la tête vers l'horloge murale, repoussa l'image d'un liquide cuivré ondulant au fond d'un verre et tapa un nom dans le moteur de recherche.

Mathieu Beaulne.

La première entrée consistait en un papier de *Sud Ouest* datant du 15 mars 2015, premier jour du procès d'Émilien Milkovitch.

Caranne fit défiler les segments suivants jusqu'à tomber sur un court article datant du 11 septembre 2013. Le jour même de la découverte des deux corps, au deuxième étage d'un immeuble vétuste de Mireuil, quartier populaire de la banlieue rochelaise.

Le journaliste tricotait autour de cette unique information et de la présence du SPJ de La Rochelle sur place. Les flics n'avaient encore rien laissé fuiter, pas même l'âge des victimes.

Caranne extirpa son paquet souple de la poche arrière de son jean. D'une pichenette il fit sauter une cigarette et la planta entre ses lèvres sans l'allumer. Puis il se pencha sur l'écran, remonta en début de liste et cliqua. Il s'agissait cette fois d'une longue publication intitulée : « Arrestation dans le double meurtre de Mireuil ».

Une photo de Milou, les mains menottées dans le dos et entouré de deux agents en uniforme, lui confirma à quel point le jeune homme avait changé. Sous les cheveux hirsutes, un visage rond, poupon, dégageant une impression de naïveté qui ne cadrait guère avec l'image d'un tueur de sang-froid.

Mais elle ne s'accordait pas davantage avec celle du dealer de drogues dures. Caranne se demanda si dans ce secteur d'activité une apparente bonhomie constituait un atout ou un inconvénient. Sans doute un peu des deux.

Dans un article connexe, Caranne apprit qu'après vingt-quatre heures de garde à vue, le jeune homme avait été déféré devant le parquet où un juge avait prononcé sa détention provisoire.

Il n'avait jamais avoué. Pas devant les flics ou la justice, en tout cas.

Mais personne n'avait vraiment eu besoin qu'il le fasse.

Le psy se redressa et fit craquer ses cervicales, avant d'approcher une flamme de la cigarette collée à ses lèvres.

Il exhala la délicieuse, l'incomparable première bouffée et regarda les volutes danser devant la baie vitrée.

Pourquoi avait-il accepté de rencontrer Milou ? Il avait toujours traité la déontologie liée à sa profession avec une certaine décontraction, convaincu que les règles gagnaient à s'adapter aux hommes et non l'inverse, mais dans ce cas précis Anaïs avait raison : le lien extrêmement puissant qui l'avait uni pendant une décennie à sa thérapeute excluait de sa part toute clairvoyance.

Soudain il écrasa sa clope, poussa sur ses pieds pour écarter la chaise roulante du bureau et plongea le bras dessous. Il ramena à lui l'un des deux modules de classement mobiles qui contenaient le foutoir de sa paperasse et ouvrit le tiroir du bas. Au milieu d'un fatras de cartes postales et de lettres, il la repéra : une carte de vœux noir et blanc, d'une sobriété déprimante – il n'aurait pas été étonné que le modèle existât version « faire-part de décès » – et qui datait de cinq ans.

C'était la dernière fois qu'il avait eu des nouvelles d'Héléna Beaulne, psychologue clinicienne, spécialisée dans les comportements suicidaires et les troubles alimentaires et, depuis la mort de son fils, mondialement connue pour ses travaux sur le deuil.

L'envers de la carte disait, d'une écriture fine et penchée comme un éboulis : *Je vous souhaite une belle année, Victor. Et, parce que je sais que vous n'en aurez jamais fini avec ce qui vous ronge, n'hésitez pas à retourner là-bas. Le pardon vous y attendra toujours.*

Il posa la carte et fit à nouveau défiler les pages sur l'écran d'ordinateur. Et bientôt elle fut là, en pleurs, le visage ravagé par la douleur, sortant du commissariat au bras d'un homme qu'il ne reconnut pas. Il se souvint alors qu'elle avait un frère et crut déceler dans le menton de l'inconnu une fossette similaire à celle de la psy.

La photo datait du lendemain de la découverte des corps. Une semaine après, une mère enterrait son fils unique sous un soleil radieux et les yeux d'une assemblée partagée entre compassion et soulagement de ne pas être à la place de cette femme. Il était présent, ce jour-là. C'était la dernière fois que Caranne avait croisé le regard de sa psy.

Le jour suivant, il recevait un appel d'un confrère d'Héléna, l'informant que Mme Beaulne cessait son activité pour une durée indéterminée, et que lui-même était disposé à reprendre leur travail thérapeutique. Proposition que Caranne avait déclinée, mettant fin par la même occasion à une psychanalyse longue de dix ans.

Suivirent, de loin en loin, quelques cartes et SMS, lui la félicitant pour ses succès professionnels, elle l'encourageant dans ses démarches pour faire évoluer la prise en charge psychologique des détenus de Saint-Martin. Jusqu'à l'ultime carte de vœux. Après quoi, la demi-douzaine de messages que Caranne lui avait fait parvenir étaient restés lettre morte.

Cela faisait quelques années que d'étranges rumeurs couraient à son sujet. L'une d'elles disait qu'elle vivait recluse. Une autre, que personne n'avait pénétré chez elle depuis la mort de son fils. Caranne avait par deux fois entendu dire qu'elle souffrait du syndrome de Diogène et avait racheté la totalité des appartements de son immeuble afin de pouvoir y entasser ses piles de vieux journaux et ses étranges collections, dont une composée d'une centaine de crânes de chat.

La dernière rumeur, la plus folle, affirmait qu'elle avait mis fin à ses jours, et que ses derniers livres étaient le fruit d'un prête-plume payé par ses éditeurs afin que se perpétue sa très lucrative œuvre de développement personnel axée sur le deuil.

Caranne se leva, soudain perclus de doutes. Envisageait-il vraiment, sur la foi d'une vague intuition, d'aller remuer toute cette merde ? Se voyait-il vraiment sonner à la porte d'une femme qu'il n'avait pas vue depuis une éternité pour lui faire part de son sentiment que, peut-être, celui qui avait étranglé son fils et la petite copine de celui-ci était encore aujourd'hui en liberté ?

Pour la faire taire, cette intuition, il savait pertinemment ce qu'il devait faire. Et il avait suffisamment repoussé l'instant.

Il se rassit, fit une dernière fois défiler les pages Web.

Les preuves techniques, technologiques, médicales et les témoignages accusent tous le suspect principal dans le double meurtre de Mireuil, Émilien Milkovitch.

Caranne lut l'article en entier, et soupira. Le bornage du téléphone, la vidéosurveillance, le SMS de Roxane envoyé une demi-heure avant pour demander au jeune dealer de passer chez elle, le témoignage d'une voisine, et, bien sûr, preuve irréfutable, les empreintes sur l'arme du crime, elle-même autour du cou de Mathieu. Tout ça était plus qu'accablant.

Le psy laissa son regard dériver jusqu'à une mouette rieuse plantée au milieu du jardin, que son masque noir dotait d'un drôle de look de super-héros maritime.

L'idée qu'avec le temps sa capacité à cerner les êtres humains s'était émoussée le fit grimacer. C'était ce qui avait fait de lui, toutes ces années, un bon praticien. Sans cette faculté, que lui restait-il ?

« Joue pas au con », grommela-t-il, soudain furieux contre lui-même. Il connaissait par cœur les mécanismes qui guidaient son esprit : ses doutes sur lui-même menaient à l'autoapitoiement, qui menait au découragement, qui menait à l'abdication. Laquelle pointait une flèche rouge en direction de la bouteille.

La partie de son cerveau affectée par sa dépendance provoquait régulièrement de faux stimuli, agissant comme un être indépendant prêt à tout pour sa dose XL de dopamine.

Il tira comme un dingue sur la fin de sa cigarette avant de l'écraser dans sa paume.

« Putain de… ! »

Ça faisait plus mal que ce à quoi il s'était attendu. Mais ça avait marché. Le désir d'alcool s'était évanoui dans la douleur.

Un passage rapide à la salle de bains pour désinfecter la plaie, et il était de retour.

Il se rassit et relut une dernière fois l'article. Il soupira. Anaïs était dans le vrai. Il n'y avait aucun moyen que ce gars-là soit innocent, pour reprendre ses termes.

Alors il attrapa le premier dossier au sommet de la pile multicolore, l'ouvrit et se mit à lire.

4

Jeudi 30 septembre – 9 h 12

« J'ai un témoin qui a vu sortir un homme de la maison de la victime vers deux heures du matin, mais il faisait trop sombre pour qu'il puisse nous donner une description. En plus le mec s'est juste réveillé pour aller pisser, donc il avait la tête dans le cul. »

Anaïs se leva de son siège de bureau, traversa l'open space dédié à l'équipe du SPJ de La Rochelle et s'arrêta devant la grande blonde cinquantenaire aux yeux charbonneux et au jean moulant qui venait d'annoncer cette nouvelle pourrie. La jeune flic lui arracha la feuille qu'elle avait à la main et s'exclama :

« Quoi ! Il est pas foutu de nous dire si c'est un nain ou une montagne, ou s'il est blanc ou noir ou vert ? » Elle jeta un œil au PV d'audition, mais trouva que ça n'avait pas vraiment la tête d'un PV d'audition. « C'est quoi, ça ?

– Une ordonnance pour de l'Utrogestan.

– C'est quoi le rapport avec notre affaire ? demanda-t-elle, suspicieuse.

– Aucun. C'est mon traitement pour la ménopause. Tu permets ? ajouta Marianne en haussant les sourcils et en tendant la main.

– Désolée, j'ai cru que… Mais franchement, c'est n'importe quoi ! Il est quand même pas aveugle, le mec, si ! Qui est le crétin qui l'a interrogé ?

– C'est moi », annonça une voix masculine faussement guillerette.

Anaïs grimaça avant de lentement se retourner. Babiak, une chemisette à motifs perroquets sur un pantalon pattes d'eph couleur marron glacé, la fixait avec aux lèvres un sourire extra-large.

« Désolée, Bab… heu Capitaine, c'est juste cette affaire qui me rend malade. Elle a été littéralement massacrée, et tout ça pour quoi ? Quelques dizaines d'euros planqués dans une boîte à biscuits, peut-être même pas ? Je veux vraiment qu'on coince cette sous-merde.

– C'est ce qu'on veut tous, petite, sinon on ferait pas ce boulot. »

Anaïs serra les dents, imagina un instant son chef accroché à un croc de boucher et plongé nu, une pomme rouge coincée dans la gueule, dans une cuve d'huile bouillante, image qui lui permit de coller sur son visage un sourire identique à celui de Babiak – immense, plein de dents et totalement fabriqué.

Cela faisait presque trois mois que Tristan Baccaro était parti en retraite anticipée, après s'être rendu à cette triste évidence : l'affaire de l'Égorgeur de La Rochelle[1] avait définitivement éteint la flamme du policier en lui.

Ffff. Aussi simplement que ça.

Le signe qu'il fallait s'arrêter avant que de se voir tourner mauvais flic. Ou, pire, flic mort.

Brice Babiak, son second, avait alors pris la tête du groupe. Un esprit taquin aurait dit que de loin, l'homme pouvait

1. Max Monnehay, *Je suis le feu*, Éditions du Seuil.

passer pour une boule de Noël géante. Mais cet esprit taquin aurait risqué de se prendre une jolie correction, parce que celui qui exigeait désormais que ses subalternes l'appellent Capitaine avait le caractère orageux, le geste leste et la patience d'un enfant de six ans.

Babiak et la fliquette ne s'étaient jamais entendus. Et on ne pouvait décemment pas dire que ces cartes hiérarchiques rebattues avaient dégrippé les rouages de leur relation. Mais Anaïs avait décidé de faire avec. Ce qui concrètement signifiait : se taire, encaisser et se construire une bibliothèque mentale de supplices mêlant exquisément l'atroce et le ridicule, où piocher en cas de besoin.

« L'autopsie ? demanda Babiak en s'affalant sur son siège.

– J'ai eu Sylvain au téléphone, il ne va pas tarder, répondit Marianne.

– Il a dit quelque chose ?

– À part que c'était vraiment affreux, non. »

Anaïs baissa les yeux sur le sol en béton ciré. Elle se savait taillée pour ce boulot, mais il y avait des jours où le boulot était un peu trop moche pour qu'il y ait de quoi s'en réjouir.

« OK, résumons, dit Babiak en passant une main dans les racines grasses pointes sèches de sa sempiternelle coupe au bol. Dans la nuit de mardi à mercredi, un homme pénètre chez notre victime pour la cambrioler. Pourquoi cette maison ? Marianne ? »

Marianne, qui venait d'enfourner une tablette de chewing-gum, fit une boulette avec l'emballage, s'apprêta à tenter un panier à trois points dans la corbeille du bureau adjacent mais se ravisa, sans doute consciente du cliché qu'un tel geste représentait. Elle posa la boulette à côté de son clavier d'ordinateur et s'éclaircit la gorge.

« Il croit que la maison est vide parce qu'il n'y a aucune voiture dans l'allée. Selon ses voisins, la victime n'a plus de véhicule depuis plusieurs années et ne se déplace qu'en bus. C'est rare, quand on habite un pavillon dans ce quartier excentré. En plus elle se couche avec les poules, elle n'a même pas dû allumer une seule lumière.

– Ça se tient. Peut-être qu'il sonne quand même à la porte, par acquit de conscience, histoire d'être définitivement certain que la place est vide. Et comme la dame est dure d'oreille, elle n'entend pas. Alors il commence par visiter le rez-de-chaussée. Il doit faire pas mal de boucan, suffisamment en tout cas pour que l'octogénaire soit tirée du sommeil. Et à 1 heure… à 1 heure combien ?

– 1 h 37, compléta Anaïs.

– À 1 h 37 elle compose le 17. Ça a donné quoi l'appel ?

– Rien qui puisse nous aider, souffla la jeune flic. Juste la voix d'une petite vieille complètement terrorisée.

– À quel moment a-t-elle raccroché ? demanda encore Babiak.

– Juste après que l'opératrice lui a conseillé de s'enfermer dans la salle de bains en attendant la patrouille.

– Et l'opé ne lui a pas dit de rester en ligne ?

– Elle n'en a pas eu le temps, la victime a raccroché avant. Et elle n'a pas osé la rappeler, de peur que la sonnerie n'alerte l'intrus. »

Le flic s'appuya au dossier de sa chaise.

« À la suite de quoi elle décide de n'en faire qu'à sa tête et descend quand même les escaliers.

– Putain Bab…, commença Anaïs, avant de tousser dans sa paume. Je veux dire Capitaine. On peut peut-être éviter de suggérer qu'elle est responsable de ce qui lui est arrivé, non ? »

Le flic inclina la tête sur le côté et croisa les bras, étranglant d'un coup les deux cacatoès roses plaqués sur sa poitrine.

« Si ça peut épargner ta sensibilité. »

La porte s'ouvrit alors sur Sylvain, beau Noir aux yeux

perpétuellement écarquillés, comme constamment sidérés par le spectacle de ce que l'homme est capable d'infliger à ses congénères.

Babiak lui fit signe de s'asseoir et conclut.

« Et là, elle tombe sur le cambrioleur qui, surpris, la tabasse à mort. La patrouille arrive sur place à 1 h 50, et ne peut que constater le décès. Voilà où on en est. Va falloir se bouger le fion, parce qu'à ce rythme-là, on y sera encore à la Saint-Glandu. Sylvain, cette autopsie, dis-nous qu'il y a quelque chose à manger.

– À manger, je dirais pas. Plutôt à gerber.

– On t'écoute. »

Suivirent cinq longues minutes d'une interminable énumération d'os fracturés, de commotions, de contusions, d'abrasions et d'hémorragies internes et externes dus à plusieurs dizaines de coups portés avec une rare violence. Le cambrioleur s'était acharné sur la vieille dame avec une rage barbare, qu'il était difficile d'imputer à la simple peur qu'elle puisse l'identifier s'il la laissait en vie.

« Peut-être un drogué, suggéra Marianne. Ça expliquerait peut-être ce… cette… » Elle ne termina pas sa phrase, incapable de trouver un terme à la hauteur de la scène que laissait imaginer ce rapport d'autopsie.

« Pour finir, murmura d'une voix quasi inaudible Sylvain en remontant ses lunettes rondes sur son front, la légiste pense qu'il lui a écrasé la trachée avec la semelle de sa chaussure jusqu'à lui péter les cartilages du larynx et l'os hyoïde. *Post-mortem*. Il voulait… être sûr. »

Dans le silence qui suivit, trois des quatre flics cherchèrent dans l'exécution d'un geste machinal et ritualisé un peu de réconfort.

Sylvain replaça ses lunettes sur son nez et ferma ses grands yeux quelques secondes.

Marianne tritura entre la pulpe de ses doigts ses cils collés par quatre couches de mascara.

Babiak ouvrit le tiroir de son bureau, en sortit un Pitch fourré au chocolat au lait et l'extirpa de son plastique.

Seule Anaïs demeura immobile. Une légère nausée lui rappela qu'elle n'avait rien avalé d'autre que du café après sa course matinale le long de la côte.

Mme Bouvier, Bernadette de son prénom, avait perdu fils et mari trente ans auparavant dans un accident de la route. Ils étaient sa seule famille. On ne lui connaissait pas d'amis proches. Sans doute un deuil impossible l'avait-il éloignée de ceux qui avaient eu le courage de ne pas se détourner d'une telle tragédie. Ou peut-être était-elle une connasse infréquentable. Quoi qu'il en soit, son répertoire téléphonique s'était révélé presque vide et ils n'avaient pas trouvé le moindre quidam capable de dire plus de trois mots à son sujet.

Personne n'était censé mourir comme ça.

Mais personne n'était censé vivre comme ça non plus.

La nausée s'intensifia, la poussant instinctivement à pivoter vers la porte de l'open space : elle allait peut-être devoir sprinter jusqu'aux toilettes au bout du couloir.

Parce qu'elle venait de comprendre qu'elle prenait le même chemin que cette femme. Oui, sacrément douée pour entretenir le vide autour d'elle, c'était un fait indiscutable. Un enfant abandonné à la naissance alors qu'elle n'était encore qu'une ado, des parents qu'elle ne voyait qu'une fois l'an, des coups d'un soir, de deux max, pas d'amis, à l'exception de Caranne.

Sa mort ne serait sans doute pas à l'image de celle de Bernadette.

Mais sa vie commençait à salement ressembler à la sienne.

Douze heures plus tard, ils n'avaient toujours pas le moindre début de piste.

La scientifique avait fait chou blanc. Dans une maison où personne d'autre que la victime ne semblait avoir mis les pieds depuis des années, on avait espéré trouver facilement de quoi sortir un ADN étranger.

Rien. Pas une empreinte, pas un cheveu, pas un poil. Pas plus dans la maison que sur le corps ou les vêtements de l'octogénaire.

Marianne et Sylvain étaient retournés fouiller la maison et en étaient revenus avec les factures de trois bijoux en or, dont on n'avait pas trouvé trace sur place.

Demain, ils iraient faire le tour des acheteurs d'or officiels de La Rochelle, mais il faudrait que leur homme soit complètement stupide ou totalement cinglé pour se débarrasser de son magot de cette manière.

Les deux flics venaient de quitter le bureau, impatients de retrouver leurs familles.

Babiak enfila sur sa volière à manches courtes une veste en jean étonnement sobre. Juste avant de passer la porte, il se tourna vers Anaïs, qui visionnait la vidéosurveillance la plus proche de la maison de Bernadette Bouvier : le distributeur d'une banque située à plus de trois cents mètres de là.

« Si tu sens que c'est trop, pour toi, personne t'empêche de prendre des vacances. On a tous le droit de pas être à la hauteur. »

Concentrée comme elle l'était, il fallut trois ou quatre secondes à la flic pour qu'elle intègre le sens de ce que son supérieur venait de dire, et quand elle releva la tête de son écran, Babiak avait disparu.

« Enfoiré de gros con de mes deux », grogna-t-elle en se projetant contre le dossier de son siège.

Elle se leva, arpenta la salle avec l'impression que celle-ci avait rapetissé de quelques mètres carrés depuis qu'elle y avait mis les pieds pour la première fois, un peu plus d'un an auparavant.

Son regard se posa sur le bureau de Babiak. Elle s'approcha doucement, fronça le nez puis ouvrit lentement le tiroir à bouffe du *Capitaine.* Quelques sachets de crocodiles en gélatine, un Twix et une demi-douzaine de Pitch. Au fond, elle aperçut des rouleaux de réglisse. Petite, elle adorait ça. C'était même les seules sucreries qu'elle daignait manger.

La bouche pleine de la friandise noire et collante, elle s'accroupit soudain, les coudes sur les genoux. Puis elle expira longuement.

La frustration qui l'envahissait en cet instant lui donnait l'impression d'étouffer.

Il fallait qu'elle sorte d'ici. Qu'elle pense à autre chose qu'à ce pied écrasant la gorge d'une vieille dame déjà morte sur le carrelage de son séjour.

À cette heure, le commissariat s'était vidé de quatre-vingt-dix pour cent de sa flicaille. Anaïs salua d'un signe de tête les deux policiers en uniforme qu'elle croisa juste avant d'arriver à la salle des archives. Elle stoppa devant la porte, hésita une seconde. Elle allait perdre son temps et le savait.

Caranne était un mec intelligent, mais il avait souvent des idées à la con.

Elle posa la main sur la poignée et tourna.

Tout, plutôt que de rentrer dans son deux-pièces vide.

5

Vendredi 1er octobre – 8 h 02

Quand l'alarme de son téléphone sonna pour la troisième fois en vingt minutes, Caranne se redressa sur son lit et se résigna à se lever.

Il avait mal dormi – ce qui n'était pas franchement inhabituel, surtout depuis qu'il avait remplacé le whisky par la camomille. D'ailleurs, il comptait également mettre un terme à cette pratique inavouable, étant donné que se réveiller trois fois par nuit à cause d'une vessie pleine de jus de plante allait un peu à l'encontre de l'objectif premier.

Mais ce matin, c'était différent.

Ce matin, il avait l'impression d'être cette princesse qu'un petit pois glissé sous son matelas gênait tant qu'il l'empêchait de trouver le sommeil. Son petit pois à lui avait un nom.

Milou.

Dans la cuisine encore plongée dans l'obscurité, il cogna son gros orteil contre un pied de chaise, tituba en hurlant jusqu'à l'îlot central où il prit appui, avant de jurer en comprenant qu'il venait de foutre la main dans la barquette en alu pleine de graisse de poulet qu'il avait négligé de balancer à la poubelle la veille au soir.

Sur quoi son portable se mit à sonner. Une pénible

contorsion permit à sa main gauche de plonger dans sa poche de survêtement droite, mais l'appareil faisant montre d'une inattendue résistance, Caranne tira d'un coup sec. Ce qui lui valut d'envoyer son coude dans la barquette en alu pleine de graisse de poulet. Qui valdingua jusqu'à son orteil meurtri. La boucle de la poisse était bouclée.

« Allô ! cracha-t-il au numéro de fixe qu'il avait découvert sur l'écran de son portable, pas mécontent qu'une société de crédit ou un opérateur téléphonique lui offre sur un plateau un démarcheur sur qui passer ses nerfs.

– Salut Victor. »

Caranne redressa la tête.

« Maddie ?

– Ouais. Désolée de te déranger.

– Tu ne me déranges pas, dit-il en dégageant son pied de la barquette en alu.

– Écoute, je suis dehors, là.

– Tu veux dire… dehors dehors ?

– Oui, dehors dehors, Victor. Ça y est. Libre. »

Un silence.

« C'est bien.

– Je ne suis pas sûre que tu le penses. »

Caranne marcha jusqu'à l'interrupteur, alluma la suspension.

« Je te dis que c'est bien. Tu es avec ta mère ?

– Non, je t'appelle du bureau des gardiens. C'est ça le truc. Elle n'est pas venue. »

Il se rendit à l'évier, passa sa main sous le robinet.

« Pardon ?

– Elle a appelé pour dire qu'elle avait un empêchement. Que je n'avais qu'à prendre le bus. »

Il saisit un torchon et essuya la graisse sur le dos de son pied.

« Tu veux que je l'appelle ?

– Non, vaut mieux pas, je crois. » Une pause, puis : « Tu peux venir ? »

La machine à café éructa un long feulement, et Caranne s'en éloigna avant de répondre.

« Maddie, je ne peux vraiment pas, j'ai du boulot par-dessus la tête.

– Des patients ?

– Pas des patients, mais…

– Laisse tomber, l'interrompit-elle, je comprends. Je vais bien trouver un bus ou un train. Je ferai du stop, au pire. »

Le psy se frotta vigoureusement le crâne du plat de la main et secoua la tête.

« Attends, attends… OK. Je viens te chercher. Mais je ne serai pas là avant une heure et demie. Non, disons deux heures.

– Merci. Je sais que… je t'en demande beaucoup. J'en ai conscience, tu sais.

– À tout à l'heure. »

Une douche express plus tard, Caranne laissa un message pour annuler une réunion de travail avec l'un de ses collègues de Saint-Martin prévue à 9 h 30, puis pénétra dans le garage. Face au coupé Audi aérodynamique et flambant neuf qui s'y trouvait, il ne put s'empêcher de faire la moue : l'engin lui semblait aussi incongru qu'un panda roux dans le siège du président de l'Assemblée nationale. Certes, il avait bien fallu remplacer l'épave antédiluvienne archi-polluante qui l'avait accompagné pendant vingt ans et avait rendu l'âme deux mois auparavant, mais cette chose tapageuse, ce n'était pas lui. Même sa bécane, – une Honda CB 500 qui constituait son moyen de locomotion principal – il l'avait choisie pour son absence de clinquant, ce qui le laissait perplexe quant aux raisons qui avaient pu le pousser à acquérir cette… chose.

Il ne l'avait d'ailleurs pas encore sortie une seule fois.

Mais lorsqu'il réveilla d'un clic les quatre cents chevaux dormant sous le capot, il ferma les yeux et hocha lentement la tête.

Il se souvenait, maintenant, de ce qui l'avait convaincu d'acquérir le bolide, en moins de dix minutes et à la grande joie du jeune vendeur, un peu sonné par tant de spontanéité.

Un son, comme une promesse d'oubli, d'annihilation de toute pensée, d'effacement ponctuel de soi-même. Un addict le reste toute sa vie, et trouvera toujours à remplacer l'objet de son assujettissement premier. Sport, sexe, travail. Vitesse.

Il déclencha le mécanisme de la porte du garage et sortit en marche arrière. Devant, plusieurs personnes s'étaient arrêtées et prenaient la maison en photo. L'apercevant, ils commencèrent à mitrailler dans sa direction.

Il les ignora.

Depuis qu'il s'était confronté à l'Égorgeur, son domicile et lui-même avaient acquis une notoriété dont il se serait bien passé. La faute aux chaînes d'info en continu, qui avaient franchi avec cette affaire un nouveau stade en termes de ressassement du sensationnel. Un bel oxymore pour un évidage méthodique du signifié : douze heures devant cette logorrhée nauséabonde, et l'Égorgeur n'était plus simplement un homme doté d'un couteau et tranchant des gorges. Il devenait ce dont on avait besoin qu'il devienne : un monstre, un mythe, un martyr ou Satan lui-même.

Encore quelques mois et le soufflé finirait bien par retomber, tenta-t-il une énième fois de se convaincre.

Lorsqu'il atteignit le bout de son allée, son rétroviseur lui renvoya l'image d'une vieille femme en tablier de jardinage, les bras levés, chassant ces nouveaux touristes du crime à coups de poignées de gravier.

Un sourire apparut sur le visage de Caranne. Chantal Martinet, son irascible voisine, n'était jamais plus heureuse que lorsqu'elle avait l'occasion d'être infecte.

6

Vendredi 1er octobre – 8 h 07

Anaïs leva les yeux du procès-verbal qu'elle venait de parcourir pour la deuxième fois.

Après avoir sorti le dossier du double homicide *Roxane Leclerc – Mathieu Beaulne* des archives, elle s'était acheté un sachet de chips au distributeur et installée à son bureau.

Une heure ou deux, c'était le temps qu'elle avait pensé y consacrer, histoire de se faire une idée de l'enquête et d'avoir de quoi rembarrer Caranne et son pénible besoin de jouer les sauveurs.

Puis, les heures passant, elle s'était totalement laissé happer. Le dossier était énorme, le nombre de procès-verbaux affolant, les analyses scientifiques exhaustives et rien, jusqu'à maintenant, ne lui avait permis de douter de la culpabilité de cet Émilien Milkovitch.

Elle fouilla dans les trois piles de documents entassés sur son bureau, trouva ce qu'elle cherchait, extirpa le sous-dossier et compara les deux pages qui avaient retenu son attention : elle ne s'était pas trompée. Quelque chose clochait. La voisine qui habitait l'appartement au-dessous de celui de Roxane avait témoigné avoir entendu des bruits de lutte et de chute à 22 h 45, pile au moment où le portable d'Émilien bornait au domicile de la victime. Mais là, dans le PV de la première enquête de voisinage, elle disait être sûre qu'il était entre 22 heures et 22 h 15.

Du pouce et de l'index la jeune flic se frotta les yeux, se demandant si la fatigue n'altérait pas sa capacité d'analyse. Puis elle releva la tête et fronça les sourcils : d'où pouvait bien venir la lueur qui délavait légèrement la nuit, là, dans la fenêtre donnant sur le parking du commissariat ? Elle vérifia l'heure sur son téléphone et se redressa comme sous la morsure d'un coup de fouet.

« Putain ! »

Cette lueur, ce n'était rien d'autre que le jour qui se levait !

Sur quoi la porte s'ouvrit. Marianne stoppa, un sachet de viennoiseries à la main.

« T'es déjà là, toi ? s'exclama la grande flic blonde.

– Bah ouais. »

Marianne attrapa un croissant et balança le sachet près de la machine à café avant de détailler sa collègue de haut en bas.

« T'étais pas déjà habillée comme ça, hier ?

– Je suis habillée comme ça tous les jours.

– Hon hon, réfuta Marianne la bouche pleine de croissant, t'as exactement le même tee-shirt, avec le même petit trou près du col. T'as encore passé la nuit ici, c'est ça ? Faut que t'arrêtes, franchement, les flics qui dorment pas finissent mal, en général, personne t'a jamais dit ça ?

– J'ai pas dormi chez moi, t'es contente ? Tu me lâches, maintenant ? »

Comme une otarie à qui l'on fait miroiter des maquereaux au fond d'un seau, Marianne fondit jusqu'au bureau d'Anaïs et posa une fesse ronde sur un angle droit.

« Vas-y, c'est qui ? »

Anaïs reprit le PV de la voisine et fit mine de se replonger dedans.

« Personne.

– T'as pris ton pied au moins ? »

La fliquette jeta un œil à l'énorme dossier et esquissa un sourire.

« On peut dire ça, ouais.

– Qui c'est, allez… C'est pas Caranne, quand même ? »

Anaïs claqua vivement sa main sur la cuisse de la flic, qui sursauta en grimaçant.

« Eh ben si. C'est Caranne.

– Putain j'en étais sûre !

– Ça, c'est ton instinct de flic. T'es un vrai limier, y a pas à dire. »

Puis ce fut au tour de Sylvain de faire son entrée, casque de vélo vert fluo dans une main, sac de chouquettes dans l'autre – avec un Babiak dans l'équipe, il s'agissait d'être grassement surarmé.

Anaïs salua son collègue d'un mouvement de tête et étudia à nouveau l'audition de la voisine. Pourquoi ce changement d'heure ? Une erreur de transcription ? Ça paraissait peu probable. Plusieurs heures s'étaient écoulées entre le premier témoignage et le second. Quelqu'un aurait-il pu la pousser à changer le contenu de sa déposition ? C'était une anomalie, et personne ne semblait en avoir tenu compte ni même l'avoir remarquée. Elle ne pouvait pas refermer le dossier comme ça. Il fallait qu'elle en informe quelqu'un.

« Aujourd'hui c'est le jour où on coffre une ordure, lança Babiak en poussant la porte.

– Tu l'as dit, Capitaine ! confirma Marianne en lui envoyant un pain au chocolat que l'homme attrapa au vol avec une gracieuse dextérité.

– Toi et Sylvain, vous faites le tour des comptoirs de rachat d'or et des bijoutiers qui reprennent les vieilles breloques de famille. Après tout, on aura peut-être de la chance.

Faut être sacrément fondu, pour massacrer une vieille comme ça, alors tablons qu'il l'est peut-être suffisamment pour faire une connerie aussi grosse.

– On est partis », dit Sylvain en attrapant sa veste.

Marianne le suivit avec un vague salut de la main.

Se tournant vers Anaïs, Babiak annonça :

« Nous, on se fait les sites Internet de revente du plus populaire au moins populaire. Voilà des clichés de la victime portant les bijoux en question », ajouta-t-il en secouant quelques vieilles photos avant de les balancer sur son bureau. Puis il vit le foutoir qui encombrait celui de sa subordonnée, et, l'index pointé : « C'est quoi, tout ça ? »

Anaïs attrapa les deux PV problématiques et se leva. Babiak était un connard, mais pas un mauvais flic : autant jouer le jeu de la hiérarchie et l'informer de sa découverte, même si elle doutait que quelque chose en ressorte.

« Bab… heu, Capitaine », commença-t-elle en cherchant par quel bout elle allait lui raconter cette histoire.

À cet instant ses yeux tombèrent sur un détail auquel elle n'avait pas prêté attention jusque-là.

Sa fatigue lui permit de ne pas laisser paraître sa surprise.

Elle fit passer le second document sur le premier et alla directement en bas de page.

Alors elle plaqua sur son visage le grand sourire factice plein de dents.

« C'est rien, Capitaine, des vieilles affaires classées, pour me changer les idées. Tu m'as dit de prendre des vacances. Ben ça, c'est mes vacances à moi. »

Le gros flic la fixa un instant, rentra son tee-shirt tie and dye violet dans son jean délavé, se pencha sur son ordinateur et se mit au travail.

7

Vendredi 1er octobre – 9 h 52

Jusqu'à Niort, Caranne s'efforça de maintenir une vitesse raisonnable, mais une fois sur l'A10, fortiche celui qui l'aurait convaincu de ne pas pousser le moteur. Après une pointe à 170, il décéléra brusquement, se blâmant aussitôt face au plaisir provoqué par l'afflux important d'endorphines et d'adrénaline se répandant dans ses veines.

Un rush violent qui fit ressurgir des sensations qu'il essayait depuis des mois d'oublier.

Mais quel con.

Vivonne s'annonça et il suivit la nationale jusqu'au centre pénitentiaire, situé entre une déchetterie et un affluent du Clain nommé la Vonne, le long duquel il avait pris l'habitude de marcher un moment après chacune de ses visites à Maddie.

La jeune femme l'attendait à quelques mètres de la porte principale, assise contre la grille qui encerclait le bâtiment. Le soleil d'automne lui avait fait ôter son sweat-shirt, qu'elle avait posé sur ses genoux. Elle ne se leva pas tout de suite lorsque Caranne se gara à une dizaine de mètres de là ; elle n'avait jamais connu le psy qu'au volant de sa vieille Mégane marronnasse.

Il la vit mettre la main en visière, se lever et écarter les bras d'étonnement. Puis elle attrapa son sac et courut vers la voiture.

« Jolie bagnole, dit Maddie en caressant le tableau de bord.
– Merci.
– Des problèmes d'érection, peut-être ? »
Caranne passa la troisième avec un poil de brusquerie.
« Ça va ! J'ai prévu de la revendre.
– T'énerve pas, je plaisante ! On se fait plaisir comme on peut ! »

Le rire de Maddie emplit l'habitacle, mais face à l'impassibilité de Caranne, il s'éteignit très vite.

Le psy regrettait d'avoir cédé. Il aurait dû lui envoyer un taxi. Ce n'était certes pas la plus belle façon de recouvrer la liberté, mais il se rendait compte qu'il n'était pas prêt.

Pas prêt à la voir aujourd'hui.

Pas prêt pour sa libération.

Parce qu'il savait que la jeune femme de vingt ans assise sur le siège passager n'était pas bien différente de l'adolescente qui avait ôté une vie, un matin de décembre, trois ans auparavant.

Il savait également que la thérapie qu'on lui avait imposée à l'issue de sa condamnation n'avait pas suffi à soigner le trouble narcissique dont elle souffrait.

Ce qu'en revanche il pouvait affirmer, c'était que la nature des sentiments qu'elle avait conçus à son égard avait changé. Il avait pu, de visite en visite, voir l'amour qu'elle éprouvait – ou croyait éprouver – pour lui se transformer en ce qu'il aurait toujours dû être : un attachement platonique, filial, comme celui d'une nièce vis-à-vis de son oncle. Ou d'une fille vis-à-vis de son père, puisque lui-même s'était toujours un peu considéré comme son deuxième père.

Une mutation essentielle, sans laquelle il aurait été contraint de mettre fin à ses visites et de couper les ponts.

Trente minutes passèrent. Il se décida à rompre le silence pénible qu'il avait lui-même imposé, soucieux de ne pas la blesser outre mesure.

« T'as eu des nouvelles de Marcus récemment ?

– Non. Il ne m'a pas écrit depuis… deux mois, je dirais. Toi ?

– Pareil.

– J'espère qu'il va bien.

– Hum hum.

– Tu t'inquiètes ?

– Non. »

Maddie se tourna vers lui avec un sourire en coin.

« Tu t'inquiètes.

– Un peu. »

Marcus et Caranne avaient fait connaissance à Saint-Martin-de-Ré. Ils y avaient passé sensiblement le même nombre d'années, Caranne d'un côté du mur, Marcus de l'autre.

Lorsque le grand blond aux allures de catcheur pro en était sorti, trois ans plus tôt, les deux hommes avaient fait face à une avalanche d'événements dramatiques dont la gravité les avait rapprochés. Cette amitié rendant bien entendu caduque leur relation patient-psy.

Maddie et Marcus s'étaient immédiatement reconnus et adoptés – indomptables, entiers, imprévisibles.

Puis Marcus était tombé amoureux et, comme dans les films, il avait suivi la fille.

Caranne aurait donné beaucoup pour qu'à cet instant sa grande carcasse soit affalée sur la banquette arrière et qu'il l'inonde de sarcasmes à propos de sa nouvelle voiture.

« Qu'est-ce qu'il se passe avec ta mère, au fait ? demanda-t-il soudain.

– C'est simple, répondit Maddie en haussant les épaules. Elle ne veut pas de moi.

– Tu te trompes. »

Maddie baissa la vitre et passa la main à l'extérieur, jouissant du simple plaisir de sentir le vent entre ses doigts.

« Elle me voit comme une inconnue. Nos discussions ne tournaient qu'autour de son boulot et de mes conditions de détention. Dès que j'essayais d'aborder d'autres sujets, elle se braquait et menaçait de quitter le parloir. »

Caranne alluma une cigarette, en proposa une à Maddie, qui déclina.

« Non, j'arrête. J'ai commencé en taule, j'ai décidé de laisser ça là-bas. Avec tout ce qui peut me faire du mal. »

Et faire du mal aux autres, espéra silencieusement Caranne.

« Sage décision. » Il tira sur sa clope, ouvrit sa vitre à son tour. « Je pense que vous devriez aller voir quelqu'un, toutes les deux.

– Encore un psy, le coupa Maddie. Super. »

Se tournant vers elle, Caranne écarquilla les yeux, faisant mine d'être choqué. Puis il reprit son sérieux.

« Dès que tu arrives chez toi, tu lui parles. À ta mère, je veux dire. Tu la forces à t'écouter. S'il y a une chose dont je suis sûr, c'est que tu es assez maligne pour trouver les mots qui la convaincront de ta bonne volonté. Tu n'as pas chômé, ces deux dernières années. Explique-lui que les études de droit, ce n'était pas seulement pour tuer le temps. Montre que…

– Je suis une bonne fille ? »

Le psy ne put s'empêcher de rire.

« Voilà. »

Maddie regarda la route une minute, se mordit les lèvres puis pivota vers Caranne.

« Est-ce que je ne pourrais pas venir chez toi, plutôt ? »

Sur le volant, les mains de Caranne se crispèrent.

« Non.

– Victor, je t'en prie ! Elle me déteste, je le sens. Je ne suis plus sa fille !

– Tu ne viens pas chez moi. Ce n'est pas négociable. »

Il aimait Maddie. Profondément. Et, même s'il pensait que les chances étaient quasi nulles qu'elle en vienne à s'en prendre à nouveau à quelqu'un, il savait que son besoin d'être aimée et admirée couplé à son manque d'empathie composaient un soluté volatil possiblement instable. Raison pour laquelle il voulait garder un œil sur elle. Mais elle lui avait arraché la seule promesse de bonheur qu'il ait connue, et une part de lui ne pouvait se défendre de la haïr ; l'avoir sous son toit n'était pas envisageable.

La jeune femme prit une grande inspiration, expira pareillement. Caranne lui jeta un discret coup d'œil latéral : recroquevillée au fond du siège en cuir noir, elle ressemblait à une enfant. Elle en était encore une, par bien des aspects.

« OK. Mais me laisse pas tomber, hein ? fit-elle d'une voix où perçait l'insécurité.

– Jamais. »

8

Vendredi 1er octobre – 21 h 50

« Mais que c'est triste… »

Caranne sursauta et releva la tête de son bol de soupe à la tomate. Debout, à gauche de l'écran plat allumé, Anaïs affichait un sourire moqueur.

Le psy posa un œil dépité sur le plaid écossais qui couvrait ses genoux, puis sur la cuiller pleine de soupe. Il laissa tomber cette dernière dans le bol sans en avaler le contenu.

« T'as le droit de sonner, aussi, grommela Caranne.

– Tu devrais verrouiller ta baie vitrée.

– Je la verrouille un jour sur deux. Je crois que tu sais pourquoi[1]… »

De nouveau, sur le visage de la flic, un sourire. Mais celui-ci n'avait plus rien de moqueur.

Elle alla rejoindre son ami sur le canapé, regarda l'écran de télévision, sur lequel un jeune Brad Pitt en imperméable froissé battait le pavé, des déluges de flotte détrempant sa coupe en brosse.

« C'est quoi, ça ? demanda-t-elle avec un mouvement du menton en direction de l'écran.

1. Max Monnehay, *Somb* et *Je suis le feu*, Éditions du Seuil.

– *Seven*.
– Ah ouais. Jamais vu.
– T'as jamais vu *Seven* ?
– Non.
– T'es flic, et t'as jamais vu ce film.
– Non. »

Caranne secoua la tête. Puis, sans la regarder :

« T'as l'air crevée. Tu veux manger un truc ?

– Non. » Elle passa la main sur sa frange, une habitude qui chez elle trahissait une certaine nervosité. « J'ai quelque chose.

– Ah ouais, tu t'es carrément ramené à bouffer. Elle est pas si triste que ça, cette soupe, tu sais. Juste un peu... mélancolique.

– Mais je m'en fous de ta soupe ! J'ai trouvé un truc, je te dis ! Concernant ton Milou. »

Stupéfait, Caranne demeura silencieux plusieurs secondes.

« Explique, finit-il par dire.

– J'ai récupéré le dossier aux archives et j'ai passé la nuit dessus. C'est à cause de cette affaire avec la petite vieille, j'avais besoin de... peu importe. Et ce matin, je tombe sur un détail qui colle pas. »

Caranne envoya le plaid écossais au bout du sofa et se tourna vers Anaïs.

« J'ai très envie d'un verre, là, tout de suite. Et de te serrer dans mes bras. Mais vas-y, continue.

– Bon. Voilà. Il y a une voisine qui a entendu des bruits de lutte, le soir des meurtres. Elle en parle une première fois pendant l'enquête de voisinage. Et le lendemain, elle est entendue lors d'une audition en bonne et due forme.

– OK. Et ?

– Et elle change son témoignage. La première fois, elle affirme qu'il était 22 heures-22 h 15. La deuxième qu'il était 22 h 45. »

Caranne alluma une clope, visiblement déçu.

« Ouais, c'est un peu léger pour rouvrir une enquête, ça, non ? »

Anaïs soupira.

« C'est pas léger. C'est aérien. Mais l'avantage, c'est que maintenant j'ai un doute, moi aussi. »

À l'écran, Brad Pitt se roulait par terre avec ses chiens.

« Qu'est-ce qui te fait douter ? Tu penses qu'on a pu faire pression sur la voisine dans l'intervalle ?

– C'est possible. Parce que dans le premier PV, elle est catégorique quand elle parle de 22 heures. Elle dit s'en souvenir parce qu'elle était devant je ne sais plus quelle émission à la con. Et à ce moment-là, le portable de Milou ne bornait pas chez Roxane. Il bornait même vachement loin, du côté de Villeneuve-les-Salines. »

Elle se débarrassa de ses baskets et croisa les pieds sur la table basse.

« Et puis il y a autre chose.

– Quoi ?

– C'est trop parfait.

– Qu'est-ce qui est trop parfait ?

– Tout. Dans la plupart des enquêtes avec un coupable tout désigné, on a une combinaison d'indices qui pointent dans sa direction. Mais ici, on a droit au pack complet. Bornage, mobile, arme du crime, empreintes, un vrai catalogue de tout ce qui est susceptible de faire tomber un meurtrier. Soit Milou est le meurtrier le plus décérébré que le monde ait porté, soit…

– Soit il a été piégé. »

Anaïs hocha la tête.

Caranne se leva, se mit à arpenter nerveusement le séjour.

« Il est très loin d'être idiot, ça je te le garantis. »

Sur l'écran, Brad plissait les yeux, fronçait le nez et soufflait exagérément. Le genre pas content du tout.

« On fait quoi, maintenant ? demanda Caranne, que l'excitation agitait comme un cabri dans un château gonflable. T'en as parlé à quelqu'un ?

– Non. Je vais agir hors cadre. Personne ne doit être au courant que j'enquête.

– Alors déjà, *qu'on* enquête, parce qu'il est hors de question que tu me laisses en dehors. *Mon* patient, *ma* psy, *mon* intuition. Rien à foutre que tout ça me touche de près. C'est même parce qu'au départ ça me touche de près qu'on est là, à se dire qu'il y a un mec en taule qui ne devrait peut-être pas y être. Ensuite, pourquoi tu ne veux rien dire ? T'as peur de foutre en boule ceux qui ont mené l'enquête à l'époque ? »

Attrapant un coussin, la jeune flic le glissa sous sa tête et s'allongea de tout son long dans le canapé.

« Non, ça je m'en moque. Mais les deux dépositions ont été prises par le même flic, et dans la deuxième, à aucun moment il ne cherche à savoir pourquoi elle veut modifier son témoignage. Comme s'il ne *voulait pas* lui poser la question. »

Caranne s'immobilisa, fit face à Anaïs.

« Tu penses qu'un flic est impliqué ? Tu as conscience de ce que tu dis ?

– Ça m'emmerde autant que toi. Mais ça pue, je te jure. Ça chlingue à mort.

– Il faut que je lise ces auditions. Non, tout le dossier. Il me faut tout le dossier.

– Ça va être compliqué, je peux pas le sortir comme ça.

– Trouve un moyen ! » hurla le psy, comme possédé.

La fliquette soupira.

« Je commence déjà à regretter d'avoir fourré mon nez là-dedans.

– À d'autres… Bon, et c'est qui, ce flic, on peut savoir ? »

Brad Pitt se mit à sourire, et Anaïs se dit qu'elle loupait peut-être quelque chose, après tout. Puis elle se tourna vers le dossier du canapé, et ferma les yeux.

« C'est Babiak. »

9

Samedi 2 octobre – 9 h 31

Assis dans la cuisine face à une tasse de café refroidi, Caranne préparait mentalement le coup de fil qu'il s'apprêtait à passer.

La veille, après avoir à peu près encaissé le choc et étendu le plaid sur Anaïs assoupie, il était allé se coucher. Le petit pois sous son matelas avait muté en citrouille, ce qui avait eu pour résultat de le faire cogiter une bonne partie de la nuit.

Brice Babiak ? C'était difficile à croire. Si au premier abord on ne percevait du bonhomme que l'aspect brute insensible, il s'avérait bien vite plus complexe que ça. Une montagne de paradoxes, aurait-on pu dire. Un gros oignon fait de multiples couches, se contredisant les unes les autres, jusqu'à un cœur, un *germe*, que sans doute personne n'était jamais parvenu à atteindre. Peut-être même pas lui. Il n'en restait pas moins qu'approximativement une couche sur deux vous donnait envie de chialer.

Caranne se souviendrait toujours avec une certaine amertume des quelques heures qu'il avait passées en sa compagnie, après la mort de Julia[1]. Un interrogatoire qui avait fait péter

1. Max Monnehay, *Somb*, Éditions du Seuil.

tous les fils de sa plus grosse et ancienne blessure, révélant que rien n'était cicatrisé, que rien n'avait guéri.

Mais c'était aux côtés du flic qu'un an auparavant il avait traqué l'Égorgeur, qu'ensemble ils étaient entrés dans sa tête, qu'ils avaient pris des risques fous, qu'ils s'étaient plantés dans les grandes largeurs avant de finalement le coincer. Alors l'idée que le même individu soit partie prenante d'un coup monté visant à mettre sous les verrous un innocent ne tenait pas debout. Et pourtant…

Pourtant, le psy qu'il était savait que la seule cohérence chez l'homme, c'était qu'il en était souvent dépourvu. Et puis, dix années avaient passé. Qui était Babiak, à cette époque ? Quelle couche de l'oignon était alors en contact direct avec le monde ?

L'urgence n'était pas là, et Caranne fut pris d'un léger vertige.

Quatre jours. S'ils devaient prendre au sérieux la menace de Milou, c'était le temps dont ils disposaient pour trouver de quoi le dissuader de la mettre à exécution.

Il attrapa son portable et, une certaine émotion l'étreignant, composa le numéro de téléphone fixe fourni par Anaïs.

Dix minutes auparavant, elle lui avait envoyé un SMS pour l'informer que c'était tout ce qu'elle avait trouvé. Pas de portable. Plus depuis dix ans, en tout cas.

À la quatrième sonnerie, une voix féminine et monocorde l'avisa que son correspondant n'était pas disponible et l'invita à laisser un message après le bip.

« Bonjour Héléna. Victor Caranne à l'appareil. Cela fait… une éternité. Je… Ce n'est pas simple, de reprendre contact ainsi, après tout ce temps. Je voulais savoir comment vous alliez. Pourriez-vous me ra… »

Caranne fut interrompu par une succession de claquements brefs, puis :

« Allô ? Victor ?

– Héléna. Bonjour. » Et, comme au bout du fil on se taisait : « Je suis heureux de vous trouver à ce numéro. J'avais peur que vous en ayez changé », mentit-il.

Quelques secondes de plus à ne rien deviner d'autre qu'une imperceptible respiration.

« Et moi très surprise de vous entendre ! finit par s'exclamer la voix claire, chaude qu'une décennie n'avait pas réussi à effacer de la mémoire du psy. Vous avez raison. Une éternité. Et je crains fort que ce soit de mon fait.

– J'aurais pu insister. Vous écrire encore. Vous appeler, comme maintenant.

– Et moi je ne vous aurais pas répondu. J'ai rompu bon nombre de mes relations, ces dernières années, ne croyez pas que vous êtes le seul que j'ai lâchement abandonné…

– Héléna, ne parlez jamais d'abandon avec moi. Sans vous je ne serais plus là. Et, sans pouvoir me mettre à votre place, je sais l'ascendant que la souffrance est capable d'avoir sur nous. Le mur qu'elle construit entre nous et les autres. Je me suis moi-même longtemps caché derrière ce mur, comme vous vous en souvenez peut-être… »

À cette seconde, elle acquiesçait doucement, les yeux mi-clos. Caranne le savait. Comme il était certain qu'elle faisait jouer entre ses doigts la fine chaîne en or qu'elle portait autour du cou. Chacune des petites habitudes qu'il avait pu observer chez elle, au cours des centaines d'heures qu'ils avaient passées en tête à tête, reprenait vie en cet instant, dessinant aussi nettement que s'il l'avait eu en face de lui le beau visage aux pommettes hautes et aux grands yeux gris, *son seul véritable héritage russe*, comme elle se plaisait à le dire.

« Comment allez-vous, Victor ? J'ai suivi vos… folles aventures, peut-on les appeler ainsi ?

– Elles ne sont pas si folles que ça. »

Un rire franc éclata à l'autre bout de la ligne.

« Vous plaisantez ! Vous êtes devenu un véritable héros du peuple ! »

Caranne chassa de son esprit l'image furtive d'une torche humaine illuminant la nuit et ignora la remarque.

« Héléna, j'aimerais beaucoup vous voir.

– Ça me ferait plaisir aussi, Victor.

– Cette brasserie près de chez vous que vous aimiez beaucoup, elle existe toujours ? »

Un silence. Caranne changea son téléphone d'oreille et constata que la paume de sa main était humide.

« Je préférerais que vous veniez chez moi, si ça ne vous embête pas. »

Un point pour l'hypothèse agoraphobe.

« Aujourd'hui ? Ça vous conviendrait ? Je peux même venir maintenant, si vous voulez ! ajouta le psy avec un enthousiasme qui lui parut aussi naturel que s'il s'était mis à cracher des paillettes multicolores.

– Non, pas aujourd'hui, c'est... » Caranne entendit un petit hoquet, suivi d'un long soupir. « Pas aujourd'hui, répéta-t-elle d'un ton plus ferme. Mercredi prochain ? »

Soit le jour où Milou avait prévu de se foutre en l'air.

Si la rumeur disait vrai et qu'elle était incapable de mettre un pied à l'extérieur, laisser l'extérieur entrer chez elle ne devait pas non plus constituer une mince affaire.

Le problème, c'était qu'il ne pouvait pas lui expliquer pourquoi il y avait urgence. À la seconde où elle comprendrait, il y avait toutes les chances qu'elle se ferme comme une huitre.

Il suffisait de se mettre une seconde à sa place.

« Ça risque d'être très compliqué, pour moi, la semaine prochaine. Et si nous disions demain ? 9 h 30 ? J'apporte les croissants. »

Un long silence suivit, durant lequel un miaulement étouffé suivi d'un son mat se fit entendre. Caranne imagina un gros félin sautant des genoux de la sexagénaire et atterrissant sur le vieux parquet en point de Hongrie.

« C'est d'accord, finit-elle par dire. 9 h 30. Vous connaissez l'adresse. Et, Victor ?

– Oui.

– Merci d'avoir appelé. Vous ne savez pas ce que ça représente, pour moi. »

Ces mots furent prononcés d'une voix où vibrait l'émotion.

Caranne raccrocha. Une vieille connaissance vint alors appuyer sur sa poitrine et il respira avec moins d'aisance, comme si l'oxygène s'était soudain raréfié.

Toc Toc Toc ! Qui est là ?

Alors qu'il avait tout fait, depuis un an, pour la tenir à l'écart, voilà qu'elle réapparaissait par une porte dérobée.

Sa plus vieille ennemie.

Sa compagne de toujours.

La culpabilité.

10

Samedi 2 octobre – 20 h 46

Rien.

Ça n'avait absolument donné que dalle.

Ils avaient perdu leur temps. Leur homme ne s'était pas encore débarrassé des bijoux volés. Pas chez un revendeur du coin ni sur eBay et consorts, en tout cas. La chose aurait été miraculeuse, Anaïs le savait. Mais c'était leur seule piste, et il aurait été impensable de ne pas la suivre jusqu'au bout.

Sylvain et Marianne étaient rentrés au commissariat une heure plus tôt, exténués, la mine vaincue, et à présent ils étaient affalés sur leurs fauteuils, incapables de rentrer chez eux. Parce qu'il n'y a rien de pire pour un flic qu'une enquête de retour au point mort.

S'ils ne trouvaient pas de quoi la relancer, du carburant pour s'assurer que demain ne démarre pas par du surplace, ils allaient tous passer une soirée cafardeuse.

« Je suis sec, dit Sylvain. Pas une putain d'idée.

– Ah ouais, tu te mets à jurer, toi maintenant, s'étonna Marianne. On aura tout vu.

– Si je dois m'y mettre, je crois que le jour est bien choisi. »

Marianne récupéra la boulette d'emballage de chewing-gum

qui était restée coincée sous son clavier et, ne se souciant plus de contribuer à la perpétuation d'un stéréotype, effectua un joli tir en cloche, manquant de peu la corbeille à papier de Sylvain.

« On se tape la vidéosurveillance des alentours, je vois que ça », lança-t-elle.

Anaïs se leva.

« Y en a aucune aux alentours.

– Je te parle des alentours au sens large. »

La fliquette alla jusqu'à la fontaine à eau, glissa son mug sous le robinet en plastique et regarda l'eau couler d'un œil las.

« C'est plus les alentours, dans ce cas.

– Qu'est-ce que t'es chiante, toi, alors ! Et t'as une meilleure idée ? »

Après avoir avalé quelques gorgées d'eau, Anaïs dut bien reconnaître que non.

« Alors on s'y met demain, annonça la grande blonde en enfilant sa veste. Ça risque de prendre un temps fou de récupérer tout ça, mais à 2 heures du mat' y a pas grand monde sur les routes. Alors moi je dis que ça vaut quand même le coup. Avec un peu de chance…

– On compte trop sur la chance, maugréa Anaïs en regagnant son bureau. C'est ça, notre problème. »

Sylvain attrapa son casque de vélo et pointa un doigt dans sa direction.

« Reste positive, femme de peu de foi ! »

La jeune femme réprima une moue d'exaspération. Ils allaient pouvoir passer la soirée en famille, bouffer leur gratin de chou-fleur et dormir comme des bébés.

« Et il est passé où, Babiak ?

– Aucune idée », répondirent en chœur Sylvain et Marianne.

Ils se regardèrent avant de pouffer.

« Vous me cachez un truc ou quoi ? » demanda Anaïs en se redressant brusquement.

Les yeux surchargés de mascara se plissèrent, et on eût dit deux petits oursins enfoncés dans les cavités oculaires de Marianne.

« T'es complètement parano, ma pauvre.

– Il a dû rentrer chez lui, dit Sylvain. Y en a qu'ont une vie, tu sais, ajouta-t-il avant de se mordre les lèvres.

– Tais-toi, elle a un amoureux. »

Anaïs lança un regard noir à sa collègue, qui lui répondit d'un cœur avec les doigts.

« T'as un mec ? Félicitations, on se disait que… » Le regard noir ricocha jusqu'à lui, ce qui le dissuada d'aller au bout de sa phrase.

« … que ça aurait été dommage que quelqu'un ne profite pas d'un tel rayon de soleil ! termina Marianne à sa place. Fais pas trop de bêtises et à demain ! »

Une fois seule dans l'open space, Anaïs patienta encore quelques minutes avant de sortir une enveloppe kraft du tiroir de son bureau.

Plus tôt dans la journée, elle s'était fendue d'un double cappuccino à la machine à café ultramoderne de la salle commune, puis s'était rendue au deuxième étage du bâtiment.

Dès qu'elle l'avait aperçue avec un gobelet fumant à la main, un drôle de sourire crispé et la tête formant un angle bizarre avec son cou dans une tentative maladroite d'expression de la candeur, Doria avait compris que le jour du renvoi d'ascenseur était arrivé.

Deux mois plus tôt, Anaïs était tombée sur la jeune et jolie secrétaire du bureau des ressources humaines en train de pleurnicher dans les toilettes. Il ne lui avait pas fallu cinq minutes pour comprendre que derrière ces larmes se cachait un mec, que ce mec était violent, et que ce mec violent était un flic.

Autant dire que le bain d'emmerdements dans lequel la

jeune femme faisait trempette n'était pas près de se vider. Porter plainte contre un type lambda, c'est déjà se frotter à un double tranchant bien affuté, alors contre un poulet…

Anaïs l'avait donc attendu un soir près de sa voiture, et l'avait prévenu que s'il approchait encore la jeune femme, elle passerait le reste de sa vie à tout mettre en œuvre pour lui pourrir la sienne.

La noirceur de son regard avait suffi à le convaincre qu'il était plus sage de ne pas chercher à vérifier ses dires.

Le flic avait foutu une paix royale à Doria, et cette dernière avait eu la sagesse de ne pas chercher à savoir par où était passé le père Noël.

La secrétaire écouta attentivement la fliquette. Mordilla sa jolie lèvre rouge. Pivota vers le bureau de son chef, parti déjeuner avec sa femme. Fit de nouveau face à Anaïs et hocha lentement la tête.

Ce n'était après tout pas cher payé, pour ne plus se réveiller tous les matins la boule au ventre.

Anaïs décacheta l'enveloppe et parcourut avec avidité la dizaine de pages qu'elle contenait.

Elle redressa la tête, passa la main sur sa bouche ouverte comme pour ôter des miettes aux commissures, fixa quelques instants le faux plafond et se leva.

Puis elle rangea l'enveloppe au fond de son sac à dos, glissa celui-ci sous son bureau et sortit de l'open space.

À la permanence des archives, le vieux flic moustachu à moitié endormi chargé de noter les allées et venues de ses collègues et les dossiers empruntés sortit de sa torpeur face à l'impressionnant volume de papier qu'on venait de poser sur son comptoir. Il se pencha pour voir qui se tenait derrière.

« Fred, comment va ? lança Anaïs avec un petit signe de la main.

– Dis, tu comptes résoudre combien de crimes, cette nuit ?
– C'est pour le meurtre de la vieille dame, tu sais, à la Pallice… Je veux vérifier les modes opératoires des affaires non résolues de la région, parce que là on patine grave…
– T'as tout en numérique, pourquoi tu t'emmerdes ?
– Je suis une flic à l'ancienne, faut croire. »
Fred éclata de rire.
« T'es moins vieille que ma dernière cuite, mais t'es une flic à l'ancienne, bien sûr… Travaille pas trop, tu sais ce qu'on dit des flics qui dorment pas ? »

Il lui fallut plusieurs heures pour photocopier la totalité du dossier du double homicide Mathieu Beaulne/Roxane Leclerc. Les autres, ceux qu'elle n'avait empruntés que pour noyer le poisson, ne quittèrent pas le diable sur lequel elle les avait empilés.

Elle se rendit ensuite sur le LRPPN3, le fichier contenant ces mêmes archives en version numérique, afin d'ouvrir plusieurs des PV de chacune des affaires ; en cas de vérification, le dossier Beaulne/Leclerc interrogé sur son ordinateur deux jours plus tôt serait perdu dans la masse des consultations.

« Est-ce que je suis paranoïaque ? » s'entendit-elle demander à voix haute, ses mains s'immobilisant soudain au-dessus du clavier.

Elle secoua la tête et ses doigts se remirent à pianoter. Si Babiak était mouillé, il valait mieux qu'elle couvre ses arrières. Elle ne savait pas du tout où ils étaient en train de mettre les pieds. Peut-être qu'ils déliraient complètement. Peut-être que ce qu'ils prenaient pour une subornation de témoin n'était que le résultat d'un manque déplorable de professionnalisme. Après tout, il était possible que ce sale con de Babiak n'ait pas toujours été un bon flic.

Non. Quelque chose clochait. Cette audition problématique

couplée à ce coupable trop parfait, c'était comme une merde d'oiseau au sommet d'une pièce montée.

Impossible d'avaler ça.

11

Dimanche 3 octobre – 2 h 28.

Matin ?

Non.

Matin, vraiment ?

Caranne, l'esprit emplâtré, se redressa dans son lit. Attendit quelques instants, puis se laissa retomber lourdement.

Le bruit de la sonnette lui parvint alors faiblement. Il attrapa son téléphone qui lui confirma que non, pas encore le matin, pas même le début d'un commencement de matin.

Il toussa, repoussa la couette et s'assit au bord du lit en frissonnant. Brusquement il releva la tête. À cette heure-ci, c'était forcément Anaïs ! Avec, espéra-t-il en se mettant debout, le dossier de l'enquête. Cette idée acheva de dissiper la brume pâteuse qui lui collait aux neurones.

Après avoir rapidement enfilé un bas de pyjama rouge et blanc orné de tyrannosaures à bonnets de Noël, il traversa la maison. En passant devant la cuisine, il songea que la jeune femme avait certainement tenté une intrusion par la baie vitrée et en avait conclu qu'il ne s'était pas moqué d'elle.

Un jour sur deux.

Il l'imagina sourire dans la nuit face à cet accès de superstition qui ne lui ressemblait pas. Et l'imaginer sourire dans la nuit le fit sourire à son tour. Il n'aurait pas fallu grand-chose pour qu'il tombe amoureux de cette fille. Vingt ans de moins et une âme qui n'aurait pas volé quatre fois en éclats.

C'était colossal, finalement.

Il ouvrit la porte et, dans un même mouvement, se baissa pour enfiler sans les délacer sa paire de baskets échouées dans l'entrée.

« Dis-moi que t'as le dossier et que tu viens pas seulement pour te foutre de la gueule de mon pyjama.

– Mais il est très bien ce pyjama ! Qui te fait des misères à cause de tes pyjamas, mon lapin, hein ? »

Caranne se figea. Puis, lentement, il se redressa, avant de pivoter plus lentement encore vers la porte.

« Dites-moi que je rêve.

– Hum, si c'est à ça que ressemblent tes rêves, va falloir que je te sorte un peu », dit Marcus en laissant tomber un grand sac de sport à moitié vide à ses pieds.

Les deux hommes se tombèrent dans les bras.

« Salut, mon pote.

– Salut, mon pote. »

Caranne tint environ huit secondes dans l'étau qui s'était refermé sur lui avant de commencer à chercher son oxygène. Il leva une main en signe de reddition, et Marcus relâcha sa prise.

« T'aurais pas encore pris du muscle ? demanda-t-il en attrapant le sac de son ami et en s'écartant pour le laisser entrer.

– Possible. Le patron du club où je bossais possédait une salle de sport. J'y suis allé quatre-cinq fois.

– Quatre-cinq fois ? Te fous pas de moi.

– Par semaine, ducon. Quatre-cinq fois par semaine.

– C'est bien, déjà que j'avais pas du tout l'air d'un gringalet à côté de toi… » conclut-il en entrant dans la cuisine.

Il posa le sac de Marcus, alluma la suspension et se dirigea vers le frigo.

« Pourquoi tu m'as pas dit que tu venais ? Et tu restes combien de temps ? » Il leva un index devant lui. « Non, avant toute chose : est-ce que tu as faim ?

– Oui. Une dalle d'enfer. »

Caranne ouvrit le frigo, ne voyant pas bien par quel miracle son contenu aurait pu changer entre hier soir et maintenant.

« Bon, j'ai un reste de soupe à la tomate et une portion de quiche thon-brocolis. Lequel tu veux m'envoyer à la gueule en premier ? » N'obtenant que le silence pour réponse, le psy se retourna.

Marcus observait la nuit à travers la baie vitrée, le dos vouté et les épaules basses – si tant est qu'on puisse avoir les épaules basses quand celles-ci ont la forme de deux gros melons.

Caranne referma doucement la porte du frigo.

« Tu m'expliques ou je dois deviner ? »

Après s'être tourné vers lui, Marcus leva les sourcils et émit avec sa langue un claquement sec.

Alors le psy jeta un coup d'œil au sac de sport, avachi sur lui-même dans l'ouverture de la porte. La seule fois où son ami était venu lui rendre visite, environ six mois plus tôt, son paquetage s'était résumé à un sac plastique avec une paire de chaussettes à l'intérieur. Ce bagage à moitié plein, c'était pour Marcus l'équivalent d'un camion de déménagement.

« Tu t'es fait larguer. Et tu n'as aucune intention de repartir. »

Un sourire triste fit apparaître deux fossettes au creux des joues du colosse.

« Je vois que t'as rien perdu de ton sens de la déduction.

– Je suis désolé, Marcus.

– Ouais. Faut croire qu'elle voulait pas changer.

– Quoi ? Tu veux dire qu'elle a recommencé ses arnaques ? »

Marcus hocha tristement la tête, avant de claquer l'une contre l'autre les paumes de ses immenses paluches.

« Mais je suis de retour, et avec un projet professionnel, monsieur !

– Super ! C'est quoi ce projet ?

– Hein ? Ah, je sais pas encore. Disons que j'ai le projet d'avoir un projet. Videur, c'est fini. Je veux plus être payé pour dissuader les gens de faire de la merde. Je veux être payé pour… autre chose. »

Les deux hommes se regardèrent, attendant vainement que l'autre lance une idée.

« On va trouver ! jeta Caranne d'une voix résolue.

– Ouais, on va trouver ! Je peux crécher ici, en attendant ? »

À ce moment précis retentit longuement – très longuement – la sonnette de l'entrée.

« À moins que la piaule soit occupée ? demanda Marcus quand la stridence se fut arrêtée.

– Elle est libre. Y a des coquillettes dans le placard. Fais comme chez toi, on va être un peu occupés.

– C'est qui, on ? »

La table basse et le sol du séjour étaient couverts de copies de procès-verbaux, de photos, de documents de tous types au format A4.

Anaïs, assise en tailleur et en chaussettes sur le parquet, étira vers l'avant ses bras fins et musclés, reposa la feuille qu'elle tenait à la main et se leva précautionneusement. Puis, sautillant entre les documents, elle alla rejoindre Caranne sur le canapé.

« T'es bien certaine qu'elle est morte ? demanda celui-ci,

après avoir lu pour la troisième fois l'audition de la voisine et l'avoir posée sur la table.

– Tu veux qu'on aille la déterrer pour vérifier ? »

Caranne préleva une cigarette tordue de son paquet souple et lui redonna forme avant de la planter entre ses incisives.

« Fait chier, baragouina-t-il en l'allumant. Ça va compliquer les choses.

– Bof. Je pense pas que ça aurait mené quelque part.

– Pourquoi ?

– Si on a fait pression sur elle il y a dix ans, pourquoi elle serait revenue sur sa déposition aujourd'hui ?

– Pour expier sa faute ?

– Ahah, t'en as de bonnes, toi.

– La culpabilité fait faire des choses étonnantes.

– La trouille, de beaucoup moins surprenantes. »

Le psy embrassa du regard l'océan de feuilles volantes devant eux.

« Tu m'as pas dit comment t'avais fait pour sortir... tout ça, dit-il en se levant et en rejoignant, en deux grandes enjambées, un fauteuil sur l'assise duquel se trouvaient trois clichés de la scène de crime.

– J'ai tout photocopié. C'était le plus simple, même si ça m'a pris des heures. »

Le psy s'accroupit, la clope aux lèvres, et observa un moment les deux corps à moitié nus, étendus sur le sol de la chambre. Il se tourna vers la jeune femme.

« Mais c'est risqué, non ? Pour toi, je veux dire.

– Alors maintenant tu t'inquiètes ? » Elle ouvrit de grands yeux hallucinés et, d'une voix qui voulait ressembler à celle de Caranne : « *Trouve un moyen !* »

Le visage du psy se crispa autour de son mégot, ce qui déclencha le rire d'Anaïs.

« T'en fais pas, j'ai pris mes précautions. »

Caranne décida qu'il valait mieux qu'il n'en sache pas davantage. S'il commençait à se faire des cheveux blancs pour elle, il serait tenté de tout arrêter. Il retourna s'asseoir à côté de la jeune femme, écrasa sa cigarette, plongea ses deux mains dans son épaisse chevelure avant de les claquer de façon sonore sur ses cuisses.

« Bon, on commence par où ?

– J'en sais rien. T'as une idée ?

– C'est toi la flic.

– C'est moi la flic, c'est vrai. Même si c'est pas vraiment l'impression que j'ai, là tout de suite, sans doute la faute à ces petits… » Elle se pencha sur le genou de son ami, grattant du bout de l'ongle le tissu rouge et blanc. « … T-Rex de Noël qui ornent ton pyjama. Si c'est pas a-do-rable.

– Je savais que j'y échapperais pas. C'est un cadeau de…

– Mais tu as le droit de porter ce que tu veux ! le coupa-t-elle, taquine.

– … un cadeau de mon père. C'est pas rien.

– Ouais, comme le sweat-shirt à tête de chat que ma mère m'a offert quand j'avais seize ans, sauf que moi, tous ces trucs, ils sortent pas de mon placard. » Elle ne put retenir un gloussement moqueur. « Niveau fringues, entre toi et Babiak, on se croirait dans un… »

Les derniers mots de sa phrase refusèrent de quitter sa bouche et elle demeura ainsi, lèvres béantes et regard fixe.

« Je sais, dit simplement Caranne en posant une main sur la nuque de son amie. C'est une idée difficile à admettre, mais pour l'instant, accordons-lui la présomption d'innocence. »

Anaïs acquiesça mécaniquement, les yeux toujours perdus dans le vide. Puis, comme on gratte une allumette, la détermination y brilla à nouveau, flamme vive et mobile qui donna à ses traits fatigués et aux cernes sombres sous ses yeux cette beauté étrange qu'on ne voit qu'aux possédés. Elle se tourna vers Caranne.

« Le scénario officiel. C'est la première chose à revoir.

– Celui des flics ?

– Et de l'accusation au procès.

– Je suis d'accord. On y verra peut-être plus clair.

– On peut saffoir ce que vous foutez ? »

Marcus, debout dans l'encadrement de la porte, tenait calé contre ses volumineux pectoraux un saladier transparent plein à ras bord de coquillettes. Il avala ce qu'il avait en bouche puis enfourna une nouvelle gigantesque cuillérée.

« Va te coucher, Marcus, lança Caranne sans se retourner.

– Je peux pas fous aider, fous êtes sûrs ?

– Oui, on est sûrs ! » répondit sèchement Anaïs.

Cette fois, le colosse attendit d'avoir la bouche vide pour parler.

« Toujours aussi aimable, à ce que je vois ! »

Marcus et la flic s'étaient rencontrés brièvement l'année précédente, à l'issue de la traque de l'Égorgeur.

« OK, OK. Mais je sens qu'il va y avoir un moment où on me demandera un service. » Il ponctuait chacun de ses mots d'un coup de cuiller contre le saladier. « Et quand ce moment arrivera, faudra pas s'étonner de pas me voir arriver en courant. C'est tout ce que j'ai à dire. »

Personne ne réagissant à sa mise en garde, il disparut dans le couloir qui menait à la chambre d'amis.

« Bon, dit Caranne. Vas-y, toi, tu connais mieux les faits que moi.

– OK. Le 10 septembre 2013, Roxane et Mathieu achètent une pizza à emporter chez Speed Rabbit Pizza, à environ cent cinquante mètres de chez elle. On a un témoin – l'employé – et c'est Mathieu qui a réglé avec sa carte bleue vers 20 h 15.

– 20 h 17 exactement.

– 20 h 17. Ensuite ils se rendent chez Roxane, dînent et ont un rapport sexuel.

– Ou l'inverse.

– Ou l'inverse. Mais on s'en fout.

– Peut-être pas. »

Anaïs soupira.

« Tu veux t'en charger ?

– Non, excuse-moi. Vas-y. »

La jeune femme attrapa une liasse de feuilles sur la table, se leva et fit quelques pas sans plus se soucier de piétiner les documents au sol.

« À 21 h 47, lut-elle, Roxane envoie un SMS à Milou lui demandant de passer chez elle pour une *caro*.

– *Caro* pour coke, c'est bien ça ?

– C'est un mot de code fréquemment utilisé pour désigner la cocaïne, oui. Une *caro* signifiant donc un gramme de coke. On sait que Milou était son dealer attitré. Il arrive donc en scooter vers 22 h 40, heure où son téléphone commence à borner chez Roxane. Elle le fait entrer. Il découvre alors qu'elle n'est pas seule, qu'il y a un mec qui dort dans la chambre.

– Qu'est-ce qui les amène à cette conclusion ? Qu'il est en train de dormir au moment de l'arrivée de Milou, je veux dire.

– On l'a retrouvé en caleçon alors qu'il ne faisait pas plus de dix-huit degrés dans l'appartement. Il aurait été étonnant qu'il se balade presque à poil dans le séjour.

– Ça se défend, admit Caranne.

– Milou en pinçait pour Roxane depuis l'adolescence, ils se sont retrouvés à treize ans dans la même famille d'accueil. Apparemment elle l'a toujours pris un peu de haut. Fou de jalousie, il attrape une fine ceinture en cuir appartenant à Roxane et étrangle la jeune femme.

– On est sûr que c'était la sienne ?

– La ceinture ? Oui. Il y avait une fleur en métal à chacune des extrémités, et l'une d'elles avait un pétale brisé. Plusieurs témoins l'ont formellement identifiée. À la suite de quoi Mathieu se réveille et entre dans le séjour. Milou l'étrangle à son tour. »

Un lourd silence tomba au cœur de la nuit, les contraignant à visualiser l'acte épouvantable.

« On sait s'il était conscient, pendant que le tueur l'étranglait ? demanda Caranne. Ou est-ce qu'il l'avait assommé ?

– Il était conscient.

– D'où leur vient cette certitude ? »

Anaïs jeta un regard latéral à son ami, puis attrapa le rapport d'autopsie perché sur la tablette de la cheminée.

« Les ongles de… » Elle tourna la première page, fit courir son index sur les lignes. « … de quatre de ses doigts étaient arrachés. Ça veut dire…

– Ça veut dire qu'il s'est défendu, la coupa Caranne. Qu'il a tout fait pour libérer sa gorge de ce qui l'empêchait de respirer. »

Ces détails n'étaient jamais venus à sa connaissance avant aujourd'hui. Parce qu'il était certain d'une chose : malgré les dix ans qui s'étaient écoulés depuis le double meurtre, il n'aurait jamais pu les oublier.

« Pour finir, poursuivit Anaïs, il quitte l'appartement en laissant, dans la panique, la ceinture autour du cou de Mathieu et la porte ouverte. Il prend son scooter et rentre directement chez lui. À 3 h 35, le commissariat reçoit un appel : un jeune apprenti boulanger habitant la piaule en face et qui embauchait à 4 heures voit la porte ouverte de sa voisine, entre pour vérifier que tout va bien et découvre les corps. »

Caranne porta machinalement son mug à ses lèvres et

grimaça au contact du café désormais froid. Il le reposa et se frotta le visage.

« Simple et efficace. Une histoire que n'importe quel juré peut entendre, comprendre et croire. Un mobile et des preuves matérielles. Et, comme cerise sur le gâteau, un suspect bien connu des services de police. Qu'y a-t-il dans son casier exactement ?

– Plusieurs arrestations pour trafic, bien entendu. Et des faits d'agression sexuelle.

– Sur ?

– Une de ses clientes. Une plainte qui n'a pas abouti, la victime étant une toxico notoire, malgré ses dix-sept piges.

– Il me l'a avoué, ça.

– Super, apporte-lui une médaille, la prochaine fois. » Anaïs vint tapoter son poing fermé contre son front, l'autre main reposant sur sa hanche étroite. « Peut-être qu'on se plante complètement, Victor. La voisine avait plus de soixante-dix piges à l'époque. On peut imaginer qu'elle n'avait plus toute sa tête et que Babiak a simplement voulu faire en sorte que ça n'entache pas le dossier de l'accusation.

– C'est… une possibilité. Je ne t'en voudrais pas si tu voulais t'arrêter là. »

Anaïs releva la tête et se tourna vers lui.

« Tu veux t'arrêter, toi ?

– Non. Je continue de croire qu'il m'a dit la vérité. Mes tripes me le hurlent.

– Ça, c'est peut-être juste à cause de toutes ces fibres que tu bouffes. »

Ils échangèrent un sourire. Anaïs traversa la pièce et s'assit sur la table basse afin de faire face à Caranne.

« Je ne peux pas arrêter non plus. Parce que s'il se fout

en l'air dans trois jours, je veux être certaine qu'il n'était pas innocent. De ce crime, tout au moins.

– S'il est coupable, son suicide te semble plus acceptable ?

– Bien sûr que oui ! »

Caranne hocha pensivement la tête. S'il n'était en rien étonné de sa réponse – il commençait à très bien connaître la jeune femme – il ne put s'empêcher de se demander ce qui le poussait à ne pas faire, au contraire de bon nombre de ses contemporains, de différence entre les êtres humains. Mais bien sûr, il connaissait la réponse.

Il avait tué.

Il ferma les yeux un instant, repoussant l'image du petit corps flottant sur le ventre au centre du grand rectangle bleu.

« Maintenant, il faut se poser la question que les flics ne se sont jamais posée à l'époque, reprit Anaïs.

– À savoir : qui d'autre.

– Voilà. Milou leur est immédiatement apparu comme le suspect idéal, ou plutôt comme le coupable tout désigné. C'est ce qu'on appelle l'effet tunnel. Toutes les preuves désignent le même individu, alors on bâcle les vérifs d'usage, si on ne va pas parfois jusqu'à ignorer les autres pistes. C'est ce qui s'est passé, ici, à mon avis. Ils n'ont suspecté personne d'autre. Même si Milou s'avère bien coupable, le boulot n'a pas été fait correctement.

– Je n'ai jamais compris pourquoi les procédures ne parvenaient pas à protéger les enquêtes de ce phénomène.

– Les procédures, tu sais… C'est comme le coloriage : les lignes sont là, mais y a rien qu'empêche vraiment de déborder. Volontairement ou involontairement.

– Peut-être que c'était ce qu'on voulait. Ne pas chercher plus loin que Milou.

– Par on, tu veux dire Babiak ?

– Je ne sais pas du tout ce que je veux dire. » Caranne soupira. « Et si c'était Mathieu, la cible ?

– Non.

– Pourquoi non ?

– Parce que ça n'aurait aucun sens. Personne ne savait qu'il voyait Roxane. C'est l'analyse de leurs SMS qui seule a révélé qu'ils entretenaient une relation. Personne ne savait qu'il serait chez elle ce soir-là. Et surtout : si c'est à lui qu'on voulait s'en prendre, pourquoi la tuer elle aussi ? Quel intérêt ?

– Ça se tient. Alors ? Qui d'autre que Milou ? »

Anaïs observa à son tour la mer de feuilles volantes, se leva et alla s'accroupir devant une page qui, de loin, ressemblait à toutes les autres, exploit qui ne manqua pas d'épater le psy.

« Le plus évident, c'est Tony, dit-elle en posant son doigt sur une ligne du document. Tony Maulpert. L'ex-copain de Roxane.

– Même mobile, tueur différent ?

– Exactement. Il a un alibi, mais on a vu plus solide que "Je jouais au poker avec mes potes", si tu veux mon avis. Roxane l'a quitté neuf mois avant. Alors on peut imaginer qu'il vient conter fleurette à sa belle dans le but de recoller les morceaux. Le hic, c'est qu'elle n'est pas seule, et comme Tony est clairement un sanguin, il pète un câble. Après ça, même scénario que pour Milou. Sauf que Tony, en plus d'être un sanguin, c'est peut-être aussi un malin. Il a deux cadavres sur les bras. Qu'est-ce qu'il se dit ?

– Si je ne fais pas porter le chapeau à un autre, je suis foutu.

– Et il a raison, parce que sans les preuves contre Milou, c'est sur lui qu'on aurait lâché les chiens. Il connaît Milou, ça a été vérifié. On peut donc facilement imaginer qu'il envoie le SMS du portable de Roxane et qu'il se tire en laissant la porte ouverte. Milou se pointe, entre dans l'appartement, tombe sur les corps et prend la fuite ! Ça se tient, putain !

– Mais il y a un énorme problème.

– Je sais, souffla Anaïs en fermant les yeux. Les empreintes sur la ceinture, elle-même autour du cou de Mathieu.

– Est-ce que Milou aurait été assez con pour toucher la ceinture ? En cherchant à vérifier le pouls de Mathieu, par exemple ?

– C'est pas bête. Mais il a toujours nié s'être approché des corps. »

Caranne lâcha un grognement, avant de regarder la pendule minimaliste accrochée au-dessus de la cheminée. Il était presque cinq heures du matin, et un méchant mal de crâne commençait à l'assiéger par les tempes.

« Dans ce cas, faisons abstraction de cette preuve. Pour le moment du moins. Si on se focalise dessus, aucune théorie ne trouvera grâce à nos yeux.

– Je suis d'accord. On oublie et on se concentre sur Tony. En plus, il a tout pour nous plaire : un casier foutrement bien garni grâce à de multiples altercations, ivresse sur la voie publique et autres délits mineurs. Plusieurs témoins affirment qu'il était violent avec Roxane. Dans le lot, d'ailleurs, il y a ta psy, Héléna Beaulne. Tu ne m'avais pas dit que Roxane était sa patiente… »

Caranne en resta muet de surprise.

« Tu me l'apprends, finit-il par lâcher. Alors c'est comme ça que les deux gosses se sont rencontrés…

– C'est ce que pensent les flics, en effet. Comme tu le sais, le cabinet d'Héléna jouxte son appartement. Mais c'est sans certitude, puisqu'ils n'avaient parlé de leur relation à personne.

– Et maintenant, on fait quoi ?

– Je te laisse le dossier. Tu verras que Roxane n'a pas eu une enfance de rêve, c'est le moins qu'on puisse dire. T'en es où avec Héléna ?

– Je la vois demain. Correction, ajouta-t-il en jetant à nouveau un œil à la pendule : dans quatre heures et des poussières.

– Fais-la parler. Elle en savait forcément beaucoup sur Roxane, puisqu'elle a été sa patiente pendant plus d'un an.

– Me dis pas que les flics ne l'ont pas interrogée à son propos !

– Si, mais plutôt sommairement. Et Milou ?

– Si je me débrouille bien, je le verrai dans l'après-midi. Je veux sa version des faits.

– Elle est dans le dossier.

– Non. Je veux l'entendre de sa bouche. »

D'un clignement des yeux elle lui fit comprendre qu'elle comprenait.

« De mon côté, je m'occupe de loger les potes de Tony.

– Loger ?

– Trouver où ils crèchent. Jargon de flic, désolée.

– OK. Tu parles de ceux qui lui ont servi d'alibi, j'imagine.

– Ouais. Parce qu'en dix ans, il y a des chances que les liens se soient un peu distendus.

– Rassure-moi, tu ne comptes pas y aller toute seule !

– Je suis flic, je te rappelle.

– Non. Pas sur cette affaire. Si ça se corse, tu ne pourras pas appeler de renforts. Et vu que ce Tony n'a pas vraiment l'air d'un enfant de chœur, il est possible que ses copains soient du même acabit. Alors promets-moi un truc, là, tout de suite : quand tu sais où les trouver, tu m'appelles. »

Anaïs s'apprêtait à protester mais se ravisa.

« Si ça peut te faire plaisir. »

Le psy attrapa le plaid posé sur un bras du fauteuil et le

lança à la jeune femme, qui le réceptionna en souriant. Au moment où il allait quitter la pièce, elle le héla.

« J'ai oublié, dit-elle en se penchant sur son sac à dos et en en sortant l'enveloppe kraft. Tu jetteras un coup d'œil à ça. Que Babiak soit mouillé ou pas, il se traîne un impressionnant paquet de casseroles au cul. Pas étonnant qu'il soit passé capitaine à un âge canonique. »

Et elle balança l'enveloppe sur la table basse, où elle glissa avant de s'arrêter au bord du vide.

12

Dimanche 3 octobre – 9 h 02

Si les trois heures du sommeil de plomb dans lequel il avait sombré l'avaient débarrassé de sa migraine, elles n'allaient clairement pas suffire à gommer cette impression d'avoir été traîné sur un chemin caillouteux pendant cinq cents mètres.

Si c'était ça, vieillir… Il sortit de la douche, se frictionna avec énergie et enfila un caleçon.

Du dos de la main il essuya la buée du miroir. Se penchant au-dessus du lavabo, il observa son reflet. Il put alors constater que, contre toute attente, il n'avait pas soixante-dix ans. Il se trouva même plutôt fière allure. Une silhouette sportive, des traits fins que quelques rides venaient opportunément viriliser, et, courant du sommet du sourcil jusqu'au milieu de la tempe, une cicatrice blanche. Il passa un doigt dessus, comme à chaque fois qu'il voulait se remémorer la leçon qui y était rattachée : choisis toujours soigneusement tes mots. Surtout quand tu parles de sa maman à un détenu légèrement susceptible et capable de soulever cent vingt kilos au développé couché.

Il sortit de la salle de bains et fut violemment percuté par un camion, qui s'avéra *a posteriori* n'être que Marcus, mais le ressenti était similaire. Le colosse était nu, à l'exception d'une minuscule serviette de toilette couvrant ses parties nobles.

« Merci, dit Caranne après avoir retrouvé son équilibre.

– De ? »

Le psy fit tourbillonner son index entre eux.

« D'avoir mis quelque chose. C'est un progrès.

– Y a une fille dans le séjour, je te rappelle. Je ne suis pas un animal.

– Je te croyais de la famille des rhinocéros.

– La ferme. Pourquoi t'es si beau gosse, ce matin ?

– J'ai rendez-vous avec une vieille amie. Ne compte pas trop sur moi aujourd'hui. Ni les deux jours qui viennent. Je vais être très occupé.

– C'est ce truc sur lequel vous êtes, avec Anaïs ?

– C'est ce truc, oui. Et il vaut mieux que tu restes en dehors. Ta conditionnelle est finie depuis un bail, mais on est peut-être en train de mettre les pieds dans un champ de mines. Hors de question que tu aies des emmerdes à cause de nous.

– Je comprends. Mais je suis là, si y a besoin.

– Je croyais qu'il ne fallait pas compter sur toi, le railla Caranne.

– Bah, de la fierté mal placée. Tu sais bien que je te laisserai jamais tomber. Même si je devais aller sauver tes miches en enfer. »

Quinze secondes plus tard, le refrain d'*Highway to Hell* résonnait d'un bout à l'autre du couloir, avec un accent français et un manque de justesse qui auraient dispersé n'importe quelle manif plus rapidement qu'une unité de CRS.

Quand Caranne passa une tête dans le séjour, il vit qu'Anaïs était toujours assoupie. Le plaid à carreaux la couvrait totalement, et un léger ronflement s'en échappait. Il décida de ne pas la réveiller.

Lorsque l'affaire de l'Égorgeur les avait obligés à faire équipe, il avait tout de suite été fasciné par la détermination dont la jeune femme faisait preuve. Une opiniâtreté rare, renforcée par un caractère revêche et intrépide. C'était sans nul doute, en tant que flic, sa plus grande qualité.

Ils avaient couché ensemble, une fois et une seule.

Parce qu'ils avaient été confrontés à la plus cruelle des images : le corps massacré d'une fillette. Et parce qu'ils avaient cherché, le temps d'une étreinte, à éloigner l'inadmissible réalité.

C'est ce soir-là que Caranne avait compris d'où venait la pugnacité de la jeune femme. Comme lui, elle cherchait obstinément à régler une dette ancienne, sans savoir ni comment, ni même à qui. À la différence près que lui savait que souffrir ou s'offrir en sacrifice ne rachèterait jamais leurs fautes.

L'autopunition était un leurre dont on devenait vite accro.

La machine à café cracha une dose, qu'il doubla aussitôt. Puis il croqua deux tablettes de vitamine C et posa un œil blasé sur l'avocat en train de moisir dans la corbeille à fruits.

Anaïs ne règlerait jamais sa dette – un enfant abandonné à la naissance alors qu'elle n'était qu'une ado, dépendante à l'héroïne.

Alors elle courait derrière les criminels, et elle le faisait comme si sa vie en dépendait. C'était le moyen qu'elle avait trouvé pour museler ce qui la rongeait.

Et aujourd'hui, il la poussait vers ses plus grandes faiblesses.

Il se détestait de ne pas être capable de lui mentir. De lui dire qu'il avait fait erreur, qu'il s'était bêtement laissé berner et que la justice avait bel et bien condamné un coupable. Il craignait qu'entre son enquête sur le meurtre de l'octogénaire – crime qui semblait la toucher particulièrement pour une raison qu'il ignorait – et la possibilité qu'un flic avec lequel elle travaillait depuis un an soit un ripou, elle en vienne à craquer.

Deux jours. C'était tout ce qu'ils avaient pour déterrer la vérité. C'était, de toute façon, le temps qu'il donnait à la jeune femme avant qu'elle ne s'oublie complètement dans sa quête de vérité.

Il sortit sur la terrasse. Pas un nuage à l'horizon. Un vent frais et piquant montait de la mer, amenant jusqu'à lui de fines gerbes d'embruns, et ces effluves océaniques uniques, soufrés, résultat de la décomposition du plancton et autres organismes marins. Oui, c'était cela qu'on appelait l'odeur de la mer.

Les relents d'une faune pourrissante portés par le vent.

Il fit la moue. Parfois, l'ignorance pouvait avoir du bon.

Soudain, une impression de mouvement, plus qu'un véritable mouvement, arrêta celui de son bras portant le mug à ses lèvres. Il le laissa lentement redescendre et scruta longuement le fond du jardin, sans être capable d'identifier l'origine de ce que son œil avait perçu.

Il posa son café sur la table en teck et marcha à grandes enjambées jusqu'au bout de la parcelle. Peut-être un animal qui, le voyant, s'était caché derrière la cabane de jardin, tout simplement. Une véritable colonie de ragondins s'était implantée du côté du port du Plomb, et il arrivait que l'un d'entre eux s'aventure dans les jardins avoisinants.

En prenant soin de ne pas salir les jambes de son pantalon en flanelle dans les herbes folles et humides, il fit le tour de la petite construction en bois, mais ne vit rien d'inhabituel. Alors il fit demi-tour en se promettant de s'accorder une nuit de sommeil complète, une fois Milou tiré d'affaire – ou mort.

Cette idée le fit frissonner et, au même moment, un bruit sourd, comme un objet qui tombe à terre, lui parvint du cabanon.

Il vérifia la porte : à moins que les ragondins aient appris à tourner les poignées, c'était autre chose qui était là.

À l'intérieur.

Il attrapa la pelle appuyée contre le mur latéral et revint se placer face à l'entrée. Il baissa la poignée de la porte, l'ouvrit d'un violent coup de pied, recula de deux pas et cria :

« Sortez d'ici ! Tout de suite ! »

La cabane était petite mais encombrée de tout un tas d'outils, d'une tondeuse à gazon, de parasols et de matelas pour transats. Il était facile de se dissimuler au milieu du désordre.

Soudain, un frottement se fit entendre. Quelque chose – non, *quelqu'un* – bougeait à l'intérieur.

L'angoisse l'étreignant soudain dans son étau puissant, il leva la pelle au niveau de sa tête pour se protéger d'une éventuelle attaque et fit un pas vers l'entrée.

« Sortez, ou c'est moi qui entre. »

Cette fois, la menace de Caranne fut accueillie par un grand chahut.

Maddie trébucha sur une paire de cisailles avant de sortir, les mains en l'air.

« C'est bon, tire pas, j'suis pas armée.

– Maddie ? Mais qu'est-ce… Qu'est-ce que tu fabriques ici ?

– Je me suis dit que j'allais faire un peu de jardinage. Ça fait combien de temps que t'as pas tondu ta pelouse, sérieux ? Y a pas une convention de voisinage dans ton quartier, comme dans tous les bleds de bourges ? »

Caranne balança la pelle dans l'herbe et pivota vers la maison.

« Je ne sais pas ce que tu fiches ici, dit-il en commençant à remonter le jardin, mais rentre chez toi. Je n'ai pas le temps pour ces…

– Pour ces conneries ? » le coupa-t-elle.

Caranne se tourna vers elle. Cet air bravache qu'elle affichait, les yeux plissés et le menton légèrement en avant, lui rappela Anaïs.

« Laisse-moi deux jours. Après on pourra jouer à cache-cache autant que tu veux. Ou s'occuper de ton avenir, ce qui me semble un tout petit peu plus important.

– Deux jours pour quoi ?

– Deux jours pour… J'ai quelque chose d'important à faire.

– Quelqu'un à aider, c'est ça ? »

Le psy fronça les sourcils.

« Pourquoi tu dis ça ?

– Parce que c'est comme ça que tu fonctionnes. Tu joues les sauveurs, et à côté le reste du monde n'existe plus. »

Caranne la toisa un instant, puis jeta un œil à sa montre. Il ne pouvait pas se permettre d'arriver en retard chez Héléna. Il ne connaissait que trop bien son obsession du respect strict des horaires. Il en avait fait maintes fois les frais au début de sa thérapie, quand pour cinq minutes de retard elle le priait de revenir le lendemain.

« Je n'ai pas le temps, Maddie. Mais Marcus est là. Si tu veux, tu peux…

– Quoi ?! cria-t-elle, les yeux écarquillés et un immense sourire illuminant soudain son visage. Marcus est là ? T'es sérieux ?

– Oui, dit Caranne en souriant à son tour, Marcus est là.

– On se prend un p'tit dèj ? Comme au bon vieux temps ?

– Putain, Maddie, tu écoutes ce que je te dis ?! »

Il s'approcha d'elle et leva la main. La jeune femme eut un brusque mouvement de recul et ses yeux se teintèrent d'un voile de terreur. Après l'avoir rassurée du regard, il ôta de sa longue chevelure châtain le brin d'herbe jaunie qui s'y était accroché. Puis il serra doucement son épaule, tout en se fustigeant d'avoir oublié un peu vite qu'elle venait de passer plus de mille jours en prison.

« Reste ici aujourd'hui, si tu veux, et on parlera ce soir.

– La journée… et la nuit ? »

Caranne l'observa plus attentivement. Et ce ne fut qu'à cet instant qu'il remarqua les vêtements d'une propreté toute relative, les cheveux emmêlés et cet air de n'avoir pas dormi dans un vrai lit.

« Ne me dis quand même pas que t'as passé la nuit dans mon cabanon de jardin ? »

Elle haussa les épaules.

« Pas le choix. Je me suis engueulée avec Maman, et je ne savais pas où aller. C'était mieux que de dormir dans la rue, avoue. »

Caranne s'apprêtait à répondre, quand le regard de la jeune fille dévia vers la maison. Elle fit un timide bonjour de la main. Le psy pivota et vit Anaïs, debout sur la terrasse, qui les observait.

« Dis donc, railla celle-ci d'une voix forte tout en se massant la nuque, si ton idée c'est de te reconvertir en antenne de la SPA, j'ai pas mal de chiens errants à qui filer ton adresse ! »

Le psy ferma les yeux et soupira. Puis, à Maddie :

« Deux nuits sur le canapé. Pas une de plus.

– Deal », adjugea la jeune fille en levant une paume devant elle.

Caranne lui tapa dans la main et la regarda remonter le jardin en courant.

13

Dimanche 3 octobre – 9 h 38

Caranne balaya du regard le grand double séjour, que trois paires de rideaux en toile de Jouy protégeaient d'une éblouissante clarté matinale.

Pas de collection de crânes de chat, ne put-il s'empêcher de noter.

Pas de syndrome d'accumulation, ni le moindre signe visible d'une quelconque affection mentale grave. Pour l'instant, les folles rumeurs concernant Héléna se heurtaient à un intérieur d'une banalité rassurante, quoique sauvagement bourgeois. Ce qui, pour une certaine jeunesse militante, correspondait sans doute à une forme de démence.

Toujours était-il que l'appartement d'Héléna n'avait pas changé depuis la dernière fois qu'il y avait mis les pieds, dix ans auparavant. Non, ce n'était pas totalement vrai. Deux différences étaient notables : le nombre de portraits de son fils ornant les murs ainsi que, encombrant le guéridon de l'entrée, une pile impressionnante de lettres provenant d'organismes caritatifs comme l'Unicef, l'Armée du salut ou les Restos du cœur.

Héléna avait toujours été généreuse. Lorsqu'au bout de six ou sept ans, elle s'était permis quelques coups de cutter dans le protocole thérapeutique en se confiant à lui, il avait compris qu'il lui arrivait fréquemment d'effacer l'ardoise de ses patients les moins fortunés. Et quand il lui avait fait remarquer que rétribuer son psy constituait un maillon essentiel dans la démarche du patient de se prendre en main, elle lui avait rétorqué qu'il valait mieux une thérapie imparfaite que pas de thérapie du tout.

Mais aujourd'hui, cette générosité lui était peut-être bien devenue vitale.

Celui qui perd un enfant – son enfant unique, qui plus est – trouve souvent une forme de réconfort dans l'acte de donner. Celui-ci peut constituer un palliatif au besoin de maternage. Le risque étant que ce comportement devienne compulsif. Il se demandait si tel était le cas pour Héléna lorsque celle-ci fit son apparition, un plateau chargé d'un service à thé en argent entre ses mains élégamment manucurées.

« Je ne bois plus que du thé noir, cela vous convient ?

– Très bien », répondit Caranne.

Alors qu'elle disposait les soucoupes et les tasses sur la table en acajou, il en profita pour observer son visage. À première vue, beaucoup auraient convenu qu'elle vieillissait avec grâce. Mais Caranne la connaissait trop pour ne pas voir dans ses rides les plus prononcées les marques d'un chagrin trop lourd, dans le regard qu'on eût dit plein de sérénité la disparition de l'étincelle qui autrefois l'animait, et dans les gestes mesurés, ralentis, la lassitude d'une existence privée de joie.

« Sucre ? demanda-t-elle en soulevant le couvercle d'un sucrier qui ressemblait à un énorme scarabée argenté. J'avoue ne pas m'en souvenir, mon cher Victor.

– Pas de sucre. »

Ce qui n'empêcha pas le psy de touiller longtemps le liquide sombre et fumant, son regard passant de meubles d'époque en bibelots hors de prix jusqu'à se poser sur le greffier étonnamment commun étendu sur un rectangle du parquet chauffé par le soleil.

Elle remarqua son malaise, mais se méprit sur son origine.

« Que vous a-t-on dit ?

– À quel propos ?

– Oh, vous savez, je me doute que certains bruits circulent sur moi. »

Caranne acquiesça en souriant.

« C'est le propre de la notoriété, dit-il. Elle est un socle sur lequel se construisent tout un tas de mythes.

– Je ne suis pas si célèbre...

– Ne faites pas la modeste... »

Elle se mordit la lèvre inférieure, exprimant ainsi une réelle gêne.

Héléna avait toujours été une femme ambitieuse. Ce qui n'ôtait rien à son dévouement envers ses patients ni à son incroyable compréhension de la psyché humaine. Mais de devoir son prestige professionnel à ses écrits sur son propre deuil devait constituer pour elle une vraie torture.

Du bout des doigts, Héléna vérifia la tenue de son chignon. Puis, comme un enfant blasé à qui l'on s'apprête à expliquer les mystères du monde :

« Allez-y. Qu'est-ce qu'on raconte ? »

Caranne sourit.

« On dit que vous collectionnez les crânes de chat. »

Elle s'esclaffa.

« Ah, je vois ! »

Caranne attendit que son rire se dissipe, réfrénant une violente envie de griller une cigarette. Il se pencha en avant, posa ses coudes sur ses genoux et plongea son regard dans celui de la sexagénaire.

« On dit aussi que vous ne sortez plus de chez vous. »

Elle porta le thé à ses lèvres en le fixant à son tour de ses grands yeux gris.

« Cette rumeur-là n'en est pas une. » Elle reposa lentement sa tasse. « Agoraphobie sévère. Je ne mets le nez dehors qu'en cas de nécessité absolue.

– Je suis désolé de l'apprendre.

– Oui, oh, ce n'est pas comme si le monde extérieur me manquait vraiment. Mais je vous demanderai de garder ça pour vous. J'aime autant qu'on m'imagine entourée d'ossements félins, ajouta-t-elle avec un sourire triste.

– Bien entendu. »

Le silence tomba entre eux comme une guillotine. Il était temps pour Caranne d'obtenir ce qu'il était venu chercher. Mais quelque chose, de l'ordre d'une déférence incapacitante, l'empêchait de se lancer.

Comme souvent, elle le devança.

« Qu'est-ce que vous voulez, Victor ? »

Il était inutile de lui mentir. Cette femme était l'être le plus fin, le plus intelligent qu'il lui ait été donné de rencontrer. Louvoyer ne servirait à rien. Elle venait de comprendre qu'il n'était là ni par amitié, ni même par nostalgie.

« Je voudrais que vous me parliez de Roxane. »

Les traits de son visage se tendirent comme sous l'effet d'un choc violent.

« Pourquoi ?

– Accepteriez-vous de le faire sans que je vous en donne la raison ? »

Elle ferma les paupières et réunit ses mains sur ses genoux. Une bague ornée d'un gros saphir étranglait son annulaire gauche, et la peau fine autour était froissée comme du papier de soie.

« À nouveau : pourquoi ? »

Son ton était à présent plus sec, et Caranne se demanda si

sa stratégie était la bonne. Mais c'était, à bien y penser, la seule valable. Aucun mensonge n'aurait fonctionné. Pas avec elle.

« Parce que lorsque je vous aurai dit de quoi il s'agit, il est très possible que vous ne souhaitiez plus me parler. Et j'ai terriblement besoin que vous le fassiez. »

Elle avala une gorgée de thé, puis reposa la tasse d'une main qui tremblait légèrement.

« Je sais que vous ne voyez pas cela ainsi, mais je vous ai abandonné. » Elle leva une main pour l'empêcher de protester. « Si, c'est la vérité. Nous n'avons jamais pu terminer notre travail. Votre travail. Il y avait encore à faire, vous le savez aussi bien que moi. J'imagine que vous n'avez pas continué avec le confrère que je vous avais envoyé ? »

D'un mouvement de la tête, Caranne confirma.

« Alors je vais répondre à vos questions. Je vous le dois. Mais Victor, promettez-moi qu'avant de partir vous me direz de quoi il s'agit, même si vous pensez que cela me fera souffrir. Je peux compter sur vous ?

– Vous pouvez.

– Allez-y.

– Parlez-moi de Roxane. De sa personnalité. »

Les yeux fixés sur le grand portrait noir et blanc de son fils, au-dessus de l'épaule de Caranne, elle caressa mécaniquement le chat qui avait sauté sur ses genoux avant de se mettre à parler d'une voix claire et lente.

« C'était une jeune femme… surprenante. La première fois que je l'ai rencontrée, dans ce centre pour jeunes où j'exerçais comme psychologue bénévole quelques heures par semaine, vous savez quels ont été ses premiers mots ? "Paraît que vous êtes plutôt bonne pour réparer les gosses cassés. Allez-y, montrez-moi ce que vous savez faire." »

Caranne sourit.

« Quel type d'enfance a-t-elle eu ?

– Elle n'a pas connu son père. Sa mère l'a élevée seule, enfin si on peut appeler ça élever. Elle était alcoolique et franchement négligente. À huit ans, la petite a été placée par les services sociaux en famille d'accueil. Il y en a eu cinq, si mes souvenirs sont bons. Elle était dure, fuguait, s'en prenait aux autres enfants. Alors à quinze ans, parce que plus aucune famille n'acceptait de s'en occuper, on l'a renvoyée chez sa mère, chez qui elle est restée jusqu'à ses dix-sept ans. Après ça, elle a vécu de petits boulots, d'un peu de revente de drogue, d'emprunts d'argent à des amis. Elle était très manipulatrice. »

Héléna attrapa l'assiette dans laquelle elle avait disposé les mini-viennoiseries apportées par son ancien patient et la lui tendit. Il n'avait pas faim mais se força à croquer dans un pain au chocolat miniature.

« C'était une personnalité complexe, poursuivit Héléna. Très complexe, même. Je la soupçonne d'avoir été abusée par un proche lorsqu'elle était enfant, quoiqu'elle ne me l'ait jamais affirmé clairement. Toujours est-il qu'elle avait développé une forte défiance vis-à-vis de la gent masculine, qu'elle manœuvrait avec une facilité déconcertante. Il faut dire que c'était une très belle fille.

– Est-ce que le nom de Tony Maulpert vous dit quelque chose ? »

Héléna porta sa tasse à ses lèvres sans cesser de regarder Caranne.

« Oui. Roxane l'a fréquenté durant quelques mois. Je crois me souvenir qu'elle l'a quitté peu après qu'elle a commencé à venir me voir.

– Que pouvez-vous m'en dire ?

– Il faisait partie de ceux qui supportaient mal qu'elle joue avec eux.

– Elle vous l'a dit ?

– Elle me l'a montré, surtout. Des ecchymoses grosses

comme le poing. Sur sa poitrine, ses hanches, ses côtes. J'ai essayé de la persuader de porter plainte. Elle m'a ri au nez. Elle a quand même fini par le quitter.

– Vous n'y êtes pas pour rien, j'imagine.

– Vous me donnez trop de crédit, Victor. Elle l'aurait fait, quoi qu'il arrive. Elle était incroyablement forte. »

Ils se turent un moment, observant le chat qui ronronnait sous les caresses de la psy.

Les yeux de Caranne dévièrent jusqu'à un petit cadre en argent, posé sur le vaisselier derrière elle. Mathieu, sept ou huit ans, posait aux côtés de son père, devant un torrent de montagne. Caranne savait que le couple avait divorcé à peu près à cette époque. Étaient-ce les dernières vacances qu'ils avaient passées tous les trois ?

« Étiez-vous au courant qu'elle fréquentait votre fils ? »

Héléna plissa les yeux, et la douleur du souvenir fit chuter la commissure de ses lèvres.

« Non. C'est la police qui me l'a appris au lendemain de leur mort. » Elle baissa la tête, la secoua lentement avant de subitement la redresser, menton en avant et port impérial. « Je suis persuadée qu'elle a interdit à Mathieu de m'en parler. Parce que lui l'aurait fait, je le sais. Nous avions une relation très honnête, et s'il ne me disait évidemment pas tout, il me parlait systématiquement de ses flirts. Elle voulait me l'annoncer elle-même, j'en suis convaincue. Elle n'en a simplement pas eu le temps.

– Pourquoi pensez-vous qu'elle souhaitait vous l'annoncer elle-même ?

– Elle cherchait toujours des leviers afin d'avoir l'impression de me dominer. Il n'y avait pas une semaine où elle ne tentait pas de me choquer. Elle ignorait qu'en termes de sexe et de stupéfiants, j'en avais entendu bien d'autres.

– Il y a une chose que je ne comprends pas : elle avait

vingt et un ans. Ce n'est pas trop vieux pour être accueilli par un centre pour jeunes ?

– Elle y était bénévole. C'était sa manière de rendre au centre tout ce qu'il lui avait donné pendant ses années d'adolescence. C'est un lieu qui fait beaucoup pour la jeunesse de Mireuil.

– Vous ne trouviez pas ça étonnant ? Cet engagement de sa part ?

– Je vous l'ai dit. C'était une personnalité complexe. » Ses traits s'affaissèrent encore un peu. « Je suis dure avec elle, j'en ai conscience, mais vous comprenez pourquoi.

– Parce que sans elle, Mathieu serait vivant.

– On a beau répéter à nos patients que la rancœur est un poison… » Elle chercha son assentiment du regard, puis : « Ce n'était pourtant qu'une gamine abîmée et perdue. Derrière toutes ces provocations se cachait quelqu'un d'empathique et de généreux. Une jeune femme très capable, j'en suis absolument certaine. Je comprends ce qui chez elle a plu à Mathieu, même si j'aurais été incapable de cautionner leur relation.

– Pourquoi ?

– Parce qu'elle lui aurait fait du mal, à un moment ou à un autre. Et qu'il n'aurait pas fallu grand-chose pour qu'il envoie balader des études qui ne le passionnaient déjà pas beaucoup.

– Que faisait-il ?

– Il était en deuxième année d'éco, à Bordeaux. J'ai… » Elle prit une inspiration qui sembla lui coûter. « C'est moi qui l'ai poussé dans cette voie. Il voulait faire du théâtre, ce que je trouvais stupide et puéril parce qu'il n'avait jamais lu la moindre pièce, mais j'aurais dû, quand même, j'aurais… »

Un petit cri s'échappa involontairement de sa gorge.

« On se dit toujours qu'on n'imposera pas à nos enfants ce que nos parents nous ont imposé, et finalement… »

Caranne savait qu'elle avait grandi au sein d'une famille extrêmement exigeante, qui avait imposé à ses six enfants une éducation orthodoxe dans la plus pure tradition russe.

« Finalement, l'héritage familial ressurgit d'une manière ou d'une autre. Mais vous faisiez ce que vous pensiez le mieux pour lui, Héléna.

– Un père violent m'a dit la même chose en consultation pas plus tard que la semaine dernière. » Le regard éperdu qu'elle posa sur Caranne le foudroya. « Pourquoi, Victor ? »

Le psy se pencha et saisit la main de la femme qui, dix ans auparavant, lui avait littéralement sauvé la vie.

« Émilien Milkovitch. Je crois qu'il est innocent. »

Héléna retira lentement mais fermement sa main de celle de Caranne, se leva, renifla et essuya les poches humides sous ses yeux à l'aide d'un mouchoir en tissu d'un blanc immaculé qu'elle avait tiré de sa manche.

Elle contourna la table sans lui accorder un regard et se dirigea vers la porte.

Caranne se leva, la gorge comprimée.

Juste avant de sortir de la pièce, elle lâcha d'une voix que les larmes qu'elle s'efforçait de ravaler rendaient rauque :

« Je ne sais pas ce que vous cherchez à faire, Victor, mais il est clair que vous avez encore des choses à régler. Ce que nous avons créé ensemble n'aura finalement pas suffi à ce que vous vous pardonniez la mort de James, ajouta-t-elle en secouant la tête. C'est peut-être ma faute. Si nous avions continué le travail thérapeutique, vous n'en seriez sans doute pas à chercher votre absolution dans l'innocence fantasmée de tous les coupables que vous croisez. Vous connaissez le chemin. »

Et elle referma doucement la porte, dans l'entrebâillement de laquelle le gros chat se glissa *in extremis*.

14

Dimanche 3 octobre – 11 h 02

« Ben ouais, on est dimanche, tu croyais quoi ? » railla Anaïs en avalant la dernière bouchée de son sandwich jambon-beurre-cornichons, son premier repas à peu près digne de ce nom depuis le début de l'enquête. « Le responsable CSU[1] de la mairie est comme le reste du monde : le week-end est un sanctuaire, et gare à ton cul si t'as dans l'idée de le violer. »

Sylvain ôta son casque de vélo et se laissa tomber sur sa chaise, qui roula sur un mètre en couinant, faute de lubrifiant.

« La dernière fois, je l'ai sorti du lit à deux heures du matin sans aucun problème. »

Anaïs se redressa sur son fauteuil et regarda le grand Noir d'un œil navré.

« Mais la dernière fois, Sylvain, surarticula-t-elle d'une voix grinçante d'ironie, la victime était un homme important, une huile bien en place dans cette ô combien bourgeoise de ville ! Là, on recherche le tueur d'une petite vioque dont personne n'avait rien à foutre. C'est très différent, vois-tu !

1. Centre de supervision urbaine.

– T'es d'un cynisme, parfois... Et puis c'est faux, La Rochelle n'est pas une ville de bourges. Tu savais que le salaire moyen... »

La fliquette le coupa avec un gloussement méprisant.

« C'est là que tu te plantes, dit-elle, ignorant sa dernière remarque. T'as l'impression que je suis cynique parce que toi, t'es complètement naïf. D'ailleurs je me suis toujours demandé comment t'avais fait pour... »

Elle s'interrompit brusquement, prenant conscience de la cruauté de ce qu'elle s'apprêtait à dire. Mais il n'était pas compliqué de compléter les points de suspension et Sylvain, les yeux encore plus écarquillés que d'ordinaire derrière les verres de ses lunettes à la rondeur perturbante, se leva et alla se planter face à elle.

« Comment j'ai fait pour devenir flic, c'est ça que t'allais dire ?

– Ouais, mais je...

– La ferme, OK ? Je ne vois pas les choses comme toi et, franchement, Dieu m'en garde. » Son index pointé devant lui bougeait à la façon d'un colibri, par vifs à-coups. « Parce que si je devais me lever chaque matin en pensant que le monde est un immense cloaque où seuls survivent les pourris, je crois que je deviendrais fou.

– C'est pas ce que je pense. Pas tout à fait.

– Alors pourquoi tu te comportes toujours comme une garce ? »

Il attrapa son casque fluo d'un geste brusque, fit un tour sur lui-même à la recherche de son blouson, se rendit compte que celui-ci n'avait pas quitté ses épaules et se dirigea vers la porte. Il posa la main sur la poignée, et, sans se retourner :

« Je vais filer un coup de main à Marianne. Elle est à la recherche de toutes les caméras susceptibles d'avoir filmé notre gars cette nuit-là et elle secoue tous ceux qu'elle peut secouer pour y avoir accès. Ouais, on est peut-être des cons de croire que ça pourra donner quelque chose, mais je préfère ça que rester assis sur mon cul à faire… Tu fais quoi, au fait, à part te taper un casse-dalle à onze heures du matin ? »

Sylvain était un mec bien, Anaïs le savait. Et sensible, avec ça. Chez les flics, où le quotidien vous fait vite une peau dure comme le cuir d'un gant de base-ball, ce n'était pas si courant. Pourquoi, alors, ne pouvait-elle pas simplement agir comme l'équipière cordiale et stimulante qu'il méritait ? C'était quand même pas la mort !

« Oublie pas ta carte de police, parce que là tu ressembles au livreur du resto végan à côté de chez moi. Si au commico on te prend pour un guignol, dis-toi que y a pas de raison que ce soit différent avec les civils. »

Sylvain avait raison. Garce était apparemment devenu son mode par défaut. La pente qui menait vers une vie solitaire façon Bernadette Bouvier et sur laquelle elle descendait à toute allure venait de gagner un degré d'inclinaison.

Il lui lança un regard assassin et quitta la pièce en essayant de claquer la porte, sortie théâtrale empêchée par le système à pistons posé récemment et dont il avait oublié l'existence. La porte se rabattant avec une ridicule lenteur, il finit par lâcher la poignée et tourna les talons en jurant de manière inaudible.

La fliquette ferma les paupières quelques secondes. Dans ce noir qu'elle s'imposa elle parvint sur-le-champ à faire le vide, à se désencombrer de cette pointe de culpabilité liée au fait qu'elle n'en ressentait aucune. Un sourire amer tira sur ses lèvres pleines. Un psy comme Caranne s'éclaterait, avec ce genre de paradoxe tordu. Mais rien ne devait interférer avec ce qu'elle était en train de faire, et surtout pas une auto-analyse à la con.

Après une grande inspiration, elle rouvrit les yeux et d'un

clic de souris fit réapparaître la page du fichier ADOC[1] concernant Karim Ablaoui : le premier des deux alibis de Tony s'était rendu coupable d'un dépassement de vitesse une semaine auparavant, sur l'A16, à vingt kilomètres de Narbonne. L'adresse postale liée au véhicule confirma ce qu'elle craignait : il habitait dans le Sud, un bled paumé du département de l'Aude.

Elle pesta silencieusement.

Le TAJ[2] n'avait craché à son propos que de très anciennes infractions, des délits mineurs qui avaient tout d'erreurs de jeunesse. Depuis, le bonhomme n'avait pas fait de vagues. Il était rentré dans le rang. Avait mûri, sans doute. S'était géographiquement éloigné de ses mauvaises fréquentations. Il conduisait un monospace, bordel ! Le genre de type qui, face à la possibilité de réparer ses torts, aurait peut-être sauté sur l'occasion.

S'il avait menti pour protéger Tony, il y avait des chances pour qu'aujourd'hui il dise la vérité.

Mais il était trop loin, et le temps qui leur restait, trop court.

Le téléphone était exclu : c'était le pire accoucheur de vérité qu'on puisse imaginer. Elle reconsidérerait peut-être la chose en cas d'échec avec le deuxième alibi de Tony.

Elle rentra son nom dans le TAJ : Mickaël Boutot. Pas le même profil, c'était le moins qu'on puisse dire. Le fichier dégueula une liste de délits longue comme un jour polaire.

Quelques allers-retours en prison ponctuaient avec régularité cette biographie de petite frappe ordinaire. Les infractions allaient du recel de biens volés à la possession de drogue, en passant par l'ivresse sur la voie publique et

1. Accès aux dossiers des contraventions.
2. Traitement d'antécédents judiciaires.

la violence aggravée. L'adresse fournie lors de sa dernière audition le situait à Mireuil, à quelques rues de l'immeuble de Roxane.

Anaïs la nota sur sa paume, se leva et enfila sa veste en jean. Ses yeux rencontrèrent alors ceux de Bernadette Bouvier. Sur cette photo qu'elle avait posée contre une pile de dossiers, la victime était blonde, frisée et boudinée dans une combinaison-pantalon blanc et mauve à empiècements dorés. Les années quatre-vingt dans toute leur aveuglante splendeur. Son fils et son mari l'entouraient. Leurs sourires étaient cette moue crispée que tout humain finit par offrir à l'objectif quand le photographe est du genre à prendre son temps.

Elle était morte. Elle et tous ceux qui un jour l'avaient aimée.

La flic se promit à nouveau de trouver qui avait massacré la vieille dame.

Mais l'urgence, c'étaient les vivants.

C'était Milou.

15

Dimanche 3 octobre – 14 h 14

Cela faisait quinze minutes que Caranne arpentait les neuf mètres carrés de la cellule transformée en salle de consultation. Il regarda une énième fois sa montre, redressa la tête et s'arrêta brusquement à deux pas du mur. Mur qu'il frappa du plat de la main, les courts et désagréables effets vibratoires remontant jusqu'à son coude. Puis il soupira et appuya son front contre le plâtre gris et froid.

Il n'était pas rare qu'un gardien mal luné le fasse poireauter, juste pour se rappeler à lui-même qu'ici, malgré les conditions de travail à chier, la violence et la sinistrose ambiante, il était du bon côté du pouvoir. Certains hommes ont besoin de croire que s'ils baignent dans la même merde que tout le monde, toujours en avalent-ils un peu moins que les autres.

À 14 h 20, enfin, un bruit de pas annonça l'arrivée de Milou.

La porte s'ouvrit sur la face de silex de Laux, un maton connu pour faire de la vie des détenus un enfer dans l'enfer. Fouilles brutales, humiliations publiques, colportage de rumeurs et autres saloperies pourrissaient le quotidien d'un paquet de taulards. Sans surprise, les brutes, les caïds et les cinglés étaient beaucoup moins emmerdés.

Le regard de Caranne fouilla l'espace derrière lui, mais de Milou, aucune trace.

Laux fronça son nez en bec d'aigle, ses larges narines laissant apparaître des touffes de poils blonds, presque transparents.

« Désolé, doc, on a un problème de paperasse, et ça va pas être possible de voir votre patient aujourd'hui. Faut dire que c'est rare, que ça s'organise au dernier moment. Un dimanche, en plus. Manque une signature, à ce qu'on m'a dit. »

Les muscles des mâchoires de Caranne jouèrent quelques instants sous sa barbe de trois jours. Il s'approcha du maton, passa ses doigts écartés dans ses cheveux en soupirant et se para d'un sourire enjôleur.

« Je comprends, Laux. La bureaucratie carcérale est une vraie plaie. Roulez, nous disent-ils, mais quand on baisse les yeux, on s'aperçoit qu'ils nous ont fourni des roues carrées. Des putains de roues carrées. »

Laux eut un mouvement de recul. Le visage du psy était très proche du sien, réalisa-t-il, si proche à vrai dire qu'il pouvait observer chaque détail de la cicatrice blanche qui ornait sa tempe et dont il connaissait l'origine.

« Ouais, c'est la merde, y a pas à dire.

– Je le verrai un autre jour alors. C'est comme ça.

– OK, doc. On y va alors. »

Laux pivota et passa la porte.

« Y a quand même un truc. »

Laux se retourna.

« Quoi ?

– Si vous le retrouvez ce soir les poignets ouverts comme des moules trop cuites, vous expliquerez à la direction qu'il manquait une signature. Que c'est pour ça que le détenu n'a pas pu voir son psy.

– Mais vous…

– Mettez à contribution ce que la nature vous a offert de cervelle pour vous poser cette simple mais néanmoins pertinente question : pourquoi m'a-t-on autorisé à venir un dimanche ? »

Les muscles du long cou de Laux se tendirent comme les câbles d'un pont suspendu.

« Je vous dis juste de préparer votre défense, ajouta d'une voix plate Caranne. Parce que quand tout ce sang giclera, ce n'est pas moi qu'il éclaboussera. »

Les narines du maton frémirent un instant.

« Je crois qu'on va se passer de cette signature.

– Voilà. Avec un peu de volonté, même une roue carrée peut se mettre à rouler. »

Cinq minutes plus tard, Émilien Milkovitch s'asseyait face à Caranne.

Le psy n'aurait pas pensé possible que le visage du jeune homme puisse se creuser davantage, et pourtant. Les joues étaient deux cavités, derrière lesquelles on devinait le relief des molaires.

La seule explication était qu'il avait arrêté de se nourrir. Et Caranne comprit que s'il ne le sortait pas de là d'une manière ou d'une autre, personne ne serait en mesure de l'empêcher de mourir.

« Je vais être direct, Milou, parce qu'on a peu de temps. Je crois à votre innocence. J'y crois et je cherche un moyen d'en apporter la preuve. »

Aucune lueur n'éclaira les yeux du jeune homme, qui continuaient de passer d'un point à un autre sans jamais se poser. Le mouvement, néanmoins, était moins vif que lors de leur première rencontre.

Comme entravé par une idée fixe, pensa le psy.

Caranne posa une main sur son épaule saillante.

« Vous comprenez, Milou ? Je vais avoir besoin de temps. Laissez-moi du temps. »

Le détenu secoua mollement la tête, mais l'aspect machinal du geste fit douter le psy de sa capacité à saisir le sens de ce qu'il lui demandait.

« Milou, écoutez-moi, je veux que vous remettiez votre projet à plus tard afin que…

– J'ai dit non », le coupa le détenu.

Caranne s'adossa contre sa chaise.

« Je vais vous sortir de là.

– Alors faites-le très vite, très vite. »

Son débit était toujours celui d'une mitraillette bégayante.

« Une semaine ?

– Trois jours.

– Milou…

– Il reste trois jours, trois, trois jours. Ça fera dix ans dans trois jours alors il reste trois jours. »

Le psy se pencha à nouveau vers le jeune homme et prit doucement sa tête entre ses mains, le forçant à rencontrer son regard.

« Dans ce cas je vais être obligé de vous faire placer en cellule d'isolement sécurisée. Ça ne va pas être marrant, je préfère vous prévenir. Mais au moins vous ne pourrez pas vous faire de mal. Si vous me promettez d'attendre un peu, on laisse tomber l'isolement, et si finalement je foire vous serez libre de vous évader à votre façon. Je ne demanderai pas de surveillance renforcée. Je vous en fais la promesse.

– Enfermez-moi où vous voulez, ça changera rien. »

Les lèvres de Milou se rétractèrent sur ses gencives, dévoilant deux rangées de petites dents étonnement saines.

Caranne, intrigué, lâcha le visage émacié. Avant de comprendre.

« Il faut avoir le cœur sacrément accroché, pour s'arracher les veines avec les dents.

– Vous croyez ? » Sur quoi le jeune homme monta son bras jusqu'à sa bouche et, sous l'œil épouvanté de Caranne, s'arracha un morceau de chair de la taille d'un gros ravioli. Puis il le cracha aux pieds du psy.

Le sang se mit à pisser sur la table et Caranne sauta de sa chaise pour se ruer sur le bouton d'urgence, placé à quelques centimètres de la porte de la cellule. Le doigt sur le commutateur, il hésita, puis se retourna.

Milou avait attaqué le milieu de la partie charnue de l'avant-bras. Là où le réseau veineux est le moins développé. Il n'allait pas se vider de son sang. Pas dans l'immédiat, tout au moins.

Le psy fit passer son pull en coton par-dessus sa tête, vint s'accroupir devant Milou et appuya le vêtement sur la blessure.

« De deux choses l'une, lui dit-il. Soit j'appelle maintenant et je ne pourrai sans doute plus rien faire pour vous, soit vous me donnez votre version des faits. Il nous reste dix minutes. »

Milou opina, mais demeura muet. Au moment où Caranne commençait à perdre espoir, le détenu repoussa la main du psy et comprima lui-même sa blessure. Puis il se mit à parler.

« J'ai reçu le texto de Roxane, il était dix heures moins le quart. Moi j'étais du côté de Villeneuve, je venais de larguer deux meuges de coke à une sous-merde qu'essayait à chaque fois d'avoir un taro, je venais de me dire que c'était la dernière fois, la dernière fois, il me tapait trop sur le système le gars.

– Passons sur ce genre de détails, Milou. »

Il parut surpris, souleva le pull un court instant et le pressa à nouveau sur la béance sanglante.

« Parce que j'ai un trou dans le bras ?

– Parce que vous avez un trou dans le bras. »

Il opina à nouveau.

« J'arrive là-bas, je monte…

– Vous ne remarquez rien, quand vous montez ?

– Si.

– Quoi ?

– La porte de Roxane, elle était ouverte, ouverte. »

OK. Caranne ne devait pas oublier qu'il avait face à lui un homme qui ne raisonnait pas de la même façon que lui et ignorait ce que lui savait.

« Oui, d'accord, continuez.

– J'entre. Je vois personne dans le salon, du coup je vais ouvrir la porte de la chambre, y avait de la lumière.

– Elle était fermée ou entrouverte ?

– Fermée.

– Ensuite ?

– Ensuite, je les vois. Ils sont allongés. Ils sont morts. Leurs têtes sont gonflées, toutes rouges. Je sais pas combien de temps je reste, Roxane je l'aimais et de la voir comme ça j'ai le cerveau qui bugue, mais pas longtemps j'crois. Je m'dis qu'il faut que j'me barre, ouais que j'me barre.

– Est-ce qu'il y avait une ceinture autour du cou de Mathieu ?

– Nan. Pas de ceinture. Je l'ai dit mille fois.

– Vous êtes certain ?

– Ouais putain ! J'ai vu les marques sur son cou, les mêmes que sur le cou de Roxane, je m'en souviendrais si j'avais vu une ceinture, m'en souviendrais !

– Alors comment vos empreintes se sont retrouvées dessus ? Vous vous souvenez l'avoir touchée ? Pour la lui retirer, par exemple. Pas ce jour-là, mais un autre.

– Nan, jamais. Si j'avais couché avec Roxane, ouais, ça pourrait s'expliquer, mais c'est jamais arrivé.

– OK. Est-ce qu'il y avait quelque chose d'inhabituel dans l'appartement ?

– À part les deux corps ?

– Oui, Milou, à part les deux corps. » Caranne regretta aussitôt l'impatience qui avait percé dans sa voix et jeta un coup d'œil furtif au morceau de chair qui reposait, petite chose blanc, rose et rouge, à un mètre de lui.

« Nan, rien de spécial. À part le tapis.

– Quel tapis ?

– Elle avait un tapis tout fucké, un truc dégueulasse avec des longs poils orange, ouais orange. D'habitude, il était dans le salon. Là il était dans la chambre.

– Il était où ? Par rapport aux corps.

– Les corps étaient dessus. »

Caranne plissa les yeux.

« Vous l'avez dit à la police ?

– Nan. Je l'ai dit à mon avocat quand je m'en suis souvenu, juste avant le procès. Il a dit qu'on s'en foutait, s'en foutait. Que c'était qu'un tapis, et que c'étaient pas des histoires de déco d'intérieur qu'allaient sauver mon cul. »

Caranne acquiesça.

Un bruit de pas leur parvint.

« Rien d'autre ? le poussa le psy.

– J'ai claqué la porte et je suis parti, je suis parti. J'ai hésité à appeler les flics, mais j'avais pour plus de deux mille balles de coke sur moi. Et j'savais très bien qu'on me soupçonnerait direct. J'pouvais pas.

– Vous êtes certain d'avoir claqué la porte ?

– Je m'en souviens plus très bien, mais je pense que oui, je voulais me barrer le plus loin possible avant que quelqu'un d'autre les trouve, alors ouais, c'est sûrement ce que j'ai fait, sûrement. »

Quelque chose clochait, il le sentait, et il ne lui restait que quelques secondes pour mettre le doigt dessus. Pour faire la lumière sur… La lumière !

Il se redressa et jeta un œil à l'interstice entre le sol et la porte de la cellule. Puis il se tourna vers Milou.

« Vous dites qu'il y avait de la lumière dans la chambre. Comment vous pouviez le savoir, puisque la porte était fermée ?

– Elle passait sous la porte. La lumière. Parce qu'il faisait noir dans le salon. J'ai essayé d'allumer, mais l'ampoule devait être grillée, grillée.

– Vous connaissiez Tony, comment était-il avec… »

Caranne fut interrompu par le cri de Laux, pétrifié devant le morceau de bidoche sanguinolent abandonné sur le sol.

« Laux, vous tombez à pic. Milou a eu un petit souci.

– Mais rien de grave, précisa Milou.

– Non, rien de grave », répéta Caranne.

16

Dimanche 3 octobre – 16 h 30

Caranne décéléra brusquement, faisant râler le moteur de la Honda : il venait d'apercevoir un couple de touristes en pleine séance photo devant sa maison.

Virant à droite avant qu'ils ne puissent le repérer, il ouvrit d'un coup de pied le portillon de sa voisine et s'engagea au ralenti dans le jardin. Le gravier crissa atrocement sous les pneus de la bécane. Il grimaça et releva la tête : Chantal Martinet était à sa fenêtre. Merde, il était bon pour une semonce à rallonge avec prière de dégager de là dans les plus brefs délais.

Contre toute attente, elle accueillit cette violation de domicile par un hochement de tête entendu.

Sa haine des touristes polluant leur allée commune dépassait apparemment celle qu'elle vouait à la moto de Caranne.

Il la remercia d'un geste de la main, mit pied à terre et gagna le fond du jardin, où il fut cueilli par la saisissante beauté des parterres de fleurs et de plantes. Un véritable enchantement, d'autant plus insoupçonnable que la verdure ornant le devant de la propriété se résumait à une paire de géraniums morts-vivants.

Un imperceptible sourire éclaira le visage du psy. Après

plus de vingt ans d'exploration de la psyché humaine, celle-ci continuait de le surprendre chaque jour.

C'est généralement quand vous avez vidé tous les tiroirs que vous découvrez l'existence d'un double fond. C'était ce que disait Héléna.

Et c'était ce qu'il disait, à son tour, aujourd'hui. Cette femme ne lui avait pas seulement sauvé la vie. Elle lui avait offert ce qu'il avait de plus cher : sa perméabilité à l'humain.

Sa capacité à voir, à chercher, à deviner les chemins que suivent les âmes tourmentées, et à leur emboîter le pas pour qu'elles ne soient plus seules sur la route.

Il sentit à nouveau la main d'Héléna quitter brutalement la sienne, métaphore du schisme qui ce matin s'était ouvert entre eux. À peine l'avait-il retrouvée que déjà il la perdait.

Il médita un instant sur ce mot. La perdre ? Il secoua la tête, agacé.

Le terme impliquait une dépendance dont il pensait s'être débarrassé à la fin de sa première année de thérapie. Peut-être se trompait-il. Revoir Héléna avait ravivé des sentiments éteints. Il l'avait aimée, comme on aime ceux qui vous attrapent le poignet au moment où l'abîme s'apprête à vous aspirer.

La résurgence d'un transfert, rien de plus, tenta-t-il de se convaincre. C'est un mécanisme fréquent, au sein de la relation patient-psy. Alors pourquoi l'idée de l'avoir blessée l'ébranlait-elle à ce point ?

Il posa son casque au sommet du mur de pierres de deux mètres de haut et l'escalada avec une absence de légèreté qu'il trouva passablement humiliante et qui acheva de le mettre en colère contre lui-même.

Son téléphone se mit à vibrer dans sa poche au moment où il poussait la porte de la baie vitrée et pénétrait dans la cuisine.

Il posa son casque sur la table et décrocha.

« Anaïs ? T'en es où ?

– Je suis garée à quelques mètres d'un charmant bar PMU de Mireuil.

– Et ?

– Et j'ai un visuel sur Mickaël Boutot, un des deux alibis de Tony. Il est 16 h 30 et il est déjà au pastis. Je suis donc pas très étonnée que sa femme m'ait lâché sans protester que sa sous-merde de mari devait encore traîner au Bilboquet, établissement ouvert tous les jours de la semaine. Les deux gosses accrochés à ses jambes avaient à peine l'air de savoir de qui on parlait. Un père aussi merdique que son casier est fourni, si tu veux mon sentiment.

– Je suis là dans quinze minutes.

– Laisse tomber, je vais me débrouiller. Je voulais juste que tu me dises si tu avais vu Milou.

– Ouais, je l'ai vu, mais il est hors de ques…

– Y a un truc qu'il t'a dit qui pourrait éventuellement m'être utile ? »

Caranne réfléchit rapidement.

« À première vue non.

– OK. À tout à l'heure.

– Attends ! »

Un soupir au bout du fil.

« Quoi…

– Ne fais pas ça toute seule, Anaïs. Tu es plus intelligente que ça. »

Un nouveau soupir, suivi d'un silence. Puis :

« OK. Mais grouille-toi. »

Caranne raccrocha et se dirigea vers le vestibule, en espérant que les fans de *true crime* en sandalettes se soient remis en route.

De brefs éclats de voix vinrent le contredire.

« Fait chier », grommela-t-il.

Il avait le choix entre la grimpette et les groupies.

Soudain, un cri, plus strident que les autres.

Une alarme se mit à hurler dans sa tête. Parce qu'il savait qui l'avait poussé.

Il fonça jusqu'à la porte d'entrée et l'ouvrit à la volée.

Maddie, en soutien-gorge et culotte de coton blanc, hurlait à pleins poumons sur un bonhomme ventripotent au gros nez couperosé, qui grognait en retour en agitant une paire de bras velus comme ceux d'un singe.

Sur le sol, entre eux, un appareil photo gisait en pièces détachées. Gros, l'appareil. Et, contrairement à la plupart des machins technologiques actuels, gros signifiait ici : cher. Voire : hors de prix.

« Paulette, appelle la police ! » se mit à gueuler Bras Velus, projetant une myriade de postillons dans la lumière aveuglante du bord de mer.

Une femme, la cinquantaine fluette, vêtue d'une robe à fleurs et de baskets fuchsia, se mit à fouiller fébrilement dans un énorme sac-banane.

Lorsqu'une main d'homme se posa doucement sur son bras malingre, elle releva la tête.

« Je ne crois pas qu'il soit nécessaire de faire ça. »

Les petits yeux bruns, derrière les lunettes à monture papillon, mirent un moment à faire le point.

« Chéri, c'est le psy !

– Quoi ?

– C'est le psy, je te dis ! »

Bras Velus jeta un coup d'œil latéral dans leur direction, avant d'empoigner Maddie qui avait pivoté pour rentrer dans la maison. Puis il cria à l'intention de sa femme :

« Eh ben tu lui fais d'abord signer un autographe et pis après, t'appelles la police ! » À Maddie : « Toi tu vas pas t'en tirer comme ça ! Il m'a coûté trois mille euros, cet appareil !

– C'est le prix du non-respect de la vie privée, pauvre mec ! Tu crois que je t'ai pas vu tirer le portrait de ma petite culotte ! Vieux pervers ! »

Sur quoi Bras Velus décolla de cinquante bons centimètres, en poussant un cri qui fit s'envoler la dizaine de mouettes réunie à quelques mètres de là.

Marcus l'avait saisi au niveau de l'abdomen et lui aboyait dans les oreilles.

« Tu sais ce qu'on fait aux mecs comme toi en taule ? Tu le sais ? »

Caranne arracha des mains de Paulette le téléphone qu'elle venait d'extraire de son sac et courut jusqu'à eux.

« Marcus, repose le monsieur par terre ! Tout de suite ! »

Marcus, l'œil à moitié fou, regarda Caranne à la façon d'un toutou à qui on demande de lâcher son os à moelle.

« Merde ! s'insurgea Maddie. Victor, t'en as pas marre de tous ces bouffons qui squattent ton allée ? C'est n'importe qu…

– On se tait ! la coupa Caranne.

– Mais… ils… »

Caranne fronça un peu plus les sourcils. Et Maddie finit par percuter.

« Ouais, lâche-le, Marcus. Victor a raison. Le monsieur est pas méchant. On a le droit de faire du tourisme où ça nous chante, hein ? La rue est à tout le monde, après tout. Et mon cul, bah je peux comprendre qu'on ait envie de le faire passer à la postérité, c'est un beau cul, nan ? Marcus, NAN ?

– Heu… Quoi ? baragouina Marcus, en reposant Bras Velus sur la terre ferme. Oui. Enfin non. Quoi ? »

Caranne se tourna vers l'homme qui, s'il avait retrouvé sa liberté de mouvement, avait quand même l'air d'avoir dansé la valse avec un ouragan.

« On ne va pas appeler les flics, annonça Caranne en lissant la chemisette froissée du touriste.

– Bien sûr que si ! rétorqua Bras Velus. Rendez-moi le téléphone de ma femme. »

Le psy obtempéra, avant de pointer le sol du doigt, où gisait toujours le cadavre de l'appareil photo.

« Vous l'avez payé trois mille euros, c'est ça ?

– Ouais, c'est ça.

– Je vous en donne quatre mille. Cash. »

Bras Velus observa quelques secondes le célèbre psy, méfiant.

« Pourquoi vous feriez ça ?

– Parce qu'on fait une pause, les flics et moi, mentit-il. J'ai pas envie de les voir débarquer ici. Vous prenez le fric ou pas ?

– Ouais, OK. » Il écrasa son index sur la poitrine de Caranne. « Mais je veux un autographe. Et une photo avec ma femme. Moi j'trouve que vous dites pas mal de conneries, mais elle, elle vous adore. »

Caranne pivota vers l'épouse, qui lui offrit un sourire plein de gencives. Il força ses commissures à lui retourner une risette, puis se tourna vers Maddie.

« Toi tu rentres et tu fermes à clé. Et enfile un pantalon, par pitié ! »

Maddie fronça le nez, offrit au dos de Bras Velus un vigoureux doigt d'honneur puis disparut dans la maison.

Pendant que le couple fourrait les restes de l'appareil photo dans le sac-banane de la femme, Marcus tira Caranne par la manche.

« Tu vas filer quatre mille balles à ce trou du cul ? T'es sérieux ?

– Réfléchis deux secondes, Marcus. Il se passe quoi s'il porte plainte contre Maddie ? »

Le colosse dévisagea Caranne quelques instants.

« Libération conditionnelle. Elle risque de retourner en zonz. Putain ce que j'peux être con !

– Je m'occupe d'eux, mais j'ai pas assez dans la baraque et il va falloir que j'aille tirer du fric à Nieul. Écoute, Anaïs a besoin d'un coup de main. Je veux dire, tout de suite.

– Elle est où ?

– Un rade, le Bilboquet. C'est à Mireuil.

– Je vois très bien. »

Il présenta sa paume ouverte.

« Tu veux quoi ? demanda le psy.

– La clé de ta bagnole.

– T'en as une, de bagnole !

– Elle avance pas, ma tire. C'est urgent ou pas, faudrait savoir ! »

Caranne sortit la clé de la poche de son jean et la tendit à son ami.

« La bousille pas, je vais la revendre.

– Parce que c'est mon genre de bousiller les trucs ? »

Le psy soupira, haussa les sourcils et regarda Marcus.

« Ouais, bon, ajouta celui-ci, question débile. »

17

Dimanche 3 octobre – 17 h 01

Anaïs scruta pour la centième fois le bout de la rue. Qu'est-ce que foutait Caranne, bordel !

Elle se pencha et ouvrit sa boîte à gants. Son Glock 26 y était planqué, derrière un vieux tee-shirt blanc troué et maculé de cambouis. Elle attrapa un paquet de chewing-gum à la chlorophylle et referma le battant d'un coup sec.

Elle enfourna une tablette, enfonça le papier argenté dans la cavité du cendrier manquant et checka dans le rétroviseur l'entrée du Bilboquet.

Merde ! Mickaël était en train de se tirer !

Elle fit glisser ses lunettes de soleil de son front à son nez, jeta un œil à sa boîte à gants mais décida d'y laisser son arme. Si elle était amenée à s'en servir, la tempête d'emmerdes qui lui tomberait dessus allait pouvoir justifier un plan ORSEC.

Elle sortit de la voiture, ferma doucement la portière et suivit l'homme. La rue était déserte. À quelques mètres de l'intersection se trouvait un étroit passage entre deux maisons, une impasse large d'à peine deux mètres.

Au moment où Mickaël passait devant, elle le héla.

Le type se retourna. C'était un rouquin d'une quarantaine d'années, avec des petits yeux noirs enfoncés dans son crâne comme deux clous dans un blanc de poulet. Sa bouche minuscule était surplombée d'un nez aquilin si fin qu'il paraissait avoir été conçu pour un monde en deux dimensions. Ses cheveux d'un orange terne lui tombaient en mèches grasses sur les épaules.

« T'es qui, toi ? cracha la mini-bouche.

– On peut parler ?

– Si tu me dis qui t'es, p't'être.

– Je suis flic. »

Il lâcha un petit rire nasillard.

« Tu me prends pour un con…

– Non.

– T'es pas une flic, toi.

– Pourquoi je pourrais pas être une flic, dis-moi ?

– Parce qu'y a aucune flic qui m'a jamais donné envie de la tringler. »

Anaïs imagina qu'elle faisait sauter les petits yeux noirs avec la pointe d'un canif. Puis elle lui offrit son sourire extra-large.

« Je vais prendre ça pour un compliment. »

Comme la jeune femme l'avait espéré, Mickaël s'engagea de deux pas dans l'étroit passage. Il sourit, s'adossa contre le mur et, les bras croisés, replia une de ses jambes façon flamant rose. Sa semelle râpa contre le crépi, dont quelques fragments tombèrent sur le sol en terre jonché de vieux papiers d'emballage. Puis, sur le ton amusé de celui qui se demande lequel de ses potes lui a monté ce canular :

« Bon dis-moi, j'ai fait un truc ? Tu vas me passer les menottes ?

– J'sais pas, t'as fait un truc ? » répéta Anaïs.

Alors, même si la fille qu'il avait face à lui ne ressemblait en rien aux nombreux flics à qui il avait eu affaire toute sa vie, il sut qu'elle était des leurs. Qu'elle appartenait à cette race de fils de pute. Et son attitude changea du tout au tout.

Il reposa son pied au sol. Ses petits yeux scannèrent son environnement direct, et quelque chose de dur et de fourbe les traversa furtivement.

Anaïs recula d'un pas, lui barrant le chemin. Elle savait qu'elle n'était pas physiquement en mesure de l'empêcher de filer. Mais elle savait aussi que face à une teigne d'un mètre soixante pour quarante-cinq kilos, certaines brutes se retrouvent aussi ébranlées qu'un taureau piqué par un frelon.

« Je veux qu'on parle de Tony. Tu te souviens de Tony, nan ? »

La mini-bouche, de surprise, s'arrondit.

Un moteur de voiture se fit entendre, et Anaïs lança un coup d'œil rapide au véhicule quand il passa à leur niveau : c'était un vieux break jaune, rien à voir avec la bagnole de rupin de Caranne.

Elle reporta son attention sur Mickaël, qui semblait peser le pour et le contre d'un sprint en direction du fond de l'impasse, où une paire de grosses poubelles vertes précédaient un grillage de trois mètres cinquante de haut en mauvais état.

« Tony ? Je connais aucun Tony, moi.

– Vraiment ? Tu connais aucun Tony ? Tu me prends donc pour une conne. »

Mickaël souffla bruyamment par ses narines étroites.

« Qu'est-ce que tu veux savoir sur Tony ?

– Est-ce qu'il était avec toi à l'heure du double homicide, il y a dix ans ? »

Il écarquilla les yeux.

« T'es sérieuse, là ? Le tueur est en taule, pourquoi ça t'intéresse ? »

Anaïs releva ses lunettes de soleil sur sa tête. Et planta ses prunelles brunes dans celles du rouquin.

« On a rouvert l'enquête. Y a des trucs qui collent pas. Qui collent pas du tout, même. Donc si, comme je le pense, t'as menti pour couvrir ton pote, le boomerang va te revenir en pleine gueule. Même dix ans après, ouais. Parce que je sais pas si t'es au courant, mais ta mise à l'épreuve court toujours.

– Ma mise à l'épreuve ?! Vous déconnez, là, j'ai pas bougé le petit orteil depuis presque deux ans !

– Ouais, et le papier que tu dois te souvenir avoir signé disait que si tu te tenais pas à carreau pendant trois ans, on transformait ton sursis en ferme. Alors, ça te dit, un an de taule ? Y a le téléphone dans les cellules, maintenant. Tu pourras appeler maman pour pleurnicher tous les soirs. Si ça c'est pas une bonne nouvelle. »

Mickaël avait la tête du gars qu'on a balancé par-dessus bord alors qu'il dormait, et qui essaye de comprendre pourquoi il a de la flotte dans la bouche.

C'était le moment de lui lancer une bouée.

« Y a quand même une solution. Si tu coopères, si tu me dis qu'il y a dix ans Tony t'a demandé de mentir pour lui, là, tout de suite, je peux te sauver les miches. J'en ai le pouvoir. À toi de m'en donner l'envie.

– J'étais, enfin j'étais pas… »

Le regard du rouquin se perdit au fond de l'impasse. Mais il n'envisageait plus de filer. La perspective de retourner au trou le faisait regarder ce pigeon, là, debout sur ses moignons dégueulasses à fouiller dans les ordures, comme un sacré veinard. Il fixa Anaïs à nouveau.

« En fait, j'étais… »

Mais il s'interrompit, avant de se mettre doucement à rire.

Quelque chose dans l'atmosphère venait de changer. Comme si la tension que la flic avait réussi à instiller venait d'un seul coup de se relâcher.

« T'étais pas avec lui, c'est ça ?

– Le mieux c'est p't-être que tu lui poses directement la question. »

Il accompagna sa suggestion d'un geste du menton.

Anaïs se retourna. Tony, une gueule de dragueur fatigué sur une silhouette efflanquée, se tenait juste derrière elle. Il mit un terme à son déhanchement à caractère sexuel et fit mine de regarder ailleurs.

Le rire nasillard de Mickaël reprit de plus belle.

La honte fit monter le rouge aux joues de la fliquette. Quelle conne ! Ne pas même vérifier si les deux hommes se fréquentaient encore…

« T'es qui, toi ? » demanda Tony.

Anaïs fit un pas en arrière. Mickaël renifla ostensiblement.

« C'est une flic, figure-toi. »

Tony ouvrit grand la bouche, permettant à Anaïs de faire le décompte des ratiches manquantes. Quatre, à première vue.

« Naaan !

– J'ai eu la même réaction.

– Elle veut quoi ?

– Elle pense que t'étais pas avec nous, le soir où Roxane est morte.

– Attends, le soir où cette petite pute et l'autre mec se sont fait étrangler ?

– Ouais.

– Parce qu'elle croit que c'est moi ?

– Ben j'imagine, ouais.

– Et elle est venue toute seule, cette connasse. »

Le ton dans la voix de Tony déplut à Anaïs. Elle reconnaissait la colère qui fait vibrer les cordes vocales, ce sadisme perceptible dans chaque consonne crânement crachée.

Les deux hommes échangèrent un regard et un sourire tordu. Elle prit conscience qu'imperceptiblement, ils avaient changé de place.

C'était désormais eux qui lui barraient la route.

La main d'Anaïs monta spontanément à sa hanche. Elle visualisa le paquet de chewing-gum, le chiffon taché de cambouis.

Et son arme, juste derrière.

Au fond de l'impasse, le pigeon avait disparu.

18

Dimanche 3 octobre – 17 h 10

Marcus se rangea au bout de la rue, derrière une archaïque fourgonnette blanche dont les pneus à plat semblaient avoir fusionné avec le bitume.

Il sortit et chercha un signe de la présence d'Anaïs. Il croyait se souvenir qu'elle conduisait une Citroën grise.

Il repéra la bagnole, stationnée à une vingtaine de mètres de là. Une mouette, un pigeon ou autre bestiole à plumes avait largué une gigantesque fiente sur le pare-brise arrière.

Il trottina jusqu'à la voiture, constata qu'elle était vide. Alors il se tourna vers le troquet, vilaine verrue posée dans une rue à l'architecture pas beaucoup plus rutilante.

Une femme était en train d'entrer dans l'établissement, une Blanche à dreadlocks blondes, le cul moulé dans une mini-jupe en faux cuir. La porte se referma derrière elle, ravalant une paire de rires gras. Pas vraiment le style de nana de Marcus. Les dreads chez les babtous, il avait toujours trouvé ça malaisant. Pas à cause de ces histoires d'appropriation culturelle, ça il s'en battait la mandoline. C'était juste un truc qu'il avait pas envie d'avoir sous les yeux, sinon il en venait systématiquement à chercher quelle succession d'événements foireux avait pu mener à ce choix délirant. Parce que, soyons sérieux, y a aucun rasta blanc qui ressemble pas plus ou moins à un balai à franges.

Depuis qu'il s'était fait larguer par Pauline, Marcus ne pouvait pas s'empêcher de zieuter les meufs. Toutes les meufs. À sa décharge, il avait dû attendre trente-sept ans avant d'avoir l'occasion d'insérer son petit Jésus dans la crèche. On lui avait bien proposé de garnir un autre genre de crèche, en taule, mais c'était vraiment pas sa came. Y en avait trois qu'avaient quand même insisté, un jour. Lourdement. Et il avait bien failli y passer. Le toubib avait dû jouer au puzzle, après ça, et ça avait été un sacré bordel pour savoir à quelle bouche appartenaient quelles ratiches. Marcus avait conservé et ses dents et son pucelage, mais écopé d'un séjour d'un mois au mitard, dont il était ressorti avec un truc en moins. Ou un truc en plus. Il en savait rien. Ce qu'il savait, c'était qu'il en était ressorti pas tout à fait le même.

Il avança vers le Bilboquet. La fliquette était sans doute à l'intérieur. Qu'est-ce qu'elle foutait dans ce rade pourri ? Qu'est-ce qu'ils mijotaient, Caranne et elle, bordel !

Dans la vitrine poussiéreuse finissait de mourir un ficus, triste silhouette demandant grâce sous le poids d'une guirlande de Noël à moitié déplumée.

Il entra.

La douzaine de personnes en présence s'immobilisèrent, le toisèrent quelques instants, puis reprirent le cours de leur petite vie. À savoir, se pinter la gueule au beau milieu de l'après-midi.

Il scanna la salle de ses yeux d'un bleu de glace. Attablés au fond, deux clodos jouaient aux dés. Au bar, quelques mecs se marraient, moustache de mousse, accent d'ailleurs, ongles sales de l'ouvrier. Le barman avait une bonne tête.

Pas si mal, le rade, derrière sa vitrine à l'agonie.

Il pivota pour ressortir, mais tomba nez à nez avec la rasta blanche. La racine de ses cheveux formait des tranchées bien droites, bien nettes, mais y a rien qu'aurait pu y pousser. Ni laitues, ni amour-propre. Elle lui offrit un grand sourire nicotiné.

« Salut mon grand, tu m'offres un verre ? »

Il lui rendit son sourire, la poussa doucement et sortit sans un mot.

Dehors, il commençait à flotter. Regard à droite, à gauche. Toujours rien. Il n'avait pas le numéro d'Anaïs. Il sortit son portable de la poche de son jean extra-large et composa le numéro de Caranne. Mais à la deuxième sonnerie, un atroce hurlement déchira le silence de la rue déserte. Il raccrocha et fonça en direction du cri, son corps se préparant chimiquement à l'affrontement, ses glandes surrénales crachant de longues giclées d'adrénaline dans son système veineux et son esprit rompu à la castagne passant en mode rottweiler.

Mais quand il déboula dans l'impasse, sa matière grise patina quelques instants avant de piger l'agencement de la scène qui se déroulait devant lui.

Et puis il comprit.

Le cri, c'était ce grand type efflanqué, là, avec sa tête de Nicolas Duvauchelle pelé, qui l'avait poussé. Il criait parce qu'on lui retournait le bras dans le dos, et que sa main touchait presque sa propre nuque. Un autre gars, un rouquin avec une gueule à faire peur et rire tout en même temps, gesticulait comme un lézard sur un lit de braise.

Marcus fit un petit signe de la main à Anaïs, à moitié dissimulée derrière le Duvauchelle dégarni.

« Salut toi.

– Putain Marcus, qu'est-ce que tu fous là ?!

– Merci pour l'accueil, ça fait toujours plaisir. Caranne m'a dit que t'avais besoin d'aide, mais j'ai l'impression qu'il s'est gouré. C'est qui ces deux-là ?

– Désolée, j'ai pas fait les présentations. Voici Tony et Mickaël.

– Salut les gars. »

Anaïs tira un peu plus sur le bras de Tony, qui hurla à nouveau, en ouvrant tellement la gueule qu'on lui voyait la luette.

« Lâche-le salope ! Lâche-le ! couina l'autre.

– Regarde-moi cette sous-merde, ricana Anaïs en fixant le rouquin avec des yeux qui lançaient des lames, même pas les couilles de me toucher pour aider son pote.

– Si t'étais pas une flic, j'te jure que j'te…

– Stop ! Tu la fermes, OK ! TU LA FERMES ! »

La fliquette remonta encore le bras de Tony, et un petit craquement se fit entendre.

« T'es à un demi-centimètre de lui péter l'épaule, là, fit remarquer Marcus.

– Je sais.

– Lâche-moi, mais lâche-moi… » gémit l'homme.

Désormais la pluie tombait à seaux. Après quelques secondes qui suffirent à les tremper jusqu'aux os, Anaïs poussa violemment Tony vers Mickaël.

« C'est bon, on se casse. » Elle dépassa Marcus, retrouva le trottoir et la rue.

« Je vais porter plainte ! menaça Tony en frottant son épaule. Tu vas payer, petite pute. »

Anaïs se retourna.

« Je crois pas, non. Pas après ce que tu viens de me dire.

– Les violences conjugales c'est six ans de prescription. Faudrait penser à réviser ton code pénal, connasse. »

La fliquette refit le chemin jusqu'à Tony. Et Marcus découvrit qu'il était possible de regarder de haut quelqu'un qui faisait deux têtes de plus que vous.

« Et si j'allais voir tes dernières copines, celles de ces

dernières années ? Tu crois qu'elles auraient des trucs à dire ? Parce que moi je parierais tout ce que j'ai que oui. Et, comme t'as pu t'en rendre compte, je suis assez douée pour faire parler les gens. »

Tony resta silencieux, la mâchoire si serrée que Marcus s'attendit à entendre éclater ses molaires.

« C'est bien ce que je pensais », lâcha-t-elle en faisant un clin d'œil aux deux hommes.

Une fois à la voiture d'Anaïs, Marcus posa une main sur l'épaule de la jeune femme. Elle se raidit et se dégagea d'un geste brusque. Sa frange trempée gouttait dans ses yeux noisette. Elle la plaqua en arrière, dévoilant un petit front bombé.

« Quoi ? cracha-t-elle.

– Hey, ça va, on s'détend ! T'as pris des cours de ju-jitsu depuis l'année dernière ou quoi ?

– Bof, même pas la peine. À force de sous-estimer le sexe opposé, la plupart des mecs oublient que leurs burnes ne sont pas en acier.

– C'est pas faux… Et tu m'expliques ce qui s'est passé ou j'ai même pas droit à ça ? »

Anaïs ouvrit la portière, se glissa au volant. Et, fixant d'un œil vide le pare-brise :

« Ils ont joué aux cons.

– Mais… pourquoi c'est parti en vrille comme ça ? C'était qui, ces mecs ? »

Son regard remonta jusqu'à Marcus.

« T'occupe.

– OK.

– OK. »

La fliquette tira sur la portière, mais le colosse la bloqua d'une main.

« Non, pas OK, en fait. Je veux savoir sur quoi vous bossez, avec Caranne.

– Pourquoi tu veux savoir, hein ?

– Parce que je suis venu jusqu'ici pour sauver tes petites miches !

– Et tu me les as sauvées, mes petites miches ?

– Nan, mais… »

Anaïs lui sourit et claqua la portière.

« Et c'est quoi, cette histoire de prescription ?! » cria Marcus alors que la voiture démarrait en trombe.

Il la regarda disparaître au coin de la rue.

« Ils font chier. »

Il passa la manche de son sweat-shirt sur son visage trempé, puis se tourna vers le Bilboquet. Sous la pluie qui déjà diminuait, l'endroit faisait un peu moins miteux. On aurait dit un genre de refuge.

Il se dirigea vers l'établissement.

Il espérait que la meuf aux dreads saurait se montrer un peu plus loquace quand il lui poserait la même question à propos de ses tifs : pourquoi c'est parti en vrille comme ça ?

19

Dimanche 3 octobre – 17 h 26

La Genette, quartier résidentiel huppé, n'était qu'à un jet de pierre de Mireuil la désargentée.

Une mamie chapeautée d'une capuche de pluie transparente et engoncée dans un long manteau en poil de chameau traversa la chaussée sans se soucier de la circulation, qui, il est vrai, se résumait à Anaïs et à un couple âgé arrivant en face à vingt kilomètres heure. À la Genette, la quasi-totalité des habitants étaient propriétaires et la moyenne d'âge flirtait avec la soixantaine. Luxe, calme et… non, il aurait été sans doute excessif de parler de volupté.

Anaïs avait découvert la veille que Bernadette Bouvier, quelque temps après l'accident qui avait coûté la vie aux deux êtres qui lui étaient le plus chers, avait cherché à acquérir une maison à la Genette. Pourquoi ici et seulement ici ? Anaïs l'ignorait. Elle avait conservé un dossier contenant des informations et des notes à propos d'une vingtaine de visites. Mais les biens en question étaient clairement au-dessus de ses moyens. Alors elle avait laissé tomber. À la Pallice elle avait vécu, à la Pallice elle mourrait.

Elle était restée dans sa maison, dont chaque centimètre carré devait lui rappeler ce qu'elle avait perdu.

De quoi devenir amère, ou folle, ou une véritable chieuse.

Ou les trois à la fois.

Quoi qu'il en soit, si elle était parvenue à ses fins et s'était installée ici, elle serait en vie, peut-être en train de traverser la rue à cet instant même, dans un manteau en poil de chameau alors que le thermomètre affichait presque vingt degrés.

L'ondée avait été de courte durée, et il ne tombait plus une goutte quand Anaïs se gara devant une épicerie indienne. Elle entra dans l'établissement, attrapa un sandwich Daunat particulièrement peu appétissant et se rendit compte que sa main tremblait encore. Ces deux connards lui avaient vraiment foutu la trouille.

De retour dans sa voiture, elle sortit son arme de la boîte à gants et la coinça à l'arrière de son jean. Puis elle extirpa son téléphone de sa poche et lança une recherche sur le nom que cette ordure de Tony lui avait lâché.

Ophélie Doiron.

Il ne lui avait pas menti. Elle habitait bien la Genette. À quelques centaines de mètres de là.

Et elle avait un casier. Des broutilles, qui dataient de l'époque de sa relation avec Tony.

Elle avala son club poulet aux hormones en trois bouchées et décida de s'y rendre à pied. Cela lui laisserait le temps de réfléchir à la meilleure manière d'aborder le sujet.

La maison en question laissa la fliquette pantoise.

« Ah ouais, quand même », murmura-t-elle en poussant une grille en fer forgé haute de trois mètres.

Certes, son histoire avec Tony remontait à dix ans, mais Anaïs n'aurait pas imaginé qu'après avoir fréquenté un type aussi minable on pouvait finir dans une baraque pareille.

Un putain de conte de fées.

Après avoir sonné, elle redescendit les marches du perron et attendit.

C'était une grande demeure bourgeoise qui devait compter cinq ou six chambres. Autant, voire plus de salles de bains. Anaïs avait noté que chez les rupins, leur nombre pouvait dépasser celui des piaules. Elle n'avait jamais compris pourquoi. Peut-être que les riches avaient tellement de péchés de luxure à laver qu'ils avaient besoin d'une profusion de lieux de décrassage.

La porte, enfin, s'ouvrit. Et, comme pour confirmer cette histoire de conte de fées, c'en fut une qui apparut.

Elle devait avoir six ou sept ans. Ses ailes en papier crépon rose étaient légèrement déchirées, et elle tenait à la main une baguette magique qui se terminait par une étoile argentée.

« Salut, est-ce que ta maman est là ? »

Une cavalcade dans des escaliers dévalés à toute vitesse se fit entendre.

« Bérénice, tu n'as pas le droit d'ouvrir la porte, combien de fois je vais devoir te le dire ?! »

Une très jolie femme, vêtue d'une chemise d'un blanc éclatant sur un jean bleu pâle impeccable, les pieds nus et bronzés, se plaça derrière la fillette et posa le plat de la main sur son front dans un geste à la fois protecteur et affectueux.

« Oui ?

– Bonjour madame. Madame Ophélie Doiron ?

– Ophélie Saint-Chamas aujourd'hui, mais oui, c'est moi. Je peux vous aider ?

– Police judiciaire. Je peux vous parler quelques instants ? »

Les yeux verts clignèrent plusieurs fois. Puis Ophélie s'accroupit et prit le menton de sa fille entre son pouce et son index.

« Allez bouchon, retourne dans le jardin avec Papa, j'arrive. »

Les deux femmes regardèrent l'enfant sortir du vestibule en courant, ses petites ailes soubresautant dans son dos.

« Que se passe-t-il ? »

Anaïs remonta les marches du perron.

« Je voudrais vous parler de Tony Maulpert. »

La jeune femme tressaillit et sa bouche se crispa. Elle monta à son cou une main fine au poignet chargé de bracelets en or, avant de jeter un coup d'œil dans la direction qu'avait prise sa fille. Il n'était pas difficile d'imaginer que Maulpert représentait un passé révolu qui n'avait pas sa place ici.

« C'est quoi le problème avec Tony ?

– J'ai besoin de vérifier un fait. Il dit qu'il était avec vous dans la nuit du 10 au 11 septembre…

– Mais je ne l'ai pas vu depuis des années ! la coupa la jeune femme.

– Dans la nuit du 10 au 11 septembre 2013. »

Ophélie émit un petit rire nerveux.

« Vous plaisantez…

– Non.

– Comment voulez-vous que…

– Il dit qu'il vous a tabassée, ce soir-là, et qu'il a fini par vous emmener à l'hôpital au milieu de la nuit. J'ai besoin de savoir si c'est vrai. »

Du rose apparut sur les pommettes hautes et dorées. Puis, avant qu'Anaïs puisse réagir, Ophélie fit un pas en arrière et referma la porte.

« Et merde… »

Elle n'avait aucune envie de mettre la pression sur cette femme.

Elle était bien placée pour savoir que tout ce que vous parvenez à construire, après avoir touché le fond et être remonté à la surface, est si précieux que vous êtes prêt à tout pour le protéger.

Pourtant, elle ne pouvait pas partir d'ici sans réponse à sa question.

Elle descendit à nouveau les marches du perron, recula de quelques pas. Si elle contournait la maison, elle atterrirait dans le jardin. Là où une charmante petite famille passait son dimanche à jouer et à paresser, à se laisser caresser par le soleil d'octobre et la brise de l'océan à moins de cinq cents mètres de là. Et, si son flair ne la trompait pas, il y avait peu de chances que Papa soit au courant du passé de Maman.

Anaïs souffla, se tapa le front en jurant. Puis elle se décida.

Mais à cet instant, la porte s'ouvrit.

Ophélie tenait d'une main un minuscule MacBook ouvert. De l'autre elle referma la porte, puis s'assit sur la première marche du perron, qu'une marquise en verre avait protégé de la pluie.

« Si la date est exacte, je devrais pouvoir vous retrouver ça. J'avais fait un dossier. Au cas où. »

Anaïs s'accroupit à côté de la jeune femme et regarda défiler l'historique de ses différents séjours à l'hôpital, en regrettant amèrement d'avoir épargné l'épaule de ce fond de benne de Tony.

« Vous le soupçonnez d'avoir fait quoi ? » Ophélie secoua vivement la tête, ses boucles blondes venant chatouiller ses joues. « Non ! Non, laissez tomber. Je préfère ne pas le savoir. »

Au bout d'une minute ou deux, elle leva une main du clavier et pointa son index sur l'écran.

« C'est là. Le 11 septembre 2013. Il m'a brisé la mâchoire, cette nuit-là. L'enfoiré de fils de pute.

– Il est resté avec vous toute la nuit ?

– Hum, attendez… Heure d'admission : 2 h 34. Oui, je me souviens qu'il m'a déposée à l'hôpital. »

La femme leva la tête vers le ciel redevenu totalement bleu.

« Quand je dis déposée, c'est littéralement parlant : il m'a laissée devant l'entrée des urgences. Il n'est même pas descendu de voiture.

– Et avant ça il était avec vous, vous êtes sûre ? Autour de 22 h 30 ?

– Oui, j'en suis sûre. Parce qu'avant qu'il me pète la mâchoire, j'ai passé une charmante soirée à me faire hurler dessus parce que *j'étais une salope qui faisait qu'allumer ses potes.*

– OK. Je vous remercie pour votre aide. »

Un sourire teinté de tristesse naquit sur les jolies lèvres roses et elle se tourna vers Anaïs.

« Vous vous demandez pourquoi je n'ai jamais porté plainte, n'est-ce pas ? »

La fliquette haussa les épaules.

« J'imagine qu'il peut y avoir pas mal de raisons.

– Non, il n'y en a qu'une. Je ne voulais pas mourir. Je sais que si j'étais allée voir les flics, il m'aurait tabassée à mort. Alors j'ai attendu. Et plus le temps passe, plus je me dis que j'ai bien fait.

– Vous avez attendu quoi ? »

Elle se remit debout, tourna la poignée de la porte et repassa côté maison.

Côté présent.

« Qu'il passe à une autre. » Elle marqua une pause, durant laquelle son regard vert survola les années, avant de revenir se poser sur Anaïs. « C'est horrible à dire, mais c'est la vérité.

– La police aurait pu vous protéger. »

Ses épaules, d'abord, tressautèrent, avant que du fond de son ventre monte un rire discordant, comme une note de violon juste avant que la corde ne rompe.

Puis la porte se referma et le silence retomba.

20

Dimanche 3 octobre – 18 h 22

« J'te jure, elle me fait flipper, ta copine.

– T'en fais pas pour elle, elle gère. »

Avachi sur un fauteuil en teck, Marcus lança à Caranne un regard dubitatif.

Le soleil descendait mollement vers l'océan, coulant sur sa surface immobile un long reflet de beurre fondu. L'averse avait douché l'atmosphère, et l'on avait l'impression d'un jour nouveau, comme si le monde accordait une seconde chance à une journée qui n'avait pas tenu ses promesses. Les effluves marins étaient supplantés par une fragrance fleurie, entêtante, avec une légère note de fruits pourris.

Caranne sourit en songeant au jardin secret de sa voisine, sans le moindre doute à son origine.

« Franchement, Caranne, si tu l'avais vue ! J'ai vraiment cru qu'elle allait lui déboîter l'épaule.

– Je te dis qu'elle…

– Qu'elle gère, ouais, je suis pas sourd. »

Marcus avala une gorgée de bière et appuya le culot de la bouteille sur sa cuisse large comme un pipeline. Puis il poussa un soupir. Très ostensible, le soupir.

Caranne s'allongea sur son transat, les mains jointes derrière la nuque. Puis il tourna la tête vers son ami.

« T'es vexé.

– Pas du tout.

– Allez, j'te connais. Tu bouillonnes de pas savoir.

– J'en ai rien à carrer, de vos histoires ! »

Le psy réprima un rire. Marcus était de retour, et il fallait bien admettre que cette étrange juvénilité, qui faisait son charme et qu'il devait à ce jour funeste dans lequel son adolescence s'était figée à jamais, lui avait fichtrement manqué.

« T'es sûr que ça te dérange pas que je biberonne à côté de toi ? Vu que t'as tendance à replonger à la moindre occase, c'est peut-être pas l'idée du siècle. »

Et le franc-parler qui allait avec, évidemment.

« Aucun problème, je t'ai dit. »

Le colosse descendit quatre gorgées de plus, puis se tourna vers Caranne.

« Et ça s'est fini comment, avec la tête de cul et son appareil photo ?

– Par quatre mille balles en petites coupures dans une enveloppe kraft.

– Y aura toujours des gars pour refiler à d'autres gars des enveloppes bourrées de pognon.

– Ouais. Jusqu'au dernier jour du monde. »

Ils regardèrent l'horizon droit et bleu, comme s'ils s'attendaient à voir se dresser un mur d'eau prêt à les engloutir. Mais rien ne bougeait, à part le ressac de leurs poitrines se mouvant en rythme.

« T'as parlé à Maddie ? demanda soudain Marcus.

– Pas la peine. Elle a un peu pété les plombs, mais franchement, si j'avais vu un mec essayer de prendre mon cul en photo par la fenêtre du salon, son appareil aurait fini dans l'Atlantique. Bon, l'hypothèse est assez improbable, je te le concède. »

L'éclat de rire du psy se heurta à l'impassibilité de Marcus.

« Quoi ? Qu'est-ce qu'il y a ?

– Elle a l'air paumée, Caranne. Tu vas me dire qu'elle sort tout juste de taule et que réapprendre la vie sans les murs, ça se fait pas du jour au lendemain, mais c'est pas ça. Y a autre chose.

– C'est à cause de sa mère. Je vais l'appeler. De toute façon elle ne peut pas rester ici. »

Marcus se pencha en avant et sa bouteille vide émit un petit *cling* quand il la posa sur le dallage entre ses pieds. Puis, se redressant :

« Pourquoi ?

– Pourquoi quoi ?

– Pourquoi elle ne peut pas rester ici ? »

Caranne fronça les sourcils et souleva une fesse afin d'extraire son paquet souple de sa poche arrière.

« T'es pas sérieux, dit-il en coinçant une cigarette entre ses lèvres.

– Je te parle pas d'un truc définitif, je dis juste que si elle se sent bien ici, tu devrais la laisser rester un peu. »

Caranne lança un regard en direction du salon, où il savait Maddie allongée dans le canapé devant un épisode de *Bridgerton*. Elle s'y était mise sur les conseils de Marcus, grand fan de séries historiques tendance soap-opéra à crinoline.

« Marcus, je… » Il soupira. « Je ne peux pas.

– Tu sais ce que c'est, le problème de cette gosse ? »

Le psy tira une longue et profonde bouffée.

« Non, mais je sens que tu vas me le dire.

– Elle a besoin que tu lui pardonnes.

– Je n'ai pas envie d'avoir cette conversation, Marcus. »

Le jeune homme lâcha un rire sarcastique qui déplut à Caranne. Puis :

« On dirait la réponse à une devinette à la con, du genre : quel est le comble pour un psy ?

– Il y a des choses auxquelles la meilleure des volontés ne peut rien, OK ? Je ne peux pas lui pardonner. Dans le sens où je n'en suis pas capable. Pas encore, en tout cas.

– Tu traites tout un tas de foutus psychopathes comme s'ils avaient rien fait de plus que traverser en dehors des clous, et tu peux pas lui pardonner à elle ? Une gamine que tu considères quasiment comme ta fille depuis qu'elle est venue au monde ?! »

Le psy jeta un regard inquiet vers la maison. La baie vitrée était ouverte et Marcus s'était mis à beugler comme un veau.

« Baisse d'un ton, tu veux ! C'est justement parce que je l'aime que je ne peux pas lui pardonner.

– C'est complètement con, ce que tu dis.

– Marcus, j'ai trop perdu. Il y a des limites à ce qu'on peut ôter à un homme. Ce qui s'est passé l'année dernière… Samia[1]… » Ses yeux harponnèrent la ligne d'horizon, comme pour s'assurer un semblant d'équilibre. « Ça a été… ça a été… »

Et il se tut. Sembla soudain ailleurs. Un ailleurs salement loin, pensa Marcus.

« Le coup de grâce ? proposa ce dernier.

– Oui.

– Mais ça, elle y est pour rien, Maddie. »

Le psy se tourna vers lui et le regarda quelques secondes, avec l'air de ne pas savoir qui était ce grand mec au cou de taureau et à la tignasse blonde coiffée avec un moulin à légumes. Mais il finit par plisser les yeux et opiner.

« Je sais. »

1. Max Monnehay, *Je suis le feu*, Éditions du Seuil.

Alors ce fut au tour de Marcus de scruter l'horizon. Ils y revenaient l'un et l'autre comme à un fil d'Ariane. Sauf qu'à suivre celui-ci, vous étiez condamné à tourner en rond.

« Et si t'avais un patient qui avait vécu exactement les mêmes merdes que toi, tu lui conseillerais quoi ? »

Caranne s'apprêtait à lui expliquer qu'il n'avait jamais été capable d'opérer cette transposition, et que c'était bien pour ça que les psys se faisaient suivre par d'autres psys.

Mais il n'eut pas l'occasion de lui faire part de sa réflexion, parce que du mouvement dans le séjour l'en détourna brusquement : une silhouette menue traversait la pièce, s'approchant lentement du canapé avant de se pencher sur le dossier.

La main de Maddie apparut alors, désignant nonchalamment le jardin. Anaïs se redressa et adressa un signe à Caranne.

Il se releva sur le transat et s'étira en bâillant.

« Je lui conseillerais de répéter : donnez-moi la sérénité d'accepter les choses que je ne peux changer, le courage de changer celles que je peux, et la sagesse de connaître la différence. Ah non merde, c'est le truc des alcooliques anonymes, ça.

– T'es vraiment un connard, parfois, tu sais ? »

« Donc on raye Tony des suspects ?

– Définitivement », confirma Anaïs.

Caranne fronça le nez, comme si une odeur nauséabonde était venue agacer ses narines.

« C'est toujours aussi désagréable, comme sensation ?

– Quoi ?

– De tirer un trait sur un suspect aussi prometteur.

– Ouais. Mais on finit par s'habituer. »

Caranne ouvrit le frigo et proposa une bière à la fliquette, qui refusa d'un signe de tête. Il sortit une brique de jus de pomme et se servit un verre.

« Bon, qu'est-ce qu'on fait maintenant ? demanda-t-il en s'asseyant face à Anaïs.

– Roxane était séparée de Tony depuis neuf mois. Neuf mois, dans la vie d'une fille de son âge, c'est pas rien. Entre Tony et Mathieu, ça m'étonnerait que la frise chronologique du cul soit restée vide.

– Donc on continue sur l'idée d'un mobile identique avec un tueur différent ?

– Voilà. »

Le psy inspecta l'intérieur de son verre avant de le vider d'un trait.

« Et comment on les retrouve, ces hautement hypothétiques petits copains ? Parce que dix ans après, ça me paraît un peu présomptueux. »

Du salon leur parvenaient les voix de Marcus et Maddie, commentant avec une passion braillarde les aventures de la très guindée famille Bridgerton.

« Ta psy », répondit Anaïs en allant fermer la porte de la cuisine. Elle se tourna vers Caranne en ajoutant : « Il y a de fortes chances que Roxane lui en ait parlé. Surtout si, comme elle le dit, la gamine faisait tout pour la choquer. »

Caranne se cambra en poussant sur ses mains et leva les yeux au plafond.

« Merde, tu fais chier… »

Une lueur espiègle anima les prunelles noisette de la jeune femme.

« Ben quoi, y aurait de l'eau dans le gaz entre les dingologues ?

– Mets-toi à sa place. Ça fait dix ans qu'elle tente de se reconstruire, avec Milou comme unique objet de sa haine. La solliciter pour prouver qu'il est innocent s'apparente à de la torture.

– Tu veux qu'on aille au bout ou pas ? » dit-elle en reprenant sa place face à Caranne. Elle se pencha en avant, jusqu'à n'être plus qu'à quelques centimètres du visage du psy. « Remuer la merde fait partie du boulot, mon vieux, surtout quand elle macère depuis dix ans.

– Comme disait Baccaro, vous faites vraiment un métier de chien. »

Anaïs se redressa et esquissa un léger sourire.

« Dans sa bouche, même cette phrase était d'une élégance folle.

– T'es sensible à l'élégance, toi ? Première nouvelle.

– Tu ne sais que ce que je veux bien te montrer.

– Je crois en savoir un peu plus que ça. »

Elle lui adressa un clin d'œil appuyé.

« Bon, et Milou, tu me racontes ? T'as appris des choses ?

– Oui. En premier lieu, que son avocat était une truffe.

– C'est ce que j'ai cru comprendre. »

Caranne hocha la tête.

« Il y a plusieurs détails étranges et qui n'apparaissent ni dans le dossier de la police, ni dans les notes du procès.

– Ça me plaît. Je t'écoute.

– D'abord, les corps retrouvés dans la chambre étaient allongés sur un tapis habituellement placé dans le séjour.

– OK, fit pensivement la jeune femme. Et tu en déduis quoi ?

– Je me dis que le tueur l'a peut-être utilisé pour déplacer les corps.

– Possible. Mais je ne vois pas bien pour quelle raison il les aurait bougés.

– Pour l'instant, je te l'accorde, ça n'a pas vraiment de sens. Sauf si ?

– Sauf si quoi ?

– Je termine et tu vas comprendre.

– Je déteste quand tu fais ça, marmonna-t-elle.

– Je sais. Écoute bien. Milou dit que quand il est arrivé, la porte d'entrée était entrouverte. Il dit que c'est comme ça qu'il a pu entrer dans l'appartement alors que Roxane et Mathieu étaient déjà morts et, de fait, pas vraiment aptes à lui ouvrir. »

Anaïs acquiesça, confirmant qu'elle avait déjà connaissance de ces éléments.

« Mais, enchaîna Caranne, il dit aussi que l'appartement était plongé dans l'obscurité. Et que quand il a appuyé sur l'interrupteur du plafonnier, rien ne s'est passé. Noir total.

– Il n'a rien dit là-dessus. En tout cas pas aux flics.

– Ou alors pour une raison ou une autre ils ont décidé de passer ce détail sous silence. »

Sautant de son tabouret haut, Anaïs se dirigea vers l'évier, ouvrit le robinet et aspergea son visage d'eau glacée. Elle arracha une feuille d'essuie-tout et s'épongea le visage avant de lancer à Caranne un regard irrité.

« Ne fais pas l'erreur d'accuser les flics de tous les maux, Caranne. » Elle ouvrit la poubelle pour jeter l'essuie-tout mouillé. « C'est le meilleur moyen de se planter. » Elle s'appuya contre le plan de travail et croisa les bras. « Toutes les auditions des suspects dans les affaires de meurtres sont filmées.

– Tu as raison. Réflexe à la con. Donc il n'en a pas parlé aux flics. Ça n'aurait de toute façon rien changé, j'imagine.

– Sans doute. Mais je vois toujours pas où tu veux en venir ?

– Le fait que le séjour soit plongé dans le noir lui a permis de remarquer qu'il y avait de la lumière sous la porte de la chambre.

– Intéressant. De la lumière comme…

– … un appât, oui. Je pense que le tueur voulait être certain que Milou entrerait dans la chambre. »

Anaïs décroisa les bras et ouvrit les mains, traduisant une question muette.

« J'en sais rien, répondit Caranne. Mais il y a forcément une raison. Pourquoi toute cette mise en scène, sinon ? »

Caranne se leva, et du plat de la main frotta sa barbe de trois jours. Un réflexe à la con, ça aussi. Qui signifiait en général qu'il prenait plaisir à voir chez ses contemporains les méninges fonctionner à plein régime.

Il alla s'adosser au frigo, à moins d'un mètre de la jeune femme.

Elle le fixait intensément, et il aurait juré voir briller dans ses prunelles l'éclat métallique d'un engrenage dentelé.

« Il était là », murmura-t-elle d'une voix à peine audible.

Caranne ne put retenir un sourire.

« Qui donc ?

– Arrête de jouer avec moi. Je te jure que c'est pénible. Et infantilisant.

– Désolé. C'est le seul hobby qui me reste.

– Alors inscris-toi dans un club de bridge et arrête de m'emmerder. » Elle s'approcha de lui et posa les mains sur ses épaules. « Le salaud. Il était encore là quand Milou est arrivé.

– Ouais. Il était là. Parce que quand le voisin d'en face puis les flics sont entrés dans l'appartement, la lumière du salon fonctionnait parfaitement.

– Et il a bien fallu que quelqu'un revisse cette foutue ampoule.

– Il était là, répéta Caranne d'une voix soudain grave.

– Mais pourquoi ?

– Pour refermer son piège. »

21

Lundi 4 octobre – 9 h 41

« Et alors mon frère a dit une phrase que je n'ai pas comprise. Enfin pas tout de suite. Il a dit : “Papa a toujours voulu autre chose.” Sur le coup j'ai pensé qu'il parlait d'un autre boulot, et c'est vrai que mon père avait toujours détesté son boulot, il était gestionnaire de syndic et disait que personne n'était aussi haï que les gestionnaires de syndic, à part peut-être les huissiers de justice. Mais en fait, je crois que mon frère voulait dire que notre père aurait voulu une autre vie. Une vie sans nous, quoi. Sans ma mère, mon frère, et moi. Vous pensez que c'est possible ? »

Héléna sursauta.

Elle se tourna vers son patient, assis dans le large fauteuil bergère en velours gris clair, les jambes croisées et les mains sagement posées sur les accoudoirs. C'était un homme de cinquante ans et des poussières aux cheveux bouclés, aux petits yeux doux et rapprochés et à la lippe légèrement pendante, l'association de ces trois attributs lui conférant un air de grande naïveté. Et, de fait, il l'était. Naïf. Et il la regardait en cet instant avec une intensité s'apparentant à de la fascination, attendant d'elle une réponse qu'elle ne lui donnerait pas. Parce que, d'une part, son rôle ne consistait pas à lui balancer la vérité toute cuite dans le bec – si tant est qu'elle la connût. Son rôle, ou l'un de ses rôles, disons, avait pour objet de mettre entre ses mains les outils qui lui permettraient de se frayer un chemin jusqu'à cette vérité.

Et, comme cela faisait une bonne dizaine de minutes qu'elle n'avait pas écouté un traître mot de ce qu'il racontait, elle en aurait été de toute façon incapable.

Elle se mordit la langue, furieuse contre elle-même. De la part d'une thérapeute de son acabit, c'était inadmissible. Du bout des doigts elle toucha son chignon, consciente de ce que ce geste signifiait chez elle et pourtant infoutue de le réprimer. Son manque d'attention l'irritait, mais pas autant que ne l'exaspérait son inhabileté à masquer la nervosité qui en découlait.

Elle regretta de ne pas avoir annulé ses séances de la journée.

« Qu'en pensez-vous, vous ? » demanda-t-elle en replaçant brusquement une épingle à cheveux dans sa nuque, avant de se contraindre à réunir lentement ses mains sur ses genoux.

Le patient la fixa avec des yeux légèrement écarquillés.

L'une des raisons pour lesquelles il appréciait Héléna, en tant que thérapeute, s'entend, était qu'elle écoutait vraiment. À chaque instant de chaque séance. Il le savait, sans savoir comment il le savait. Certes, c'était son job, mais aucun des sept ou huit praticiens qu'il avait consultés auparavant ne lui avait procuré cette impression d'attention totale.

Elle était liée à la façon dont Héléna reformulait ce que lui confiaient ses patients. L'expérience lui avait appris qu'on ne se confesse avec sincérité que lorsqu'on est certain qu'on sera compris. Alors elle choisissait avec un soin extrême ses mots, et chacune de ses questions était construite comme un encensoir opérant des allées et venues entre elle et son patient, répandant entre eux cette miraculeuse essence sans laquelle sa profession se cantonnerait à juger les défaillances de ses congénères : l'empathie.

Ce *qu'en pensez-vous, vous ?* était donc à l'opposé de ce à quoi l'homme était habitué.

« Vous avez l'air ailleurs, aujourd'hui, tout va bien ? » demanda-t-il en se penchant en avant.

Une bouffée de honte l'envahit, et elle sentit la peau relâchée de ses joues rosir.

« Je vous demande pardon. Vous avez raison, je suis un peu fatiguée. Mais je suis là. Je vous écoute. »

L'homme soupira, lippe en avant, et Héléna crut avec horreur qu'il allait se lever, la traiter d'imposture et claquer la porte. Mais il n'en fut rien.

« Je pense qu'il a raison, lâcha-t-il dans un soupir. Mon frère. Mon père aurait rêvé d'une vie sans aucune responsabilité. Sans attaches. Sans famille, quoi. »

Un frisson parcourut la nuque de la sexagénaire, remontant en mille sauts de puce jusqu'au sommet de son crâne.

Était-ce pour cette raison qu'elle s'était montrée inattentive ? Son inconscient avait-il pressenti à quelle conclusion son patient allait aboutir, et tenté de l'en protéger ?

Dostatochno ! comme disait sa Russe de mère. Assez !

Héléna toucha sa bague et plongea son intense regard gris dans les petits yeux candides.

« N'a-t-on pas tous, à un moment ou à un autre, une partie de nous qui rencontre ce désir-là ? »

Il écarquilla encore davantage ses yeux, se penchant vers elle comme un disciple prêt à boire la sainte parole du Christ.

« Qu'est-ce que vous voulez dire ?

– Je veux dire que lorsqu'on devient parent, on doit faire le deuil d'une forme d'insouciance, de liberté, et l'on découvre avec terreur, parfois, que l'échec nous est devenu interdit. Qu'on ne pourra jamais se laisser aller, oublier nos devoirs, partir pour tout recommencer ou, même, se laisser mourir. Pensez-vous que c'est ce qu'a expérimenté votre père ? »

L'homme prit le temps d'intégrer chacun des mots qui venaient d'être prononcés.

« Oui, je crois, finit-il par lentement articuler. Il aurait voulu être libéré de nous pour ne plus avoir à se faire de la bile. Il détestait ça, se faire de la bile. »

Héléna eut un haut-le-cœur. Elle consulta sa montre et, bien qu'il restât encore sept minutes, annonça que la séance était terminée.

Le patient ne fit aucun commentaire, même si, à nouveau, la chose était suffisamment rare pour être notée.

Il la salua d'un geste de la main hésitant – elle n'entrait plus en contact physique avec ses patients depuis sa première crise d'agoraphobie, au lendemain des funérailles de son fils.

Après avoir refermé la porte, elle alla prendre place à son bureau et ferma les yeux.

Elle aussi avait, l'espace d'un infime instant, désiré qu'il disparaisse. Mathieu. Elle s'en souvenait très bien. Et elle savait que la plupart de ceux qui ont enfanté ont, un jour, été traversés par cette même pensée. Rien de monstrueux là-dedans. Rien d'abominable. Seulement l'expression d'un amour absolu dont l'infinité nous bouleverse, nous terrorise et nous renvoie à notre propre imperfection.

Cette pensée, heureusement, meurt à la seconde même où elle éclot.

Et n'a dès lors dans les mémoires pas plus de substance qu'un rêve oublié.

Sauf.

Sauf quand votre enfant est retrouvé mort dans un trou à rat, un matin de septembre, avant même d'avoir effleuré sa vie d'adulte.

Elle qui n'avait jamais été heureuse en mariage, elle que son éducation avait poussée violemment vers un idéal qui ne lui correspondait pas, avait un jour souhaité ne jamais avoir eu d'enfant.

Cette liberté dont ses parents, d'abord, l'avaient privée, avant qu'elle-même, conditionnée par deux décennies de règles strictes et immuables, ne prenne le relais, elle ne l'avait réellement envisagée qu'une fois qu'il était trop tard.

Un sourire triste dévoila ses dents légèrement jaunies. Un enfant est la plus merveilleuse des entraves, pensa-t-elle. Et elle aurait donné jusqu'à la dernière miette de ce qu'elle était pour retrouver ce délicieux carcan.

Le son strident de l'interphone la fit tressaillir.

« Oui ?

– C'est Victor. »

Quelque chose la démangea au fond de la gorge, comme un insecte avalé par accident et qui serait en train d'agoniser dans son œsophage. Elle hésita à replacer le combiné sur son socle sans un mot, mais ne put s'y résoudre.

« Qu'est-ce que vous voulez ?

– Vous dire pourquoi je crois Milou innocent.

– Ça ne m'intéresse pas.

– Vous mentez.

– Je vous demande pardon ?

– Vous savez que je ne serais jamais venu vous en parler si je n'étais pas certain de ce que j'avance. Et je ne connais personne qui soit plus attaché à la vérité que vous. »

Caranne attendait, l'oreille collée à l'interphone, suspendu au silence grésillant, imaginant la guerre interne qui devait faire rage dans l'esprit de la thérapeute.

Elle va ouvrir. Elle doit ouvrir.

Ils avaient en commun cette même obsession de la vérité,

qui les aurait poussés à creuser jusqu'au centre de la Terre si là reposait le secret de leur âme, là l'essence de leur être, là la réponse au grand mystère humain. Et, malgré ça, il savait qu'il n'était pas en mesure de la comprendre. Toute projection était impossible.

Il passa la langue sur ses lèvres sèches, leva la tête vers la fenêtre du troisième étage. Le soleil s'y fracassait comme un oiseau embrasé et fou.

La porte émit un bip désagréable. Caranne s'engouffra dans l'immeuble avec la vivacité d'une bourrasque.

Héléna avait le bord des paupières rougi.

Caranne changea de place sur le fauteuil gris, qui dégageait une forte odeur de neuf. Il se demanda ce qu'il était advenu du fauteuil de cuir patiné sur lequel il avait passé tant d'heures. *Dix ans, Caranne. Une éternité, dans la vie d'un fauteuil.* Il retint un rire nerveux.

« Comment vous le trouvez ? » demanda Héléna.

Le psy esquissa un sourire. Elle avait toujours su lire en lui. Et encore aujourd'hui, il trouvait cela sécurisant. Et fascinant.

« Prometteur. »

Héléna lui rendit son sourire.

« Je regrette ce que je vous ai dit hier. Sincèrement.

– Ne vous excusez pas. J'étais à la fois le messager *et* le message. Mon sort était scellé. »

Elle sourit à nouveau, plus franchement cette fois. Puis son regard se perdit vers la fenêtre, à travers laquelle on apercevait le clocher de l'église Saint-Barthélemy.

« Vous savez, quand vous m'avez pour la première fois raconté cette journée passée à Bygdoy, et qu'à la suite de ça m'est venue cette idée, cette fulgurance… Eh bien quand on me demandait où je me trouvais quand c'est arrivé, je répondais que je marchais dans la forêt de Benon, seule, à la tombée du jour.

– Je m'en souviens.

– J'ai menti. »

Caranne exagéra une mine outrée.

« Comment ça, vous avez menti ?!

– J'étais en train de faire pipi. »

Les deux psys se dévisagèrent de longues secondes, immobiles et concentrés, comme deux enfants en train de jouer à *Je te tiens, tu me tiens, par la barbichette.*

« Ah, elle est belle, la crème des spécialistes des processus comportementaux. »

La sexagénaire écarta nonchalamment les mains.

« Toutes les vérités ne sont pas bonnes à dire.

– Voilà une phrase qui ne vous ressemble pas.

– Le deuil vous change profondément, Victor. Vous êtes bien placé pour le savoir. Mais dites-moi. Honnêtement. Est-ce que Bygdoy vous aide toujours ?

– Est-ce qu'il vous aide, vous ? »

Les mains d'Héléna montèrent spontanément à son chignon.

« Moins que ce que j'aurais imaginé. »

Caranne appuya ses coudes sur ses genoux et avança sa main, paume ouverte, vers Héléna. Celle-ci baissa les yeux, regarda cette main. Puis elle retira la dizaine d'épingles qui maintenaient ses cheveux et les posa en petit tas sur le guéridon collé à son fauteuil. Elle secoua doucement la tête, et les mèches grises et épaisses glissèrent sur ses épaules. Elle avança la main et la posa sur celle de son ancien patient avec une émotion manifeste.

« Bygdoy est un bel outil, dit Caranne d'une voix douce en pressant légèrement les longs doigts fins. Pas parfait, aucun ne l'est – mais il a aidé beaucoup de gens malheureux. »

Elle acquiesça lentement.

Lorsque Caranne était venu trouver Héléna, un peu plus de vingt ans auparavant, on aurait littéralement pu le ramasser à la petite cuiller. Le balayer, l'aspirer ou l'absorber. Lécher le bout du doigt pour attraper ce qui restait de lui.

Une loque, bouffée par la culpabilité, à deux doigts de se foutre en l'air.

L'année de ses dix-sept ans, un simple moment d'inattention avait été à l'origine d'un drame épouvantable. La mort de James, son neveu de trois ans. Il s'agissait d'un terrible accident. Et pourtant, comment ne pas s'en sentir responsable ? Un accident. Aucune raison de punir un gamin pour ça. La justice n'avait rien à lui reprocher. La famille avait caché son ressentiment derrière des regards fuyants et une mise à distance en grande partie inconsciente. Alors, il avait décidé de se charger lui-même de sa punition. Et on pouvait dire qu'il avait fait du bon boulot, frôlant la mort à plusieurs reprises. Jusqu'à atterrir ici même, dans ce bureau, mu par un dernier sursaut d'autoconservation.

Les mois avaient passé, durant lesquels Héléna était parvenue, à force de patience et d'empathie, à rapprocher peu à peu les fragments de sa psyché brisée.

Mais quelque chose continuait de le dévorer de l'intérieur.

L'équivalent sur l'âme humaine d'un jet d'acide sulfurique sur un morceau de viande crue. Une torture quotidienne, invalidante et incontrôlable.

Héléna en était presque venue à abandonner l'idée qu'il puisse un jour récupérer une vie, une vraie. Et la perspective de cet échec l'avait empêchée de trouver le sommeil un certain nombre de nuits.

Jusqu'au jour où Victor lui avait parlé de Bygdoy.

Bygdoy est une presqu'île d'Oslo, un écrin de nature situé à la périphérie de la capitale norvégienne. Plusieurs musées, quelques splendides villas et le réseau de chemins la sillonnant en font un lieu agréable où passer quelques douces heures, mais que le touriste ne placera sans doute pas au panthéon de son voyage.

Sauf Victor. Il y avait partagé avec James un moment de complicité merveilleux, deux semaines avant l'accident.

Les visites de musées s'enchaînant et sa sœur et son beau-frère souhaitant faire une pause, le couple s'était attablé à la terrasse d'un coffee-shop. Victor s'était proposé d'emmener l'enfant au musée de la Marine.

Après s'être ennuyés une demi-heure devant d'antiques embarcations dont ils se fichaient royalement, ils étaient ressortis. Victor avait acheté un cornet de glace à James et ils étaient allés s'asseoir à quelques dizaines de mètres de là, sur un banc accolé à un phare rouge et minuscule. Ce phare, avait dit Victor à Héléna, lui en avait tout de suite rappelé un autre, qu'on pouvait apercevoir depuis la plage des Minimes : le phare du Bout du Monde, petite fierté rochelaise, copie d'un phare argentin situé en Terre de Feu.

La thérapeute avait acquiescé et lui avait demandé de continuer. Quelque chose, dans la voix de Victor, avait changé, et elle ne voulait surtout pas l'interrompre en lui faisant remarquer que s'il avait choisi cet endroit pour passer un moment avec son neveu, ce n'était certainement pas un hasard.

Assis au bord du fjord, les nuages tissés comme une lourde couverture en crochet se reflétant dans l'onde immobile, l'enfant et l'adolescent avaient eu leur première véritable conversation. Un échange de quelques minutes, lors duquel Victor avait pu littéralement éprouver l'amour que le petit garçon lui portait, et son cœur de jeune homme s'était à son tour empli d'amour.

« Avant ça, je n'étais qu'un petit con qui se fichait un peu de tout. Un ado égoïste, quoi. Ce jour-là, je me suis dit que ce gosse, je ne m'en fichais pas. Ce gosse, je l'aimais. Et à un moment, j'ai fait tomber sa glace par terre, mais il ne m'en a pas voulu. Il m'a gentiment pincé la peau du cou – il adorait faire ça – et il m'a dit : *C'est pas grave, Victor.* »

Héléna avait de nouveau acquiescé et mis fin à la séance.

La semaine suivante, son estomac était contracté lorsqu'elle avait ouvert la porte de son cabinet à Victor. Parce qu'elle sentait qu'elle était sur le point de créer un procédé mental nouveau. Qu'elle avait peut-être trouvé le moyen d'aider un grand nombre de personnes. Et de révolutionner un domaine crucial de la psychologie.

« Héléna ? Vous allez bien ? »

La thérapeute cligna plusieurs fois des yeux, ôta sa main de celle de son ancien patient et se força à revenir à l'instant présent.

« Ça va. Je ne veux pas savoir pourquoi vous êtes si certain que Milou est innocent. S'il l'est, je sais que vous ferez tout ce qui est en votre pouvoir pour le sortir de là. Mais laissez-moi en dehors de ça. Je ne suis pas prête pour une autre vérité. Pas encore.

– Je comprends. »

Elle tripota la grosse pierre à son doigt, lui faisant faire un tour sur elle-même.

« J'imagine que ce n'est pas la seule raison de votre visite.

– Est-ce que quelqu'un a déjà pu vous cacher quelque chose ? demanda Caranne en haussant les sourcils.

– Oui, moi-même, mais en général je ne me berne pas très longtemps. »

Le psy sourit.

« Roxane vous a-t-elle parlé d'autres flirts ou relations, après sa rupture avec Tony ?

– J'en déduis que Tony s'est révélé un cul-de-sac.

– Malheureusement. »

Héléna passa les doigts dans ses cheveux détachés, les ramenant derrière ses oreilles. C'était la première fois que Caranne la voyait ainsi. Les cheveux libres.

« Oui. Elle voyait un homme d'une cinquantaine d'années.

– Vous plaisantez ?! s'entendit grogner Caranne sans qu'il puisse se contrôler. Vous n'en avez jamais parlé… Pourquoi ?

– Ça m'a paru inutile. Tout pointait vers Milou, et je ne voulais pas que les flics perdent leur temps sur de fausses pistes. » Elle secoua la tête. « Je comprends que cela puisse vous sembler inconséquent…

– Inconséquent ? Héléna, ce que vous avez fait est grave. Très grave.

– Je le comprends aujourd'hui. »

Caranne se leva et alla s'adosser contre la bibliothèque au fond de la pièce, les bras croisés. Il avait tellement admiré cette femme que le choc était rude.

« Dites-moi tout ce que vous savez sur cet homme, dit-il d'une voix plus dure qu'il ne l'aurait voulu. N'omettez rien. »

La psy leva vers lui un regard coupable.

Roxane avait évoqué cet homme plusieurs fois, sans trop rentrer dans les détails. Elle lui avait montré, à deux ou trois reprises, des liasses de cash, en lui disant qu'il la payait pour coucher. Et qu'elle était sa préférée. Elle l'appelait Mister P. Héléna avait essayé d'en savoir plus, sans succès.

Caranne décroisa les bras et posa les mains à l'aveugle contre les tranches des livres alignés derrière lui.

« Serait-il possible qu'en négligeant de parler de cet homme vous ayez cherché à la protéger ? À protéger Roxane ? »

Héléna le regarda, ses sourcils soudain froncés.

« Son image, vous voulez dire ? »

Caranne fit oui de la tête.

« Vous devez arrêter ça, Victor.

– Quoi ?

– Cette idéalisation. Je ne suis pas parfaite. Je fais des erreurs. J'en ai fait de très grosses, au cours de ma vie. Je sais que vous pensez que je vous ai sauvé, cette idéalisation étant une des conséquences de cette certitude, mais c'est d'abord vous-même qui vous êtes sauvé.

– Bygdoy, c'était vous.

– Non. C'était nous. »

Lorsque Victor était entré dans son cabinet, une semaine après le récit de son escapade osloïte aux côtés de son neveu, elle l'avait fait asseoir et lui avait dit de fermer les yeux. Il lui avait demandé avec un rire triste si depuis leur dernière séance elle avait passé son diplôme d'hypnothérapeute, ce à quoi elle n'avait rien répondu.

Alors il avait fermé les yeux.

« Retournez là-bas, Victor. À Bygdoy. Faites appel à vos souvenirs, et essayez de vous rappeler certaines des choses que vous et James vous êtes dites.

– Je lui ai dit que…

– Non, gardez-les pour vous. Elles sont votre trésor.

– D'accord.

– Maintenant, repensez à ce geste que James a fait, quand vous avez fait tomber sa glace.

– Il m'a pincé le cou.

– Et qu'a-t-il dit ?

– Que ce n'était pas grave ?

– Oui. »

Caranne avait ouvert les yeux un instant, et Héléna avait pu voir qu'il comprenait confusément ce vers quoi elle l'amenait.

« Je veux à présent que vous imaginiez ce que vous aurait

dit James, si vous aviez su tous les deux ce qui allait se passer, deux semaines plus tard. »

Elle vit la glotte bouger sous la peau du cou de son patient, signe qu'il pleurait silencieusement. Ce qu'elle lui demandait de faire était infiniment douloureux. Mais il fallait essayer.

« Vous aurait-il pardonné ? En ce jour où pour la première fois vous avez su que ce petit bonhomme vous aimait profondément, pensez-vous qu'il vous aurait dit de continuer à vivre, pour lui, pour vous-même, parce que c'est ce qu'on veut pour les gens qu'on aime ? Vous aurait-il dit : *Ce n'est pas grave* en vous pinçant la peau du cou ? »

Une larme coula sur la joue de Caranne et ses lèvres tremblèrent.

« Je crois que oui.

– Je pense que Bygdoy peut vous aider à faire face à vos remords. Ce moment parfait, hors du temps, utilisez-le, prolongez-le, cultivez-le, cristallisez-le. Tout votre amour pour James, et l'amour qu'il avait pour vous, peuvent s'incarner en ces quelques instants. Tout le reste peut s'effacer. La peine, la culpabilité, la mort elle-même.

– Bygdoy…, murmura Caranne.

– Oui, Bygdoy. » Elle serra doucement la main de son patient. « On pardonne tout aux morts, Victor. Dites-vous que l'inverse peut tout aussi être vrai. »

22

Lundi 4 octobre – 10 h 30

Caranne rétrograda brusquement, avant de stopper la Honda à une centaine de mètres de chez lui, là où la route se transformait en chemin – supposément privatif. La voie lui sembla libre.

Si, à son petit niveau, le soupçon de célébrité que lui avait conféré l'affaire de l'Égorgeur lui paraissait insupportable, il n'imaginait même pas ce que devait endurer une star de cinéma internationale. Les brouettes de dollars devaient aider un peu, c'est vrai.

Mais il savait qu'aucune fortune ne lui aurait fait renoncer à sa tranquillité.

Quand il ouvrit sa porte, il fut frappé en pleine tête par un des coussins de son canapé.

On repassera pour la tranquillité.

« Désolé, mec ! vociféra Marcus en se dirigeant vers lui, un second coussin pendant au bout de son bras. C'est pas toi que j'visais. »

La voix de Maddie derrière le psy le fit se retourner.

« Tu sais que ton pote est d'une lenteur effarante ! Il m'a pas touchée une seule fois. » (À Marcus.) « C'est ça quand on a l'agilité d'un éléphant de mer !

– Je vais te fumer, gamine ! » hurla le colosse en la coursant dans le couloir menant aux chambres.

Caranne resta figé deux ou trois secondes, puis balança son casque dans le panier à chaussures de l'entrée et se précipita dans le séjour.

Si un certain « P » se cachait dans le dossier d'enquête, il devait le trouver sans perdre une seconde. Il ne leur restait que quarante-huit heures, et cette piste était peut-être leur dernière chance.

Repoussant l'image écœurante de Milou recrachant un morceau de chair rose sur le sol, il s'installa à son bureau. Se pinça les lèvres, avant de lentement relâcher son souffle. Et extirpa non sans difficulté les quelques kilos de papier planqués dans le seul tiroir du meuble qui fermait à clé. Avec les deux énergumènes qui squattaient la baraque, mieux valait être prudent.

Alors il commença à tourner les pages, scannant les procès-verbaux l'un après l'autre tout en regrettant de n'avoir pas meilleure mémoire.

En sortant de chez Héléna, il s'était empressé d'appeler Anaïs : ce « P » n'éveillait pas davantage de souvenirs chez elle.

Peut-être allait-il le retrouver sous la forme d'un témoin, interrogé parce qu'il connaissait Roxane d'une manière ou d'une autre. Ou sous celle d'un nom évoqué une seule et unique fois, le propriétaire d'un lieu, un amant de sa mère, ou un ancien prof…

Mais il était également possible que le type n'ait pas le moindre lien avec la vie de la jeune femme, en dehors d'une relation épisodique et rémunérée. Dans ce cas, ce n'était pas la peine d'espérer le…

Bam !

Percutée par un autre coussin, sa tête effectua un plongeon

en avant, et il fut à deux doigts de s'emplafonner dans l'écran de son ordinateur.

« Vous commencez à m'emmerder, vous deux ! hurla-t-il en se levant précipitamment. Maddie, je t'avais donné deux jours pour te trouver un toit, et devine quoi ? Ça fait deux jours ! »

Le sourire sur le visage de Maddie disparut aussi vite qu'une poignée de neige arrosée d'eau bouillante. Elle envoya à Caranne un regard dont il était difficile de mesurer la part de déception, de tristesse et de colère.

« C'est bon, j'me casse, lâcha-t-elle en se dirigeant vers l'entrée.

– Attends, Maddie », dit Caranne en la rattrapant. Ce n'est qu'à cet instant qu'il remarqua les quelques effets de la jeune femme, déjà réunis près de la porte. « T'as trouvé un endroit où loger ?

– Ouais, répondit-elle d'un ton cassant. T'inquiète, j'ai géré. Tu m'auras plus sur le dos.

– Laisse-moi juste deux j…

– Deux jours, je sais, et après on s'occupe de mon avenir. » Elle attrapa son sac à dos et fit passer une sangle sur son épaule. « Et je comprends pourquoi c'est impossible pour toi de m'avoir chez toi, ajouta-t-elle, radoucie. Fais ce que t'as à faire. T'es trop vieux pour qu'on te change, de toute façon. »

Caranne la regarda quelques secondes, avant de lui déposer un baiser sur le front. La jeune femme lui offrit en retour une grimace espiègle, ne parvenant pas à totalement masquer sa déception.

« Tu veux que je t'accompagne ? Ou Marcus ? s'empressa-t-il d'ajouter en pensant aux centaines de pages attendant d'être compulsées.

– Non, ça va aller. C'est vraiment pas loin du tout.

– OK. Alors on s'appelle dans deux jours.

– D'ac. »

Maddie ouvrit la porte.

« Marcus, hurla-t-elle soudain ! On se voit demain !

– Ça marche ! » hurla le colosse depuis la cuisine.

Caranne fut sur le point d'interroger Maddie sur ce qu'ils avaient prévu de faire, mais se ravisa.

Et ce fut Maddie qui ferma la porte.

Lorsqu'il se rassit face à son bureau, le psy se sentait aussi merdique que s'il avait craché dans la gamelle d'un chiot affamé.

23

Lundi 4 octobre – 13 h 42

Héléna ouvrit et referma la ceinture de son trench-coat pour la quatrième fois. Se regarda dans le miroir pour la sixième. Toucha son chignon pour la dixième, fouillant la masse de cheveux argentés à la recherche d'une épingle. Lorsque son index en débusqua une, elle appuya dessus jusqu'à sentir une vive morsure dans son cuir chevelu. Un fragment de sa terreur lui sembla s'évanouir, pour réapparaître l'instant d'après, réintégrant la grande fresque de son angoisse.

Elle s'approcha de la fenêtre, tira le rideau et baissa les yeux vers la rue.

Il était déjà là.

Le café qu'elle avait bu après le déjeuner lui remonta dans la gorge et elle eut l'impression qu'on installait une enclume sur son thorax.

Elle inspira par le nez, retint l'oxygène dans ses poumons, puis l'expulsa le plus lentement possible. Avant de regarder à nouveau dans la rue.

C'était un taxi standard, commandé via une application de son téléphone, et elle savait que si elle ne descendait pas dans les dix minutes, il allait mettre les voiles.

Alors, un pas après l'autre, elle traversa l'appartement jusqu'à la porte d'entrée. L'ouvrit. Passa un pied dehors. Puis l'autre.

Son trousseau de clés cliqueta comme un carillon entre ses doigts tremblants lorsqu'elle la verrouilla.

Chaque jour de la semaine, Héléna sortait de chez elle. C'était un fait réel et observable, une vérité absolue. Mais elle n'allait pas plus loin que le bout du palier, à trois mètres de là.

Les faits réels et observables se révélaient parfois de beaux trompe-l'œil.

Cet infinitésimal trajet entre son appartement et son cabinet constituait l'intégralité de ses déplacements, abstraction faite de quelques rarissimes examens médicaux impossibles à réaliser à domicile, un scanner pesant dans les mille cinq cents kilos.

Pour le reste, elle bénissait l'époque, immense carrousel où tournoyaient livreurs et coursiers sous-payés et dépressifs, déposant directement sur votre paillasson *Hello* tout ce qu'il était possible d'imaginer sans que vous ayez même à leur adresser la parole.

Néanmoins il y avait un endroit où elle continuait à se rendre, année après année, lorsque le besoin se faisait impérieux et plus fort que les nausées. Que les palpitations. Que les accès de panique.

Plus fort, surtout, que l'impression de pénétrer un monde hostile, mouvant, malveillant et étrange, une terre irréelle et terriblement dangereuse où tout était fait pour que vous perdiez le contrôle et fussiez dévoré par votre propre épouvante.

L'antique ascenseur émit un bruit sec quand elle appuya sur le bouton d'appel. Elle habitait au troisième étage et était physiquement capable de prendre les escaliers, mais ses jambes flageolantes n'auraient pas pu la porter.

Elle tira la porte, fit coulisser la grille et entra, la démarche vacillante, dans l'espace confiné. Sa gorge se referma comme sous l'effet d'un étranglement, et les larmes inondèrent ses joues blêmes quand elle se regarda dans le miroir constellé de petites taches noires dues à l'altération du tain. Parce qu'à chaque fois, c'était son fils qu'elle voyait en train de lutter pour respirer.

Elle appuya sur le bouton RDC et ferma les yeux. De sa bouche sortirent des mots russes, chuchotés, un vieux dicton qu'on aurait pu traduire par : tomber est permis, se relever est ordonné.

Héléna, avec ses quarante ans de pratique de la psychologie, connaissait parfaitement les mécanismes de sa phobie. L'ironie de tout cela ne lui échappait pas, et elle en aurait ri si son trouble n'avait pas pris sa source dans le drame qui avait anéanti sa vie.

En débouchant dans la lumière du soleil, elle crut bien perdre connaissance. Puis, comme à chaque fois, penser à sa destination lui permit de recouvrer un semblant de force et d'équilibre, et d'avancer. Un pas après l'autre. Elle devait ressembler à une vieille dame malade. *Mais c'est ce que tu es,* moy dorogoy, *ma chérie !*

Le chauffeur, que l'apparente vulnérabilité de la sexagénaire avait dû alerter, était sorti de son véhicule et lui maintenait la portière ouverte. Quand il lui tendit la main pour l'aider à grimper, elle feignit de ne pas la voir et, tant bien que mal, prit place dans la voiture.

Cinq minutes plus tard, alors que les muscles de son larynx se détendaient légèrement, Héléna remarqua que le chauffeur lui jetait de brefs et réguliers regards via le rétroviseur.

« Je ne compte pas faire un AVC dans votre voiture, si c'est ce qui vous inquiète », parvint-elle à dire, d'une voix qui lui sembla vibrer dans son cerveau comme un gong en cuivre frappé d'un maillet.

L'homme, qui ne devait pas avoir plus de trente ans et portait une drôle de petite moustache en forme de guidon, baissa le son de la radio.

« Désolé, je ne voulais pas vous mettre mal à l'aise. C'est juste que… mon père a lu votre livre je ne sais pas combien de fois. Celui sur le deuil. Il y a votre photo sur la couverture. »

La thérapeute se força à sourire.

« Cela l'a-t-il aidé à se remettre de la mort de votre sœur ? »

Le jeune homme leva les sourcils.

« Comment savez-vous que… ? »

D'un geste du menton la psy désigna la photo de famille accrochée au-dessus du levier de vitesse. Cinq visages souriants, radieux, pleins de vie. Une famille heureuse, à n'en pas douter.

La main droite du chauffeur, chargée de grosses bagues en argent, quitta le volant et s'ouvrit, paume vers le ciel.

« Ça aurait pu être ma mère. Ou mon frère. Ou n'importe qui d'autre… Alors comment ? »

Héléna tourna la tête vers la fenêtre et baissa la vitre de quelques centimètres : la nausée allait et venait, répugnante marée menaçant de refluer à tout moment. Elle serra son sac à main, en espérant qu'elle n'aurait pas besoin du sachet en plastique qu'elle y avait rangé.

« Le porte-clé en forme de trèfle à quatre feuilles, dit-elle en laissant son regard se perdre dans les eaux calmes du canal de Rompsay que la voiture était en train de longer. Vous l'avez placé juste au-dessus de son visage. Le sien, pas un autre. Et c'est la seule partie de la photo couverte de traces de doigts. J'imagine que vous voulez la sentir proche de vous, et lui montrer que vous ne l'oubliez pas. »

Si Héléna n'avait pas fermé les yeux, elle aurait vu le jeune homme ouvrir la bouche en un rond parfait.

Ce n'était pas de la magie. Ce n'était pas de la divination. Rien que le fruit de quelques dizaines d'années d'observation des comportements humains.

Quand la voiture s'arrêta et que le jeune homme vint à nouveau lui ouvrir la portière, Héléna accepta de glisser sa main dans la sienne. C'était pour elle un effort intense, contre-intuitif et éprouvant, comme lorsqu'elle avait tenu celle de Caranne un peu plus tôt.

Pouvait-on vraiment vivre ainsi, se demanda-t-elle pour la millième fois ?

Les hauts chênes rougissaient par endroits, géants effarouchés par l'automne qui s'en venait, et elle les observa, visage levé vers le ciel, tout le temps que dura son pénible cheminement.

Enfin, elle s'arrêta.

Elle savait qu'elle n'allait pas pouvoir continuer comme ça. Elle se surprit à rêver qu'un infarctus l'emporte, ici et maintenant. À l'endroit même où il reposait.

Mathieu Beaulne – 1995-2013, disait simplement la stèle. Elle n'avait pas voulu graver son chagrin dans la pierre. Elle avait espéré le dépasser, comme elle avait aidé tant de patients à le faire.

Elle n'y était jamais parvenue. Comment l'aurait-elle pu ? Si elle n'avait pas été si dure avec lui, si elle l'avait laissé suivre sa propre route, jamais il n'aurait cherché la transgression dans les bras de Roxane. Jamais il ne se serait trouvé dans son appartement cette nuit-là.

La tristesse, abyssale, vint peu à peu prendre la place du malaise, et elle tomba à genoux sur la terre sèche et dure.

Elle, *la papesse du deuil*, comme l'avait un jour appelée un magazine de vulgarisation de psychologie, n'avait jamais réussi à faire le sien.

24

Lundi 4 octobre – 14 h 02

Rien. Pas le moindre début de trace d'un homme entre deux âges et dont le prénom ou le nom commencerait par P.

Il reposa les dernières feuilles du dossier sur la pile, excepté une, qu'il mit de côté.

Il avait bien déniché un Paul Boulet, copain de fac de Mathieu et dernier numéro qu'il ait appelé, quelques heures avant la tuerie. Selon la déposition de Paul, la discussion avait tourné autour de la rentrée universitaire, qui devait avoir lieu trois semaines plus tard et qui n'enthousiasmait aucun des deux jeunes gens. Paul était originaire de Dijon et n'avait jamais mis les pieds en Charente-Maritime. Aucune chance qu'il soit le Mister P en question. Pas plus que Bernard Palledieu, soixante-quatre ans, logeant au rez-de-chaussée de l'immeuble de Roxane et coincé depuis vingt ans dans un fauteuil roulant.

Était-on même sûr qu'il s'agissait d'une initiale ? Après tout, on parlait d'un type qui rétribuait une jeune femme en échange de faveurs sexuelles. P pouvait tout aussi bien signifier Putain de Pervers. Ou Portefeuille sur Pattes. Ou Pénis flasque.

Il était également possible que Roxane ait inventé toute

cette histoire. Des gamines cherchant à attirer l'attention à grand renfort de bobards à caractère sexuel, il en avait vu passer quelques-unes sur son divan. Mais Héléna étant l'équivalent humain d'un détecteur de mensonges, tout le portait à croire à l'existence de cet homme.

Il rangea le dossier sous clé et lut à nouveau le document qu'il en avait extrait. Oui, ça valait le coup d'essayer.

Il se leva, composa le numéro d'Anaïs et alla se placer face à la baie vitrée. Ses yeux tombèrent spontanément sur le cabanon de jardin. Une mouette y jouait les équilibristes, sautillant le long de l'arête du toit, les ailes à demi déployées. Il se fit la réflexion que le risque n'était qu'une illusion, quand vous étiez pourvu de quoi parer la chute.

Le répondeur l'invita à laisser un message.

Il raccrocha et se dirigea vers la cuisine, en imaginant ce qu'il adviendrait de cette soirée s'il se servait un verre et s'installait sur la terrasse pour le siroter.

Quelques minutes d'extase absolue, suivies d'un merdier sans nom.

Ses glandes salivaires se mirent malgré tout à fonctionner à plein régime, et il fonça sur son placard à endorphines de substitution. Mais l'étage était désespérément vide. Plus une seule tablette de chocolat. Marcus ou Maddie l'avait complètement nettoyé. Les deux, plus probablement. À les imaginer pelotonnés l'un contre l'autre sur le canapé, une tablette de Lindt lait-noisettes passant de l'un à l'autre alors qu'ils regardaient et commentaient les agissements de la duchesse de machin-truc, il ne put retenir un sourire.

Il se promit d'appeler Maddie dans la soirée, afin de s'assurer qu'elle avait bel et bien un toit sur la tête. Et il réalisa qu'il ne lui avait même pas demandé chez qui elle allait passer la nuit. Celle-ci, et les suivantes.

Il nota également d'appeler Stéphanie, la mère de Maddie.

Sa réaction vis-à-vis de sa fille l'étonnait beaucoup. Il lui fallait éclaircir cette histoire.

Son téléphone vibra dans sa main. Il se dirigea vers son bureau et décrocha.

« Alors ? demanda Anaïs.

– Chou blanc sur Mister P, répondit Caranne en s'asseyant.

– Merde, murmura Anaïs d'une voix à peine audible.

– Tu m'appelles du fond d'une grotte ou quoi ?

– Des toilettes du commissariat. J'ai l'impression d'être en sixième et de me planquer pour ne pas avoir à croiser Kevin.

– C'est qui Kevin ?

– Un petit con qui brisait les cœurs. Bon, je vais voir si je ne peux pas faire quelque chose avec les fadettes[1]. À l'époque, tous les numéros de téléphone n'ont pas été identifiés.

– Parce qu'ils avaient leur coupable ?

– Parce qu'ils avaient leur coupable.

– Salement répétitif, ce schéma. Mais je croyais que l'opérateur ne conservait les données que pendant un an ?

– Au même moment avait lieu une opération des Stups de grande ampleur, et des milliers de numéros ont été identifiés pour les besoins de l'enquête. En recoupant les infos et les numéros, je peux peut-être tomber sur notre Monsieur P.

– Elle a l'air plutôt énorme, la botte de foin qui cache ton aiguille. »

Un grincement de porte interrompit leur conversation. Deuxième grincement de porte, plus proche, puis cliquetis d'une ceinture qu'on ouvre, suivi d'un long, très long bruit de jet d'urine. Quand la policière à la vessie géante eut quitté les lieux, Anaïs demanda :

1. Fadettes : liste détaillée des appels émis et reçus depuis un téléphone mobile.

« Autre chose ? »

Caranne leva le document devant lui et repéra le nom qui l'intéressait.

« Il y a ce flic, Mehdi Ramzy, l'une des rares personnes à avoir témoigné en faveur de Milou à son procès, tu vois de qui je parle ?

– Ouais. Il travaille au service informatique du central. Il était bénévole au centre pour jeunes autour duquel ont gravité Milou et Roxane une partie de leur enfance, c'est ça ?

– C'est ça. Et il côtoyait encore Roxane juste avant sa mort, puisqu'elle-même était devenue bénévole au centre. Je pense que ça pourrait valoir le coup d'aller lui parler. Il pourrait même savoir qui est ce P.

– Il fait partie de la maison, Caranne, c'est vachement risqué. Je connais pas encore assez Babiak pour savoir qui sont ses alliés ici, même s'ils doivent se compter sur les doigts d'un moignon.

– Ta mémoire laisse à désirer, gamine. Mehdi Ramzy, tu ne te rappelles vraiment pas avoir vu ce nom ailleurs ?

– Non.

– Il apparaît dans le dossier perso de Babiak, que t'as balancé sur ma table il y a deux jours comme s'il était radioactif.

– Ah mais ouais, c'est vrai !

– Ça remonte à quinze ans, cette histoire, mais ça m'étonnerait que Babiak ait passé l'éponge. »

Caranne entendit un autre grincement, suivi d'un bruit de flotte coulant dans un lavabo. Mais comme la jeune femme continua de parler, il en déduisit qu'elle en était à l'origine.

« Tu me rappelles les détails ? demanda-t-elle.

– Il y a douze ans, Ramzy bossait aux Stups et Babiak aux Mœurs. Leurs deux brigades se sont retrouvées cosaisies sur une grosse enquête. D'après son dossier, Ramzy aurait dénoncé Babiak pour…

– Des violences sur un suspect, le coupa Anaïs. Ouais, ça me revient. Des côtes cassées et un trauma crânien, que Babiak avait imputés à une chute accidentelle dans les escaliers de l'immeuble du type. Mais Ramzy l'a balancé, et Babiak a été mis à pied pendant un bail.

– Six mois de suspension et six mois de sursis au pénal. Après ça y avait plus grand monde qui voulait bosser avec lui et il a stagné pendant des années. Disons que c'est ce que j'ai cru lire entre les lignes de son dossier.

– Ouais, ce que je retiens, moi, c'est que Ramzy est une balance.

– Tu la fermerais, toi, si tu voyais un collègue brutaliser un suspect ?

– Pfff. J'en sais rien. Mais c'est un poucave, point barre. Qui nous dit qu'il va pas aller raconter à sa hiérarchie que je fouine sans autorisation dans une affaire classée ?

– On n'a pas besoin d'être deux. »

Le silence qui suivit rappela à Caranne qu'Anaïs avait vingt-sept piges et toute sa carrière devant elle.

« Trouve-moi son adresse et j'y fais un saut ce soir, insista Caranne.

– Tu vas me prendre pour une dégonflée, si j'accepte que tu y ailles sans moi ?

– Si toi t'es une dégonflée, Chuck Norris est un baltringue.

– C'est qui, Chuck Norris ?

– Un vieux con qui brisait les tibias.

– Laisse-moi d'abord travailler sur les fadettes. Si à 18 heures Mister P est toujours un fantôme, va voir si tu peux tirer quelque chose de ce Ramzy.

– Vendu. »

Il s'apprêtait à raccrocher quand un long soupir se fit entendre.

« Et si ce qu'on prenait pour l'effet tunnel était une enquête volontairement orientée par Babiak ? S'il l'avait manipulée du début à la fin, sans que personne s'en rende compte ? Plus j'y pense, et plus ça pue.

– T'es dans les chiottes, souviens-toi.

– Hilarant. Je te rappelle. »

25

Lundi 4 octobre – 18 h 47

Caranne entra au ralenti dans Aytré, commune résidentielle de la banlieue sud de La Rochelle.

Anaïs l'avait appelé une demi-heure avant : les fadettes n'avaient rien donné.

Alors il était monté dans son nouveau bolide – à croire qu'il commençait à s'y faire. À cette heure la circulation était dense dans le petit centre. Pour atteindre sa destination, le psy n'aurait eu aucun mal à le contourner. Mais il voulait jeter un œil à la statue de la place des Charmilles, face à la mairie.

Étrange hybridation entre un cheval et un navire, la sculpture métallique était censée représenter tout à la fois le monstre d'une légende locale, un lointain passé viking, le siège de La Rochelle et le naufrage d'un bateau avec quatre cents chevaux à son bord. Le résultat ressemblait à une énorme créature en cours de zombification, ce qui n'ôtait rien à son aspect majestueux, mais ajoutait à l'ensemble une aura inquiétante.

L'œuvre avait été inaugurée par une matinée brumeuse de 1989. Caranne, quatorze ans, était présent, ce jour-là, parmi la foule. Il était accompagné de ses parents. Et de sa sœur. Enceinte d'un petit garçon qui n'avait pas encore de prénom.

Il fit le tour de la place sans même regarder le cheval. Il pensa à James, à Bygdoy. Héléna ne lui avait pas seulement sauvé la vie. Elle l'avait aidé à faire en sorte que cette vie vaille la peine d'être vécue.

Savait-elle déjà qu'il n'allait pas la lâcher ? Qu'il ferait tout ce qui était en son pouvoir pour lui venir en aide ?

« Bien sûr, qu'elle le sait », murmura-t-il en quittant le petit centre.

Il allait lui rendre la pareille. Les choses ne seraient pas simples, et il lui faudrait vaincre sa résistance. Personne ne connaissait mieux que lui ces trous profonds où l'on s'enterre avec sa douleur et son chagrin, reliques précieuses de notre dernier lien avec l'être aimé.

Il avait perçu son attraction pour le vide. Et il allait attraper sa main, comme elle avait, *in extremis*, attrapé la sienne.

Maddie avait raison. Il ne savait plus vivre qu'en sauvant ceux qui, autour de lui, arrêtaient de battre des jambes et se laissaient couler.

Il ne voulait plus voir personne se noyer.

La maison de Mehdi Ramzy, dans un quartier résidentiel à la sortie sud d'Aytré, sentait le joyeux bordel dès le portillon.

Trois vélos, dont deux dotés de petites roues, étaient étendus sur le gazon haut d'une vingtaine de centimètres. Enfin, gazon n'était peut-être pas le terme adéquat. Trèfles, pissenlits et mousse avaient largement pris le dessus. Un chat, une oreille en moins, le regarda d'un œil suffisant en passant langoureusement une patte mouillée sur celle qui lui restait.

Quand Caranne tira la sonnette, rien ne se passa. Il tourna la tête vers le chat, qui le toisait comme s'il avait affaire à un imbécile de la plus pure espèce.

Le portillon n'étant pas fermé à clé, il l'ouvrit et marcha jusqu'à la porte. Des bruits étouffés lui parvinrent, mais il lui fallut frapper trois fois – la troisième de manière plutôt vigoureuse – pour qu'enfin quelqu'un apparaisse.

« Oui ? »

La femme qui lui avait ouvert avait la quarantaine, une peau si dorée qu'elle donnait l'impression d'être éclairée de l'intérieur et une fillette d'environ un an dans les bras. Petite et ronde, elle respirait une vitalité contagieuse et dégageait une odeur d'agrume.

« Bonsoir. Navré de vous déranger, mais j'aurais souhaité parler à Mehdi. Vous savez où je peux le trouver ?

– Il est à la maison. Vous êtes flic ? »

Caranne crut déceler dans ces quelques mots une pointe d'accent espagnol. Et une autre de mépris.

« Non.

– Tant mieux, dit-elle, la figure soudain fendue en deux par un sourire. Suivez-moi. »

Dès l'entrée, on comprenait que les gosses avaient gagné la bataille.

Des jouets *littéralement* partout. Sur les chaises, au sol, accrochés aux murs, sur les commodes, dans les escaliers montant au premier.

Il suivit la femme dans un couloir à demi obstrué par un gros chien couché sur le flanc, saucissonné dans un costume de pompier. Ils l'enjambèrent, sans provoquer chez l'animal la moindre réaction. Des effluves de viande mijotée et d'épices emplissaient l'atmosphère.

Cette maison sentait le bonheur.

Dans le séjour, deux fillettes – l'une blanche, deux ou trois ans, l'autre noire, un peu plus âgée – étaient accroupies devant une maison de poupée de la taille d'un lave-vaisselle. À leur entrée elles pivotèrent simultanément, froncèrent les sourcils synchroniquement, saluèrent l'étranger en chœur, puis s'en retournèrent à leurs soucis de surpopulation.

« On arrivera jamais à faire dormir les quatre chiens et toutes les poules dans le même lit !

– Les chiens ils dorment par terre. Comme Baloo.

– Le lit c'est que pour les poules, alors ?

– Oui. Et pour les lapins. »

Mehdi, la quarantaine poivre et sel, se trouvait dans le jardin, un rectangle d'une soixantaine de mètres carrés aussi fouillis que le reste de la maison et séparé des parcelles voisines par des murs en parpaing recouverts de canisse. Assis à une grande table en plastique vert habillée d'une toile cirée, le flic était occupé à dévisser le cache-pile d'une voiture électrique. À ses côtés, un garçon d'une dizaine d'années trépignait d'impatience.

« Mehdi, t'as de la visite, l'informa la femme, les intonations ibériques soudain plus marquées. Traîne pas, on passe à table dans vingt minutes ! *Veinte minutos !* »

L'homme releva son visage aux joues pleines et au nez qui avait dû être cassé une ou deux fois, interrogea Caranne d'un mouvement du menton, puis posa la voiture sur la table et se leva, au grand dam de l'enfant.

« Et moi qui pensais qu'en épousant une Madrilène, j'allais dîner tous les jours à 23 heures… Qu'est-ce que je peux faire pour vous ?

– Je suis là pour parler de Milou. Émilien Milkovitch.

– Merde alors. Ça faisait un bout de temps que je n'avais pas entendu ce nom. »

Après avoir fixé le psy une bonne dizaine de secondes, il ébouriffa les cheveux du garçon collé à sa hanche et l'envoya rejoindre les fillettes dans le séjour. Puis il se rassit en invitant Caranne à faire de même.

« Excusez-moi, mais vous êtes qui, au juste ?

– Victor Caranne. Je suis psy à Saint-Martin.

– Il est arrivé quelque chose à Milou ?

– Pas encore. Mais il menace de mettre fin à ses jours.

– Fait chier… C'était un chouette gamin. Avant qu'il commence à faire de grosses conneries, je veux dire… Je m'étais promis d'aller le voir. Quel connard je fais ! »

Il ouvrit ses grands yeux noirs et doux, scannant les alentours, sans doute pour s'assurer que personne ne l'avait entendu jurer.

Puis son regard se déporta vers le fond du jardin, où une maisonnette en plastique multicolore trônait, un nounours géant planté derrière la fenêtre comme une commère de quartier. Caranne eut une pensée fugace pour sa voisine. Un peu moins de poils mais tout autant d'indiscrétion.

« Vous le connaissiez bien ?

– Bien, je ne sais pas.

– Mais vous avez témoigné pour lui à son procès.

– Il fallait bien que quelqu'un défende ce garçon. Il s'est retrouvé seul au monde en l'espace d'une seconde. Aucun membre de sa famille qui ait accepté de parler en sa faveur, et un entourage qui se résumait à quelques potes dealers. »

La main de Caranne monta jusqu'à sa poche de chemise, d'où dépassait son paquet de cigarettes. Il interrogea le flic du regard.

« Carmen fume comme un pompier, vous gênez surtout pas. »

Caranne tira une bouffée et posa devant lui le cendrier en terre cuite que lui avait tendu Mehdi.

« Vous croyez vraiment qu'il va tenter de se tuer ? demanda celui-ci.

– C'est possible, oui. »

L'homme fixa un moment la toile cirée aux motifs délavés, puis battit des cils comme s'il cherchait à se réveiller. Il regarda Caranne, pointa un doigt vers le paquet de clopes du psy, qui le lui tendit.

« Dites-moi en quoi je peux vous aider, dit Mehdi en allumant une cigarette et en la planquant sous la table, un œil sur la fenêtre donnant sur la cuisine, d'où leur parvenaient des bruits de vaisselle.

– Je voudrais que vous me parliez de lui. Et de Roxane, puisqu'elle revient beaucoup dans nos conversations.

– Il a fini par avouer ?

– Non. Il se dit toujours innocent. »

Mehdi s'adossa, soupira et fit rouler sous ses doigts le minuscule tournevis.

« Et vous le croyez ?

– Je n'en sais rien. Vous n'avez jamais douté, vous ?

– Si, enfin un peu, au début. J'avais un mal fou à l'imaginer capable d'une chose pareille. Mais je suis flic, et j'ai compris que n'importe qui était capable de n'importe quoi. Ça remonte au jour où j'ai découvert dans un berceau un bébé déshydraté et affamé, baignant dans ses excréments, des escarres plein les jambes. Sa mère se défonçait dans la pièce d'à côté avec ses potes depuis des jours. »

Caranne hocha la tête.

« Je ne sais pas quoi vous dire. Quand il a commencé à fréquenter le centre pour jeunes de Mireuil où j'étais bénévole, c'était un ado adorable, marrant et serviable. Et il a suffi de quelques mauvaises rencontres pour qu'il se mette à dealer. Après ça, il a quitté le centre et a soigneusement évité de croiser ma route.

– Vous étiez aux Stups.

– Hu-hu, fit-il en soufflant un nuage blanc et en écrasant sa cigarette à demi fumée. Je l'ai coincé une fois pour possession, et je l'ai relâché contre la promesse qu'il arrêterait ses conneries. Cinq ans après, il prenait perpète pour meurtre. J'aurais dû l'envoyer chez le juge. J'ai été con. »

Mehdi repoussa sa chaise, qui grinça sur le dallage grisâtre, et se leva. Il tira sur une branche de l'énorme figuier qui les surplombait et caressa une feuille entre son pouce et son index.

« Son avocat était totalement incompétent, c'en était pathétique. Je suis flic, et bordel, y a rien que je veuille plus au monde que de voir les enculés qui bousillent la vie des autres finir au trou. Mais là, je vous assure, je me suis vraiment dit qu'être défendu comme ça, ce n'était juste pour personne. Ni pour les familles des victimes, qui cherchaient à comprendre, ni pour ce gamin, qui méritait qu'une personne au moins se batte un peu pour lui. Après, franchement, même un as du barreau aurait pas pu y faire grand-chose. Il y avait tellement de preuves contre lui qu'on aurait dit un sketch. »

Mehdi se pencha en avant et s'appuya des deux mains sur la table.

« Attendez, je me disais bien que votre tête me disait quelque chose. Vous seriez pas le psy de l'affaire de l'Égorgeur ?

– C'est comme ça qu'on m'appelle, ces temps-ci, en effet.

– Mince alors. Y a pas mal de flics qui vous détestent, vous savez. En général, on aime pas trop qu'on fasse le boulot à notre place.

– Vous n'aimez pas que ça se sache, surtout. »

Mehdi éclata d'un rire jovial, puis se rassit.

« Vous n'êtes pas tout à fait honnête avec moi, je me trompe ?

– Qu'est-ce que vous voulez dire ?

– Que vous… »

Il fut interrompu par l'atterrissage d'un bébé dans ses bras.

« Dîner dans cinq minutes ! » lâcha Carmen en même temps qu'une couche et un paquet de lingettes entre le psy et le flic. « Vous mangez avec nous ? » demanda-t-elle, les mains sur les hanches.

Caranne lui sourit.

« Je ne peux pas, mais merci beaucoup. »

Mehdi attendit que sa femme s'éloigne, souleva la petite fille et approcha son nez de la couche. Puis il attrapa un grand sweat-shirt posé sur une chaise, l'étala sur la table et y allongea délicatement le bébé.

« Vous le croyez innocent, c'est ça ? »

Le psy observa ce père de famille qui essuyait le derrière de sa fille avec la même attention que s'il s'était agi d'extraire des diamants d'une mine, et dit :

« Disons que je me pose des questions, et que je dormirais mieux si je pouvais y apporter quelques réponses.

– Allez-y. C'est quoi ces questions ?

– Vous avez bien connu Roxane. D'abord quand elle fréquentait le centre, puis quand elle-même y est devenue bénévole. »

Le flic acquiesça tout en repliant d'un geste expert la petite couche odorante. La fillette regardait le ciel de ses yeux immenses, fascinée par la course des nuages.

« Oui. J'encadrais les devoirs et je donnais des cours de sport, surtout.

– Mister P, ça vous dit quelque chose ? »

Le flic referma la couche propre sur les petites fesses rondes en fronçant les sourcils.

« Mister P ? Laissez-moi réfléchir. Ça remonte à loin, mais comme ça, non, je vois pas. C'est censé être qui, ce Mister P ?

– Un homme autour de la cinquantaine à l'époque et dont le nom ou le prénom commencerait par P. Vous ne vous souvenez pas avoir vu Roxane avec quelqu'un, quelques mois ou semaines avant sa mort ?

– Non. J'ai été interrogé plusieurs fois à l'époque, en qualité de témoin, et si j'avais parlé d'un mec qui ressemblait à ça, je m'en souviendrais... Peut-être que dans le dossier d'enquête...

– Il n'y a rien. »

Il leva les yeux au ciel, comme pour attraper un souvenir coincé là-haut.

« Vous devriez aller voir Fatou.

– Fatou... Je me souviens avoir lu ce nom dans le dossier. Une amie de Roxane, c'est ça ?

– Ouais. Elles traînaient ensemble au centre. Peut-être qu'elle saura, elle. Je ne dirais pas qu'elles étaient très proches, parce que Roxane n'était pas du genre à évoluer dans des bandes de filles, mais c'est la seule vraie copine que je lui ai connue.

– Je peux la trouver où ?

– Au centre. Elle est devenue bénévole, elle aussi. Aux dernières nouvelles, elle y était encore.

– Ça arrive souvent ? »

Mehdi, qui à présent tenait la fillette dans ses bras et se laissait triturer la peau du cou, leva le menton et regarda le psy par au-dessus.

« Quoi ?

– Que des jeunes accueillis par le centre y fassent ensuite du bénévolat.

– Assez souvent, oui. Il faut dire que ce lieu est un vrai refuge, pour les enfants de Mireuil.

– Vous n'y êtes plus ? »

Il se tourna vers le séjour, où les deux fillettes et le garçon hurlaient en se courant derrière, des masques de super-héros sur les yeux. Un autre, plus âgé, s'assit sur le canapé, une tablette entre les mains.

« Non. Mais j'ai monté ma propre structure ! dit-il en riant. On a eu trois enfants. Luna, la deuxième, est d'ailleurs née pendant le procès de Milou. J'ai dû interrompre mon témoignage pour courir à la maternité, ça marque. Après sa naissance, je n'avais plus le temps d'aller au centre. Mais je voulais continuer à, disons, apporter ma pierre à l'édifice. Alors on a décidé de devenir famille d'accueil. » Il toucha le bout du nez du bébé. « Elle, elle n'était pas vraiment prévue au programme. Une petite dernière pour la route !

– Je suis certain que les enfants placés chez vous ont beaucoup de chance. Je peux vous demander pour quel service de police vous travaillez ? »

Il leva sa main droite et la montra, paumes et doigts ouverts, à Caranne. L'index, le majeur et l'annulaire étaient déformés.

« Ils m'ont déclaré interdit de voie publique après un incident pendant une perquise. Je me suis pris un four sur la main. Ouais, accident stupide. Trois opérations. Impossibilité d'utiliser une arme. Alors j'ai été reclassé. À l'informatique, puisque je touchais pas mal ma bille dans le domaine. Ça remonte à six ans.

– Ça n'a pas dû être simple.

– Franchement, dit-il en désignant de son index tordu la silhouette qu'on voyait s'affairer par la fenêtre de la cuisine, c'est surtout elle qui ne s'en remet pas. Elle a une dent contre tous les flics, depuis. Quand je fais venir les copains, elle tire la tronche toute la soirée. Un caractère de chien. » Ses yeux brillaient d'amour. « Mais je n'aurais jamais pu faire tout ça si j'avais continué à bosser comme avant. Vous savez, j'ai moi aussi connu les familles d'accueil, et j'en ai pas mal chié, ajouta-t-il en regardant les trois enfants chahuter dans le séjour. Je suis devenu flic, mais j'aurais tout aussi bien pu mal tourner. J'aurais pu devenir Milou. Ça ne s'est pas joué à grand-chose. »

Ils se levèrent, et la fillette éclata d'un rire si soudain qu'ils en sursautèrent.

26

Mardi 5 octobre – 8 h 54

Anaïs déchira l'emballage du Twix qu'elle venait de sortir de son sac à dos et lança la vidéo.

« Allez, sois gentille, donne-moi quelque chose », murmura-t-elle avant de croquer dans la barre chocolatée et de s'affaler dans son fauteuil.

Ils avaient passé les dernières vingt-quatre heures à s'abîmer les yeux sur des grossissements pixélisés de plaques de voiture.

Ils avaient commencé par lister celles que la vidéosurveillance débordant sur la chaussée des quelques commerces du quartier avait attrapées entre 18 heures le mardi et 1 h 30 le mercredi.

Puis, ils avaient cherché un doublon, à partir de 1 h 45 et jusqu'à 8 heures, au cas où le mec aurait parqué la bagnole quelque part en attendant que reprenne la circulation du matin.

Ils en avaient trouvé deux.

La première voiture appartenait à une femme de cinquante-deux ans, qui avait passé la soirée à l'hôpital, son mari s'étant fait opérer en urgence d'une vésicule biliaire infectée. Elle avait regagné leur pavillon de la Pallice aux alentours de 3 heures.

L'autre était la propriété d'un père de famille. Quand la veille Anaïs et Sylvain avaient débarqué chez lui en expliquant vouloir s'entretenir avec la personne qui était au volant du véhicule immatriculé FB-499-VR la nuit du 28 septembre, le type avait instantanément blêmi. Un courant électrique avait alors traversé la fliquette, comme à chaque fois qu'elle pensait toucher au but.

L'homme s'était précipité dans les escaliers montant au premier. Anaïs avait voulu le stopper, mais Sylvain l'avait retenue. Quelques éclats de voix plus tard, l'homme redescendait, poussant devant lui sans ménagement un post-adolescent malingre affublé d'un tee-shirt de Motörhead et d'un anneau dans le nez. Il s'avérait que le gamin, dix-huit ans depuis quelques semaines, s'était soudain cru le roi du monde et avait emprunté en douce la voiture de papa pour aller faire la fête à La Rochelle avec des amis de la fac de lettres.

Après vérification de son alibi, il avait bien fallu se rendre à l'évidence : ils étaient arrivés au bout.

Au bout des investigations possibles et, par conséquent, au bout de l'enquête.

Babiak avait décrété qu'il leur fallait passer à autre chose. D'autres affaires, d'autres dossiers avaient besoin d'eux. Ils garderaient l'enquête ouverte et continueraient à espérer qu'un élément vienne la relancer, mais les chances que ça arrive étaient infinitésimales, ils en avaient tous conscience.

Anaïs s'était allongée tout habillée sur son matelas posé à même le sol, les yeux grands ouverts dans le noir de son petit appartement. Elle ne s'était jamais sentie aussi frustrée. Sa jeune carrière ne l'avait que rarement confrontée à une affaire aussi merdique. Si l'on exceptait celle de l'Égorgeur, bien sûr…

Et puis, entre deux courtes phases de sommeil agité,

elle avait repensé à cette épicerie, devant laquelle elle était passée l'avant-veille mais qu'elle avait trouvée porte close, l'épaisse couche de poussière dans la vitrine laissant craindre une fermeture définitive. Pour y avoir acheté de quoi tenir une planque de nuit dans le port de la Pallice, elle la savait pourvue de caméras.

Elle avait décidé d'y repasser ce matin, par acquit de conscience.

Et l'avait trouvée ouverte.

Un Twix posé bruyamment sur le comptoir, à côté de sa carte de flic, histoire de réveiller le jeune rebeu bâillant aux corneilles sous une vieille affiche de Larbi Benbarek, le meilleur joueur de foot marocain de l'histoire, dixit son fan de ballon rond de père.

Ça l'avait réveillé d'un coup, le jeune mec, et il était allé donner un tour de clé à la porte avant de l'emmener dans l'arrière-boutique.

Oui, l'épicerie était ouverte, le jour en question, jusqu'à 2 heures du matin. C'était un peu erratique en ce moment, à cause de sa mère, c'était elle qui tenait la boutique en temps normal, mais là, la pauvre, ses problèmes de dos la clouaient au lit.

Anaïs avait copié les fichiers de la journée du 28 septembre sur une clé USB. Avant de mettre les voiles, elle avait sorti un billet de cinq pour payer son Twix. Le jeune homme lui avait dit avec un clin d'œil que c'était pour lui.

Elle avait compris qu'il la draguait. Ça ne lui avait pas déplu, après ces journées harassantes qui lui avaient fait oublier qu'elle avait un corps, un visage, qu'elle était un être de chair et de désir.

Quand, de retour dans sa voiture, elle avait réajusté son rétroviseur intérieur, elle avait eu un choc. Des cernes bleu foncé, comme creusés au burin, les cheveux secs et pleins d'épis et tant de vaisseaux éclatés dans les yeux qu'on aurait cru des aperçus de cartes routières.

Il lui avait fait un signe de la main, debout devant la porte, mais elle avait feint de ne pas le voir.

À présent, elle visionnait en accéléré les images de la journée du 28, repassant en vitesse normale dès qu'un client franchissait la porte.

Entre midi et 15 heures, une dizaine de personnes entrent pour acheter des sandwichs sous vide et des boissons fraîches. Des femmes, sur lesquelles Anaïs ne s'attarda pas, et quelques hommes, dont elle nota quand elle le put la plaque d'immatriculation grâce à la caméra dirigée vers la vitrine et qui filmait une partie du trottoir.

Après ça, moins de monde, un groupe de jeunes qui fait une razzia de biscuits et de soda, une femme âgée, un couple, un homme en fauteuil roulant. La nuit tombe, et on passe naturellement à l'alcool. Là, quelques hommes, autour de minuit, jeunes pour la plupart, qu'Anaïs observa attentivement, à l'affût du moindre comportement suspect.

Puis, plus rien jusqu'à 1 h 37, heure où le jeune rebeu commence à rentrer les cagettes de fruits et légumes, sans doute aussi frais qu'une livre de moules oubliées en plein soleil.

Puis il disparaît dans l'arrière-boutique. À 1 h 53, un homme entre. Il montre des signes d'agitation et d'impatience, appelle, sans doute, parce que le jeune mec revient en trottinant.

Anaïs se pencha sur l'image. À l'aide du logiciel de visionnage, elle zooma sur le visage de l'homme. Et crut reconnaître la photo de permis de conduire de l'un de ceux passés plus tôt dans la zone concernée par leurs recherches.

L'excitation mêlée à la fatigue fit trembler sa main lorsqu'elle nota sa plaque, par chance bien visible. Oui, c'était bien le même type, pas de doute. Sa voiture avait été filmée à 20 h 17 par la caméra d'une boutique de e-cigarette, à trois cents mètres de la maison de la victime. Et en direction de cette dernière.

Elle se frotta les yeux, puis relança la vidéo.

L'homme sort un billet, le pose sur le comptoir. Le jeune mec plonge la main dessous et en sort un paquet de cigarettes. Anaïs mit à nouveau la vidéo sur pause, et colla son nez sur l'écran de son ordinateur. Non, elle ne rêvait pas. Malgré la couleur brune de son pantalon, on voyait clairement plusieurs taches foncées en bas des jambes. Du sang.

Le souffle court, elle vérifia les informations de son permis de conduire. Il habitait la Pallice. À moins de deux kilomètres de la victime.

La porte de l'open space s'ouvrit sur Marianne, mascara bleu et jean taille basse brodé aux poches.

« Je suis en train de rêver ou tu souris ? Qu'est-ce qu'il se passe ? T'as vu un rat en train de bouffer un pigeon ?

– Je crois que je l'ai. J'ai chopé cet enfoiré, Marianne. »

27

Mardi 5 octobre – 9 h 27

« Une grippe, ou un truc du genre, Mireille. D'ici un jour ou deux ce sera fini. »

Un bip lui signalant l'arrivée d'un SMS, il s'excusa auprès de son interlocutrice.

C'était Anaïs, qui l'avertissait qu'elle ne serait pas en mesure de l'accompagner ce matin au centre pour jeunes. Il remit son téléphone à son oreille.

« Mireille ? S'il y a le moindre problème avec l'un de mes patients, n'hésite pas à m'appeler. Et garde un œil sur Milou, tu veux ? Je te revaudrai ça. Oui, je fais attention à moi, Mireille, c'est promis. Du Doliprane et de la soupe, c'est noté. Je t'embrasse et encore merci. »

Caranne soupira, pivota et tomba nez à nez avec un Marcus hilare, ses yeux bleu glacier réduits à deux fentes.

« Quoi ? demanda le psy.

– *Une grippe ou un truc du genre* ? T'es aussi crédible qu'une nonne qui prêcherait l'abstinence avec un poil de bite collé au menton.

– Oh, la ferme.

– Bon, tu te décides à me raconter ce qui t'arrive ? »

Caranne s'approcha de son ami et effectua une lente rotation de l'index au niveau de sa poitrine.

« Seulement si tu m'expliques ce que c'est que *ça.* »

Le *ça* en question consistait en un costume gris manifestement issu d'une enseigne de prêt-à-porter bon marché, dont il était difficile de dire s'il était bien coupé tant il collait à la grande carcasse de Marcus.

Celui-ci sourit de toutes ses dents en écartant largement les bras. Craignant un grand bruit de déchirement, Caranne plissa les yeux, tout en se demandant pour quelle raison ce réflexe était si répandu. Sans doute parce qu'il était impossible de plisser les oreilles.

Marcus fit un tour sur lui-même.

« J'ai un entretien d'embauche demain, alors j'ai fait les boutiques.

– Génial ! Pour quel taf ?

– Gardien de nuit dans un hôtel.

– Pas bête, comme idée. »

Marcus alla ouvrir le frigo et en sortit un gros morceau de comté, qu'il déshabilla à moitié et dans lequel il croqua comme s'il se fut agi d'un sandwich.

« Je pourrai lire, et tout, crachouilla-t-il la bouche pleine.

– Mais tu ne lis pas.

– Ouais, mais je pourrais. Si je voulais. »

Caranne regarda sa montre.

« OK. Évite d'éternuer, par contre. Je pense que le costard y survivrait pas.

– C'est trop serré, tu trouves ?

– Une combinaison de plongée, c'est serré. Là, je pense que si tu laces tes chaussures, tu te retrouves les miches à l'air.

– Ah, t'es qu'un vieux machin, normal que tu connaisses que dalle aux tendances du moment.

– Je sais quand même que l'expression “tendances du moment” n'est plus tendance depuis un moment.

– Bon, tais-toi et raconte. »

L'antinomie arracha un sourire à Caranne, qui regarda à nouveau sa montre, salua Marcus et sortit de la pièce.

28

Mardi 5 octobre – 10 h 05

Caranne décéléra en passant devant le Meissonnier, l'un des plus hauts immeubles de Mireuil, en plein chantier de réhabilitation depuis plus d'un an. Sa façade couverte d'échafaudages lui donnait l'air d'un géant blessé.

Ce projet à quatorze millions d'euros avait enfin donné l'impression aux habitants du quartier de compter pour autre chose que des nèfles aux yeux de la municipalité.

Le psy releva la visière de son casque et pencha la tête en arrière, cherchant à apercevoir l'habillage en inox brillant prévu sur les derniers étages et censé donner l'impression que le sommet de l'édifice se perdait dans les nuages.

Pour le moment, les seuls nuages qu'il voyait étaient bien plus hauts et dangereusement gris. Un orage se préparait, et Caranne regretta de n'avoir finalement pas pris sa voiture. Son choix, motivé par la crainte de la retrouver rayée, les pneus crevés, ou de ne pas la retrouver du tout, lui parut soudain celui d'un vieux con. Mais se balader au volant d'un engin à plusieurs dizaines de milliers d'euros dans un quartier où la majorité des habitants écoutaient leur ventre gargouiller à partir du 15 de chaque mois lui semblait une provocation suffisante à justifier un peu de tôle abîmée.

Le parking du centre pour jeunes, à quelques rues de là, était bosselé, fendillé et désert.

Caranne gara la Honda et se dirigea vers un grand bâtiment en mauvais état, datant sans doute de l'après-guerre mais donnant l'impression d'en avoir traversé une.

Il poussa sur la porte, qui ne bougea pas.

Merde, quel con ! On était mardi matin. Et où étaient tous les gosses du monde ou presque, un mardi matin ? À l'école. Le centre ne devait ouvrir qu'en fin de journée, après les heures de classe. Ce que lui confirma une fiche indiquant les horaires d'ouverture scotchée de travers contre la vitre.

Il s'apprêtait à faire demi-tour quand il crut apercevoir du mouvement derrière la porte, au fond de la grande salle. Il mit une main en casquette entre son front et la vitre. Oui, il y avait bien quelqu'un.

Il tambourina jusqu'à ce que la personne – une femme – vienne ouvrir.

Elle avait la quarantaine et de longs cheveux châtains, dont les ondulations coulaient sur ses épaules menues.

« Bonjour, je cherche Fatou.

– Ah, elle n'est pas là, Fatou, le centre n'ouvre officiellement qu'à 17 heures. »

Caranne fit mine d'être surpris.

« Je suis très embêté. J'ai besoin de lui parler, et c'est assez urgent. Vous pourriez peut-être me donner son numéro ?

– Absolument pas, répondit-elle en souriant.

– Je m'en doutais. Et si vous l'appeliez pour moi ?

– Tout de suite ?

– S'il vous plaît. »

Sa bouche forma un cœur qui remua de gauche à droite. Le cœur se déplia soudain en un sourire mutin.

« Ça a intérêt à être important.

– Ça l'est, je vous le promets. »

Elle sortit son portable de la poche de son pantalon de toile beige et gagna le fond de la salle.

Elle était trop loin pour qu'il puisse entendre ce qu'elle disait, mais il la voyait jeter des coups d'œil dans sa direction, coups d'œil qui lui semblaient tenir davantage de la curiosité que de la méfiance. Cette femme était charmante, il devait le reconnaître. Adorable, même, avec cet air espiègle, qu'une paire de petites lunettes rondes dotait d'une touche studieuse.

Soudain elle revint vers lui en trottinant et lui tendit son téléphone.

« Allez-y.

– Merci beaucoup. Fatou ? Je suis Victor Caranne, et je voudrais vous parler de Roxane Leclerc. »

Pendant les trois minutes qui suivirent, le psy fit de son mieux pour convaincre la jeune femme de la possibilité de l'innocence de Milou. Puis il lui expliqua qu'il était probable que Roxane ait eu une relation avec un homme qu'elle surnommait *Mister P.* Est-ce que cela lui évoquait quelque chose ?

Le silence qui s'installa à l'autre bout du fil poussa Caranne à regarder l'écran, afin de vérifier qu'il n'était pas en train de parler tout seul.

« Fatou ?

– J'ai une lettre.

– Une lettre ?

– À sa mort, comme elle n'avait plus aucun proche, c'est moi qui ai récupéré ses affaires. J'ai donné la plupart des vêtements à des familles en difficulté du quartier, mais j'ai gardé quelques trucs plus personnels. Je ne me voyais pas m'en débarrasser. Et je me souviens d'une lettre. Une lettre d'amour, signée d'un certain P.

– Et vous ignorez qui c'est ?

– Totalement. Elle ne m'en a jamais parlé.

– Est-ce que je peux passer la voir ?

– Je suis au travail. »

Caranne se tourna vers la porte du centre.

« C'est urgent. Vraiment. »

Un nouveau silence, qui permit au psy d'entendre son propre sang battre à ses oreilles.

« J'ai une pause à midi, finit par dire la jeune femme. On se retrouve chez moi. Vous pouvez demander mon adresse à Pénélope.

– Merci, Fatou. »

Il raccrocha et entra dans le bâtiment. Pénélope était en train de trier des documents sur le comptoir de l'accueil, entre un cactus mal en point et plusieurs tas de prospectus vantant les mérites de la méditation et des activités sportives.

« Je ne sais pas comment vous remercier, Pénélope. »

Elle releva la tête, coinça une longue mèche derrière son oreille percée deux fois.

« Dites merci. C'est ce que font la plupart des gens. Même si vous n'avez pas l'air d'être comme la plupart des gens, monsieur… ? »

Il serra doucement la main qu'elle lui avait tendue. La peau était douce et chaude. La libérer exigea de lui un effort.

« Victor Caranne. Alors merci. Et si j'ai besoin de repasser ?

– Aux horaires indiqués sur la porte. J'étais là par hasard. Vous avez eu de la chance.

– Je crois bien, en effet. »

Il ne vit pas le rose monter aux joues de Pénélope, parce qu'il ne pensait déjà plus qu'à la lettre.

29

Mardi 5 octobre – 11 h 39

Anaïs s'approcha de la vitre sans tain donnant sur le bureau de l'Identité judiciaire, qu'ils avaient investi pour l'occasion.

Il y avait plus d'une heure que Babiak était assis face à Colin Servier, quarante-trois ans, célibataire, résidant au 12, rue Jacques-Henri à la Pallice.

Le flic aurait eu davantage de facilité à escalader un mur lisse et savonneux que d'arracher une expression au visage de marbre du grand chauve aux petits yeux rapprochés.

« Je ne sais pas de quoi vous parlez. Ce qui est certain, c'est que je n'ai tué personne. »

Il y avait dans la voix de l'homme quelque chose qui vous donnait envie d'éclaircir la vôtre, de tousser afin de cracher une arête coincée là sans que vous ayez le moindre souvenir d'avoir mangé du poisson. La couronne de cheveux à la base de son crâne ne parvenait pas à lui donner l'air inoffensif.

Anaïs frissonna. Ce type lui foutait les jetons.

« Donc vous me dites que vous n'êtes pas passé à l'épicerie Market 17, dans la nuit du 28 au 29 ? »

Colin tourna la tête vers la vitre. Vers Anaïs. Mais aucun des traits de son visage, en dehors de sa bouche, ne bougea d'un iota.

« Je vous dis que je ne m'en souviens pas. Je sais que je suis sorti picoler dans un pub de La Rochelle ce soir-là, et quand je suis rentré, j'étais torché. C'est mal, je sais, j'ai conduit bourré. Alors oui il est très possible que je me sois arrêté pour acheter des clopes dans cette épicerie, ça m'arrive régulièrement. C'est le seul endroit où on peut en trouver après 20 heures dans le quartier. »

Babiak, étonnamment sobre en tee-shirt noir et pantalon kaki, se gratta le sommet du crâne, ce qui eut pour conséquence désastreuse de faire pleuvoir un déluge de pellicules sur ses épaules.

« OK. Admettons, reprit le flic. Le souci, c'est qu'on ne retrouve aucune trace de votre véhicule sur la vidéosurveillance menant de chez vous jusqu'au pub dans lequel vous nous dites avoir passé la soirée.

– Je ne sais plus trop quel chemin j'ai pris. J'ai sûrement fait des détours.

– Là-bas personne ne se souvient de vous. Comment vous expliquez ça ?

– C'était bondé. Et j'étais seul. Je passe inaperçu, pour mon plus grand malheur. Les filles, vous voyez ce que je veux dire… Je suis transparent, à leurs yeux.

– C'est frustrant. Tout le monde mérite un peu d'intérêt. Même quelqu'un comme vous. Je pense que si je ne plaisais pas aux filles, j'accumulerais une certaine dose de rage.

– Ah, parce que vous plaisez aux filles, vous ? demanda Colin en fixant avec insistance les pellicules blanches qui constellaient le tee-shirt du flic.

– Oui. À fond.

– Bon. Tant mieux pour vous. »

Babiak attrapa l'iPad posé sur le bureau, le plaça devant Colin et démarra une vidéo. On voyait le chauve tendre un billet de vingt euros au jeune épicier, avant de mettre le paquet de cigarettes dans la poche de son pantalon.

« Oui, j'étais à l'épicerie, lâcha-t-il en se redressant et en fixant Babiak. Vous ne faites que confirmer mes dires.

– Regardez, là. »

Le flic approcha son gros pouce carré de l'écran.

« Quoi ? demanda Colin, sans quitter Babiak du regard.

– Vous ne voyez pas les taches, là, sur votre pantalon ? »

L'homme cligna des yeux, mais pas la moindre lueur d'inquiétude ne les habitait.

« De la bière. J'ai renversé une pinte de bière sur mon pantalon. Je m'en souviens, maintenant.

– De la bière, bien sûr. Vous nous permettriez d'examiner ce pantalon ?

– Je l'ai jeté. Il empestait.

– Vous jetez toujours vos vêtements sales ? Vous ne les lavez pas ?

– Pas quand ils puent comme ça. J'ai un odorat particulièrement développé. »

Le flic s'adossa en laissant échapper un soupir.

De l'autre côté de la vitre, Anaïs fulminait. Babiak, réputé pour être capable de faire sortir de ses gonds n'importe quel auditionné, ramait totalement, et son exaspération commençait à être visible.

Comment auraient-ils pu imaginer qu'un homme capable d'une telle déflagration de violence pût faire preuve d'une telle maîtrise de soi ? C'était totalement incompréhensible. Son sang-froid contrastait tant avec la rage avec laquelle la victime avait été massacrée que la fliquette se demanda une seconde s'ils ne s'étaient pas plantés.

Avec ses incisives elle arracha une petite peau qui saillait de sa lèvre inférieure. Non, c'était leur homme, tout en elle le lui criait. Elle l'avait simplement sous-estimé.

Oh oui, salement sous-estimé.

« Et côté finances, comment ça va ? » reprit Babiak, sur le ton du badinage.

Le type lui lança un regard amusé.

« Alors parce que j'ai quelques dettes, vous allez m'arrêter pour meurtre ? Vous êtes un marrant, vous.

– On discute, c'est tout. »

Colin se leva, posa les mains sur le bureau et se pencha vers le gros flic.

« Je vais être clair. Je n'ai jamais cambriolé cette maison, ni aucune maison d'ailleurs. Mais si ça avait été le cas, je n'aurais eu besoin de tuer personne. Je ne suis ni fou, ni stupide. Vous vous trompez de bonhomme. Alors si vous n'avez rien d'autre contre moi, je pense que je vais y aller. J'ai un boulot que je ne peux pas me permettre de perdre. Parce que, comme vous avez l'air de le savoir, c'est pas la joie, côté compte en banque. »

Babiak le regarda un moment, comme sonné.

Quel con. Ils n'avaient pas assez d'éléments pour une garde à vue, mais il s'était laissé convaincre par Anaïs qu'au regard du profil psy du tueur, il parviendrait malgré tout à le faire chanter comme un pinson. Qu'avant la fin de la journée, ce tordu serait poursuivi pour homicide. Maintenant, c'était foutu. S'il avait conservé des preuves chez lui, il allait s'empresser de s'en débarrasser.

Le seul espoir qu'il leur restait, c'était une surveillance vingt-quatre heures sur vingt-quatre. Mais l'homme était beaucoup trop futé pour aller balancer son froc ensanglanté ou les bijoux de la vieille dans la première poubelle venue.

Le capitaine se leva à son tour.

« Je ne pense pas que ce soit très malin de votre part, de partir comme ça. Si vous êtes innocent, bien sûr.

– Vous n'avez pas l'air d'être le plus à même de décréter

ce qui est malin et ce qui ne l'est pas. Si je peux me permettre. »

Colin sortit de la pièce.

Anaïs quitta son poste d'observation et fila dans le couloir. Elle eut tout juste le temps de s'adosser contre le mur et de mettre son téléphone à son oreille.

Elle voulait voir son visage au sortir de l'audition. Les criminels fournissaient un tel effort pour masquer leur colère ou leur angoisse à l'idée d'être pris, d'avoir la patte coincée dans un piège qui ne s'ouvrirait plus jamais, que le soulagement de ressortir libres les poussait parfois à des gestes révélateurs.

« Hum hum, je suis d'accord », fit-elle à son interlocuteur fantôme en voyant Colin apparaître au bout du couloir.

Lorsqu'il passa devant elle, l'identifiant comme l'un des officiers de police qui avaient sonné chez lui deux heures plus tôt avant de lui demander de les suivre, il plissa ses petits yeux rapprochés et esquissa un sourire.

Puis, alors qu'elle observait la couronne de cheveux bruns impeccablement taillée, il se retourna et lui fit un clin d'œil.

La fliquette laissa retomber lentement sa main.

Ils avaient refermé le piège trop tôt, et maintenant, un homme allait continuer sa vie sans payer pour son crime.

Elle sauta à la gorge de Babiak à la seconde où il passa la porte.

« Qu'est-ce que t'as foutu ?! »

Les gros sourcils effectuèrent un bond jusqu'au milieu du front.

« Je te demande pardon ?

– T'avais qu'à lui rouler une pelle et lui offrir des chocolats aussi ! »

Le flic gratta la base de sa nuque, constellée de petites plaques rouges.

« Tu crois que t'aurais fait mieux que moi ? Laisse-moi rire. Ce mec est une anguille. La connerie, c'était de lui dévoiler notre jeu avant d'avoir la moindre putain de preuve ! J'aurais jamais dû t'écouter.

– Arrête, je t'ai vu faire pleurer des gros durs en moins de cinq minutes. On dirait presque que tu l'as fait exprès.

– Attends, t'insinues quoi, là, exactement ? »

Anaïs passa la main sur sa frange, s'éloignant à reculons.

« J'insinue rien du tout. Je dis juste que je t'ai jamais vu aussi mauvais qu'aujourd'hui, et que je trouve ça bizarre. *Capitaine* », ajouta-t-elle avec un mépris non dissimulé.

Babiak pencha sa tête ronde sur le côté. Son triple menton suivit le mouvement.

« Je sais pas ce qui t'arrive en ce moment, petite, mais je te conseille de faire attention. Je ne suis pas spécialement connu pour mon infinie patience. »

La jeune femme s'apprêtait à répliquer. À en dire trop, peut-être.

Mais elle se mordit l'intérieur des joues et tourna les talons.

30

Mardi 5 octobre – 12 h 10

Le contraste entre la vétusté de l'immeuble devant lequel Caranne avait attendu Fatou et l'entrée aux murs impeccablement blancs du petit appartement était frappant.

Il suivit la jeune femme jusqu'au salon, une pièce rectangulaire décorée avec goût et sobriété. Un canapé deux places recouvert d'un tissu africain dans les tons jaunes et bleus, quelques affiches de cinéma sous verre – *Dune*, *Call Me By Your Name*, *Kill Bill* – et une demi-douzaine de lampes de table en céramique colorées posées un peu partout.

« Attendez-moi là, je vais chercher le carton avec tout ce que j'ai conservé. »

Elle jeta un regard en coin à Caranne, avant de disparaître dans le couloir.

Le psy s'approcha de l'unique fenêtre et écarta d'une main le rideau de voile blanc. Le Meissonnier était là, juste en face, barrant l'intégralité de l'horizon. Quelques ouvriers travaillaient sur les échafaudages des derniers étages, manipulant une grande plaque d'inox à plus de cinquante mètres au-dessus du sol. *Le voilà. Le miroir qui allait accomplir le miracle de couler le béton dans le ciel.*

« Ça va être joli, je pense.

– Quoi ? demanda Caranne en se retournant et en laissant retomber le rideau.

– Ce qu'ils vont faire avec le Meissonnier. Cet énorme bloc gris me filait le cafard. Dans un an, je pourrai laisser les rideaux ouverts. »

La jeune Noire posa le carton sur la table basse et fouilla à l'intérieur jusqu'à en sortir un paquet de lettres maintenues par un gros élastique jaune.

Caranne s'approcha.

« Vous êtes certaine de l'avoir conservée ? demanda-t-il, alors que Fatou passait pour la deuxième fois en revue la vingtaine de lettres mêlées à quelques cartes postales cornées.

– Oui, j'en suis absolument… Ah ! La voilà. »

Elle déplia la lettre et la tendit à Caranne.

« Je peux… ? interrogea-t-il en désignant le canapé.

– Bien sûr », dit-elle avant de s'asseoir à côté du psy.

Ma chère Roxane,

(J'ignore si j'ai le droit de t'appeler « ma », tu risques de trouver ça un peu gonflé de ma part, mais le possessif m'est venu naturellement…)

Comment me faire pardonner ce que j'estime impardonnable ? C'est une question à laquelle je n'ai pas de réponse. Je crois que tu es la seule à pouvoir me la donner, si toutefois elle existe.

Sois certaine que je regrette sincèrement le mal que je t'ai fait.

J'espère malgré tout que tu accepteras de me revoir. Et que nous pourrons développer cette relation à laquelle je tiens déjà tant.

J'ose le dire : je t'aime.

Pascal P.

Caranne posa la lettre à plat sur la table.

« Il n'y en a qu'une, signée de ce Pascal P ?

– Oui.

– Et Roxane ne vous a jamais parlé de cet homme ? »

Fatou secoua la tête, ses longues tresses terminées par des perles dorées cliquetant sur ses épaules rondes.

« Je m'en souviendrais.

– Vous ne l'avez jamais croisée avec un homme plus âgé ? »

Nouvelle ondulation des tresses.

« Han han.

– Est-ce que je peux la garder ? demanda Caranne en repliant la lettre. Je vous la rendrai.

– Pas la peine de me la rendre. On n'était pas si proches, avec Roxane, ajouta-t-elle en posant ses mains aux ongles longs et rouges sur ses genoux. Enfin, on ne l'était plus.

– Pourquoi ?

– On a fait pas mal de conneries, ensemble, à l'adolescence. Mais à un moment j'ai décidé que je voulais m'en sortir. Elle, elle a continué, sauf qu'elle me racontait plus rien. Je me dis que c'était peut-être pour éviter que je sois tentée. » Elle se leva. « Elle était compliquée, Roxane. C'était difficile de savoir ce qu'elle avait dans la tête. »

Caranne se leva à son tour et la suivit jusque dans l'entrée.

« Vous n'avez pas l'air étonnée que je croie Milou innocent.

– Il l'aimait depuis toujours et il était un peu chelou, c'est clair, mais pour moi il était plutôt du genre inoffensif, le mec un peu lâche qui préférera toujours la fuite à la baston, vous voyez ? Après, qui sait ? J'en ai vu tellement, au centre, des gamins violents qui finissent par filer droit, et des timides qu'on n'aurait pas imaginés élever la voix se retrouver en taule pour un, deux ou dix ans… Les gens sont, je sais pas…

– Surprenants ?

– J'allais dire bizarres. Mais ouais, les gens sont surprenants. »

Caranne lui tendit la main, qu'elle serra avec un sourire.

« Merci encore », dit-il.

Elle lâcha sa main et pivota brusquement, attrapant un stylo sur l'étroite console qui ornait l'entrée. Puis elle nota un numéro de téléphone sur un bloc.

« Hésitez pas à m'appeler, si je peux encore vous aider. Même si les choses avaient changé, Roxane était ma sœur. Elle le sera toujours. »

31

Mardi 5 octobre – 15 heures

Quand une Citroën grise déboîta dans l'allée un peu plus de trente kilomètres heure au-dessus de la vitesse autorisée, la vieille Martinet était pliée en deux sur un mulot à moitié crevé – sans doute un cadeau de l'un des chats sauvages qu'elle avait la faiblesse de nourrir – une pelle à la main, se demandant comment mettre fin aux souffrances de la bestiole.

L'abominable crissement des pneus sur le chemin gravillonné décida de son sort : une décapitation nette et précise du tranchant de la pelle, qui fit voler la petite tête à presque un mètre.

La vieille dame se redressa, prête à passer le savon de sa vie au chauffard qui osait profaner la sérénité de ces lieux. Mais les qualificatifs salés qu'en un instant elle avait réunis ne dépassèrent pas ses lèvres.

La gamine, qu'elle connaissait pour souvent traîner dans le coin ces derniers temps, avait tout l'air de passer une sale journée.

Qui plus est, c'était une flic, et les flics, Martinet les avait suffisamment côtoyés lorsqu'elle faisait le trottoir dans le Swinging London des années soixante pour éviter tout contact qui ne soit pas absolument nécessaire.

Anaïs verrouilla sa voiture et longea le mur de la maison de Caranne pour passer côté jardin. La baie vitrée donnant sur la cuisine était ouverte.

Le psy, debout face à l'îlot central, attaquait une moitié de croque-monsieur passablement carbonisé.

Une paire de doigts en forme de pince lui chipa la seconde moitié. Il releva la tête en soupirant, avant d'accomplir un ample geste du bras signifiant : je t'en prie, fais comme chez toi !

« On a mis la main dessus, lâcha Anaïs après avoir avalé, ou plutôt gobé, sa première bouchée.

– Sur quoi ?

– Pas sur quoi. Sur qui. »

Caranne s'épousseta les mains et fit le tour de l'îlot pour rejoindre la jeune femme.

« Le tueur de la Pallice ? Putain c'est génial ! »

Anaïs semblait fixer un point sur le mur. Le psy suivit son regard, mais comprit que c'était en elle qu'elle regardait. Et ce qu'elle voyait n'avait pas l'air de beaucoup lui plaire.

Enfin, elle se tourna vers lui.

« Non. C'est la merde. On a dû le laisser partir. On n'a aucune preuve, et on va pas en trouver. Il va s'en tirer.

– Tu déconnes. Il y a forcément quelque chose.

– Y a rien. Sans aveux, on l'a dans le cul. Et je peux te certifier que ce gars-là n'avouera jamais, même un flingue sur la tempe. »

Caranne s'approcha encore et posa doucement sa main sur la nuque de la fliquette.

« Je suis désolé. »

Anaïs se dégagea brusquement, marcha à reculons jusqu'au lave-vaisselle, auquel elle s'adossa. Elle avala le reste du croque-monsieur en dévisageant Caranne. Mais elle ne le voyait pas davantage que le mur de la cuisine quelques instants auparavant.

« Ouais, moi aussi, finit-elle par dire. Même si ce n'était qu'une vieille garce bouffée de solitude, elle méritait qu'on lui rende justice. »

Anaïs baissa la tête et laissa échapper un hoquet, qui ressemblait à s'y méprendre à un sanglot.

Et soudain, Caranne comprit ce qui la touchait tant.

« Tu ne seras jamais une vieille garce bouffée de solitude. »

La fliquette releva les yeux et, cette fois-ci, c'était bien lui qu'elle regardait. Qu'elle fusillait de ses prunelles noires, pour être plus exact.

« Pourquoi tu crois que tout le monde s'identifie tout le temps à des trucs ou à des gens, hein ?

– Parce que c'est souvent vrai. On cherche des miroirs partout. C'est un moyen de savoir qui on est. Même si on se plante parfois. »

Elle se retourna, lui montrant son dos aux omoplates saillantes. Elle avait perdu du poids, ces derniers jours, nota Caranne.

« Et comment tu sais que je ne serai jamais une vieille garce bouffée de solitude ? » demanda-t-elle d'une voix presque inaudible en touchant du bout des doigts les dents d'une fourchette séchant sur l'égouttoir.

Le psy tira une cigarette du paquet posé sur l'îlot, l'alluma et souffla la fumée vers le plafond.

« T'as raison. J'en sais rien. Mais tant que je serai là, j'empêcherai que ça arrive.

– Super. Et dans vingt ans, je fais comment ? lança-t-elle en ouvrant le tiroir à couverts et en y lâchant la fourchette.

– Ne m'enterre pas trop vite, tu veux ? On est coriace, dans la famille.

– Ta mère est pas morte d'un cancer à soixante-six ans ? »

Seul le silence lui répondit. Quand elle se retourna, Caranne avait disparu.

« Merde… » Elle se dirigea vers le salon. « Caranne, je suis désolée, je voulais pas… »

Le psy se tenait au milieu de la pièce, une feuille de papier à la main. Il la lui tendit.

« Laisse tomber. Regarde plutôt ça. »

Une minute plus tard, le visage d'Anaïs s'éclaira.

« Putain, c'est lui, c'est clair ! Un vieux pervers qui devait être marié, qui a dû la cogner une fois ou deux, d'où les excuses par lettre, mais qu'elle a quand même fini par faire chanter. Ou alors il a appris qu'elle se tapait un autre mec, et il a pété les plombs. Caranne, il faut absolument qu'on le trouve. »

La jeune femme, le regard fiévreux, s'était mise à tourner dans le séjour comme un hamster dans un rotor nucléaire.

Caranne s'assit dans le canapé, espérant qu'elle allait l'imiter. Il n'avait jamais vu la jeune femme aussi proche de la rupture. Quand tout serait terminé, il la forcerait à prendre un congé.

« Comment on va le trouver ? demanda-t-elle en s'immobilisant et en passant les doigts dans sa frange défraîchie.

– C'est toi la…

– La flic, ouais, je sais. Où aurait-elle pu le rencontrer ? »

Caranne haussa les épaules.

« Les possibilités sont infinies. »

La fliquette vint s'asseoir à côté de lui.

« Pas tant que ça. C'était quoi, les univers où elle frayait, à notre connaissance ?

– En dehors du centre ? C'était une fêtarde, elle l'a peut-être rencontré de nuit. Fatou, la fille qui m'a filé la lettre, pourra peut-être nous éclairer. Nous donner des noms de bars, de boîtes. Je vais l'appeler », conclut-il en se levant.

Anaïs lui attrapa vivement le bras, le forçant à se rasseoir.

« Non, on va la voir. Je veux lui parler moi-même.

– Si tu veux. Mais essaye de redescendre un peu, OK ? Parce que tu risques de la faire flip… »

Caranne fut interrompu par un vrombissement étouffé. Les deux amis se regardèrent, avant de se lever dans un même mouvement. Le bruit semblait venir du couloir menant aux chambres.

Ils stoppèrent devant la porte entrebâillée de la salle de bains. Caranne la poussa doucement.

Marcus, debout face au miroir qui couvrait la totalité du mur, tenait dans une main une tondeuse électrique et dans l'autre une microscopique mèche blonde. Une demi-douzaine d'autres mèches à peine plus grosses constellaient le fond du lavabo.

Il s'interrompit, se tourna vers eux, éteignit l'appareil et le posa entre les deux vasques en marbre.

« Comment c'est ?

– Exactement comme avant, répondit Anaïs.

– Merde. J'ai mon entretien d'embauche dans deux heures. »

Caranne vint se placer derrière lui. Leurs regards se croisèrent dans le miroir.

« Tu sais qu'il y a des gens dont c'est le métier. Et qui savent à peu près ce qu'ils font.

– Caranne, allez viens, on a des choses à faire », grommela Anaïs.

Marcus glissa les mains dans ses cheveux et ébouriffa la masse hirsute.

« J'ai jamais été chez le coiffeur de ma vie. Un inconnu qui s'agite avec une paire de ciseaux autour de mon cou, très peu pour moi. En prison, c'est le genre de truc qui finit toujours mal.

– Tu veux que j'essaie ? demanda Caranne en tournant autour de l'épaisse tignasse.

– Ah ah, je crois pas, non.

– Caranne, putain, amène-toi ! » s'impatienta Anaïs.

Caranne l'ignora et attrapa une paire de ciseaux dans l'un des pots de verre strié alignés contre le miroir.

« Je coupais les cheveux de mon père, quand j'étais ado. J'étais pas mauvais, affirma-t-il tout en tirant un tabouret de l'angle de la pièce et en faisant s'y asseoir le colosse.

– J'sais pas… Tu crois ?

– Je coupe petit à petit, promis, dit Caranne en faisant claquer les lames des ciseaux. Et quand ça te va, tu me dis stop. »

Marcus, la bouche en cul-de-poule, pencha la tête sur le côté.

« Non, j'suis pas sûr. Je vais peut-être aller chez le coiffeur, finalement. Tu crois que je peux débarquer sans rendez-vous ? demanda-t-il en se tournant vers Caranne.

– Bordel… » lâcha Anaïs.

Et il ne lui fallut pas plus de trois secondes pour attraper la tondeuse, la mettre en marche, passer derrière Marcus et tracer d'un geste furtif une tranchée à blanc sur son cuir chevelu, courant du front jusqu'à l'arrière du crâne.

Marcus sauta sur ses pieds et se rua sur le miroir, les yeux sortant de leurs orbites.

« AHHHH, mais t'es malade, qu'est-ce que t'as fait ?!!! »

La fliquette fit taire la tondeuse, et la lui tendit en souriant.

« Tiens, finis tout seul, tu t'en sortiras très bien. » À Caranne : « On peut y aller, maintenant ? Ça urge, je te rappelle ! »

Caranne la regarda quelques instants silencieusement.

« Le centre n'ouvre qu'à 17 heures. Fatou n'y sera pas avant.

– Ah. Merde. Bon, bah tu veux que je termine, Marcus ?

– T'approche pas de moi, s'pèce de tarée ! »

32

Mardi 5 octobre – 16 h 57

Quand ils se garèrent sur le parking du centre, un groupe de filles patientait devant l'entrée. Elles avaient autour de quatorze ans, peut-être un peu plus. Leurs sacs à dos aux couleurs vives formaient un tas grimpant contre la porte vitrée, et leurs rires avaient la sémillance explosive de la jeunesse.

Un homme noir, râblé et à la lèvre inférieure ornée d'un piercing en argent ouvrit la porte, faisant s'effondrer le tas de sacs à ses pieds.

Les filles rirent de plus belle avant de les ramasser et de s'engouffrer dans le bâtiment comme une nuée de sauterelles.

Piercing Argenté allait refermer la porte quand il vit Caranne et Anaïs approcher.

« Oui ?

– Fatou est-elle là ? demanda Caranne.

– Non.

– On va l'attendre dehors.

– Je peux savoir ce qui vous amène ? s'enquit l'homme, soudain méfiant.

– Elle me connaît, nous voulons simplement... »

Anaïs lui colla promptement sa carte de police sous le nez.

« On va l'attendre à l'intérieur, plutôt. »

L'homme fronça les sourcils et du bout de sa langue fit tourner son piercing dans la chair molle de sa lèvre.

« C'est quoi le problème ?

– Y a aucun problème, le rassura Caranne en envoyant un regard noir à Anaïs. Je… Ah, Pénélope, bonjour ! »

Piercing Argenté pivota vers sa collègue, qui venait de faire son apparition derrière lui.

« Tu les connais ?

– Oui, Damien, c'est bon.

– Si tu le dis… »

Anaïs rangea sa carte et Damien se décala pour les laisser passer, avec une grimace qui sentait fort le délinquant rangé des voitures dont l'allergie à la police ne s'était pas estompée avec le temps.

Le psy et la fliquette suivirent Pénélope jusqu'au comptoir de l'accueil.

« Si vous cherchez Fatou, elle sera là dans une dizaine de minutes. »

Anaïs posa ses mains à plat sur le comptoir. Regarda Caranne, puis Pénélope.

« Vous n'auriez pas accès aux archives du centre, des fois ?

– Si, pourquoi ?

– Vous pourriez chercher un nom ? » Elle se tourna à nouveau vers Caranne, avec un haussement de sourcils qui les fit disparaître sous la frange. « On sait jamais. »

Caranne opina.

« Et c'est quoi, ce nom ? demanda Pénélope en remontant ses lunettes en haut de son petit nez.

– En fait c'est un prénom et l'initiale d'un patronyme. Pascal P. Dans une période située entre, disons, septembre 2012 et septembre 2013.

– Hum. Je vais voir si je peux trouver quelque chose. »

Elle adressa un sourire à Caranne, puis fit le tour du

comptoir jusqu'à un ordinateur plus vieux que certains des enfants qui entraient à un rythme régulier dans le centre.

« Tu penses à quoi ? souffla le psy à l'oreille d'Anaïs.

– Au père d'un gosse. »

Les bénévoles, des trentenaires pour la plupart, se faisaient plus nombreux eux aussi, et tentaient d'atténuer le brouhaha qui amplifiait de minute en minute.

Caranne secoua la tête.

« Ce ne sont que des gamins issus de familles en difficulté. Là, on parle d'un type qui a les moyens de… »

Un cri aigu le fit sursauter et se retourner, mais impossible de savoir lequel de ces gosses venait de lui éclater les tympans.

« Les moyens de se payer des putes, compléta Anaïs. Merde, t'as raison. »

Elle passa les doigts dans sa frange, grattant de ses ongles courts la peau sèche de son front.

« On n'a plus le temps, Victor. Si Milou tient parole…

– Je sais. Mais on fait tout ce qu'on peut, OK ? »

Elle plissa les paupières sur ses yeux striés de rouge.

« Vraiment ? Et Babiak ?

– Quoi, Babiak ?

– S'il est vraiment impliqué, ce serait peut-être le moment de le confronter, non ? »

Caranne enfonça les mains dans les poches de son jean et rejeta la tête en arrière en soufflant.

Une horde de gamins déboula dans leur dos et s'installa à l'une des grandes tables situées au fond de la salle. Ils sortirent des cahiers et des manuels de leurs sacs et les ouvrirent devant eux.

« J'en sais rien… On n'a absolument rien contre lui. Attendons de voir Fatou. »

Anaïs lâcha un soupir irrité, pivota et s'adossa au comptoir, les bras croisés.

« Même si elle nous donne des noms de lieux, ça va nous prendre des jours pour en tirer quelque chose, si tant est qu'on en tire quelque chose. » Elle parcourut la salle du regard. « C'est le boxon, ici. »

Caranne sourit.

« Ouais. Un joyeux et magnifique boxon.

– Hey, vous deux ! » les interpella Pénélope.

Ils se retournèrent et s'approchèrent de la jeune femme. Tournant l'écran vers eux, elle posa son index sur un nom, perdu au milieu d'un immense tableau Excel.

« Là. J'ai un Pascal Pierrard. »

Caranne s'approcha encore de l'écran.

« Qui c'est ?

– Un contributeur. Nous fonctionnons en partie grâce aux dons. Cette personne a signé un chèque de dix mille euros, encaissé par le centre le 20 septembre 2013.

– Dix mille ? C'est beaucoup ?

– Pour un particulier, oui, c'est beaucoup. La plupart du temps les dons ne dépassent pas quelques centaines d'euros. »

Le psy regarda Pénélope.

« Merci beaucoup. Encore une fois. »

Ils échangèrent un sourire, qui n'échappa pas à Anaïs. Celle-ci attrapa Caranne par le coude et le traîna à trois mètres de là.

« Arrête de roucouler et compte un peu : treize jours après la mort de Roxane, un Pascal P se déleste de dix mille balles en faveur du centre pour jeunes dans lequel elle était bénévole.

– Ouais, ça m'étonnerait que ce soit une coïncidence.

– Mais pourquoi agir ainsi, si c'est lui qui l'a tuée ? »

Caranne effectua un mouvement de côté afin d'éviter un gamin qui courait sans regarder où il mettait les pieds.

« La culpabilité. Il a pris la vie de deux jeunes, alors il s'est peut-être dit qu'en en aidant d'autres, il pourrait à nouveau se regarder dans la glace.

– C'est pas bizarre, qu'il ne l'ait pas fait de manière anonyme ?

– À cette date, Milou était déjà derrière les barreaux, avec une montagne de preuves contre lui. C'était partout dans la presse. Il devait se sentir totalement couvert. »

Anaïs acquiesça, avant de foncer jusqu'au comptoir, d'où Pénélope les observait derrière les verres de ses petites lunettes rondes.

« Vous pourriez me sortir une copie de ce tableau, là ? Avec le reste des archives financières de l'année 2013. » Elle se tourna vers Caranne. « Au cas où je trouverais autre chose. » Elle fit claquer ses doigts. « On va lui mettre ça sous le nez avec la lettre. Et on va faire ce qu'il faut pour qu'il parle. On y est, Victor. On va le coincer, CET ENFOIRÉ ! »

L'insulte arriva jusqu'aux oreilles d'une bénévole, qui fit les gros yeux à Anaïs. Celle-ci s'excusa d'un geste de la main.

« Vérifie d'abord qu'il est dans le coin, dit Caranne. Et vivant. Il a pu lui arriver tout un tas de choses, en dix ans. »

Pendant qu'Anaïs contactait le central pour dénicher la dernière adresse connue de Pierrard et que Pénélope faisait cracher quelques dizaines de feuilles de papier à une imprimante de la taille d'un bébé éléphant, Caranne effectua une recherche Google avec le nom de leur suspect.

Ce qu'il découvrit lui fit l'effet d'un uppercut dans le bide, envie de vomir et souffle coupé inclus.

« C'est pas vrai… »

Anaïs, qui venait de raccrocher, le rejoignit.

« C'est bon, j'ai son adresse. Il habite Rochefort. On fonce. »

Caranne releva la tête, incapable de prononcer un mot.

« Quoi ? demanda Anaïs en lui arrachant le téléphone des mains. Oh putain. Dis-moi que je rêve. »

Sur la photo, dont le grain disait qu'elle datait de plusieurs décennies, un homme âgé d'une trentaine d'années souriait avec assurance. Il avait la peau brune et les cheveux aux épaules, et dégageait un charme et une élégance qui devaient faire fureur auprès de la gent féminine.

L'image était tirée des archives de l'hebdomadaire *Le Littoral*, et était titrée : « Inauguration de la nouvelle médiathèque de Rochefort, avec la participation de son architecte, Pascal Pierrard. »

À ses côtés, un homme plus jeune, la coupe au bol autour d'une bouille ronde et rougeaude, vêtu d'une improbable chemise à motifs Donald Duck.

Brice Babiak, les traits juvéniles, souriait lui aussi au photographe. Une main posée sur l'épaule de Mister P.

33

Mardi 5 octobre – 17 h 17

Caranne baissa la vitre côté passager et souffla la fumée de sa cigarette à l'extérieur.

Rochefort se trouvait à une trentaine de minutes au sud de La Rochelle. Moitié moins, si Anaïs continuait à rouler sur la départementale comme si une épidémie mortelle l'avait vidée de tous ses usagers.

« Tu veux pas lever le pied, sérieux ? »

Anaïs souffla bruyamment et réduisit légèrement sa vitesse.

« Quel est le scénario, alors ? demanda-t-elle.

– Il y en a deux. Scénario numéro un : Roxane représente un danger, quel qu'il soit. Alors il la tue, dans l'idée de faire passer ça pour un suicide.

– Scénario numéro deux : il vient la voir et ça part en couille pour une raison ou une autre. »

La Citroën accéléra, puis effectua un écart brutal pour doubler, envoyant le psy cogner contre la portière.

« Bordel, Anaïs !

– Désolée.

– Bon, le problème, continua-t-il en se frottant l'épaule, c'est qu'elle n'est pas seule dans l'appartement, ce qu'il ne découvre qu'après l'avoir tuée. Alors il n'a pas le choix. Il tue aussi Mathieu.

– Si son plan était de faire croire à un suicide, c'est foutu. Un double suicide par pendaison, c'est aussi crédible qu'un Amish au Hellfest.

– Dans un cas comme dans l'autre, il est dans la merde. Le meilleur moyen qu'il a de s'en tirer, c'est de piéger quelqu'un. Il connaît les liens de Roxane avec Milou. Alors il pose son filet et… Merde, Anaïs ! »

La voiture venait de dangereusement frôler une berline familiale. Caranne se retourna et vit le visage du conducteur, grimaçant de protestations muettes. Deux petites têtes curieuses étaient penchées entre les sièges avant.

« Arrête-toi. »

Anaïs se tourna vers le psy.

« Oh, ça va…

– Arrête-toi, j'ai dit !

– OK, OK ! Pas la peine de s'énerver. »

La fliquette rétrograda, et stoppa le véhicule quelques centaines de mètres plus loin, sur le bas-côté herbeux. Caranne en sortit, laissant la portière ouverte.

Dans le rétroviseur, elle l'observa faire le tour du véhicule par l'arrière. Arrivé côté conducteur, il lui fit signe de sortir.

Une minute après, ils étaient à nouveau sur la route.

« Ce qui me trouble, dit Caranne en réglant le rétro, c'est qu'il ne se soit pas débarrassé de cette lettre ce soir-là.

– Qui te dit qu'il ne l'a pas cherchée ? En plus, il n'avait pas vraiment le temps. S'il voulait tout mettre sur le dos de Milou, il devait faire en sorte qu'il soit très vite sur place.

– Pour que ça colle avec l'heure de la mort.

– Ouaip. »

Ils restèrent silencieux quelques minutes, chacun imaginant pour la centième fois la suffocation des deux jeunes gens, leur lutte pour leur survie, leurs doigts qui cherchent à passer sous la fine ceinture de cuir sans jamais y parvenir, et la vie qui s'écoule d'eux effroyablement vite.

Soudain, Anaïs se tortilla pour attraper la chemise cartonnée posée sur la banquette arrière. Elle l'ouvrit et plaça la première page du document que Pénélope leur avait fourni sur ses genoux. Puis elle la prit en photo.

« Tu fais quoi ? demanda Caranne en accélérant, la route s'étant soudain dégagée.

– Mon père est expert-comptable. Moi je comprends rien à tout ce qui est chiffres. Mais lui c'est un crack. Peut-être qu'il pourra repérer autre chose.

– Comme quoi ? »

Elle fit tomber la page à ses pieds, et recommença avec la deuxième.

« J'en sais rien du tout. Mais j'ai l'habitude de tout lui envoyer. Ça m'a aidée plus d'une fois, et en plus ça lui fait plaisir.

– Ça remplace pas les visites et les cadeaux de Noël, tu sais.

– T'es vraiment en train de me faire la leçon ? Tu veux qu'on parle du tien, de père, à qui tu as à peine adressé la parole pendant vingt-cinq ans ? »

Caranne soupira.

« C'est plutôt lui qui ne m'adressait pas la parole, mais t'as raison. Je retire. Comment on fait, une fois là-bas ?

– Comment on fait quoi ?

– On lui balance la lettre et la preuve du don, et puis quoi ?

– Bah j'en sais rien, on improvise.

– En général, les flics qui disent ça dans les films font de la merde l'instant d'après.

– C'est pour ça que j'en regarde jamais. »

34

Mardi 5 octobre – 17 h 32

La propriété de Pierrard était située entre Rochefort et la réserve naturelle de Moëze, terre d'accueil des oiseaux migrateurs sur la grande voie est-atlantique. Elle se dressait au bout d'un long chemin privé droit comme un cierge et bordé d'érables champêtres et de frênes.

« Ah ouais, quand même, lâcha Anaïs quand apparut l'imposante maison se détachant sur le bleu parfait du ciel. Ça va lui faire tout bizarre, au bonhomme, quand il va se retrouver dans une cellule de douze mètres carrés. Tu crois que c'est lui qui l'a dessinée ?

– Je ne sais pas, mais si c'est lui, c'est un architecte sacrément doué. »

La façade, composée de trois rectangles de bois clair séparés par deux tours rondes en pierres d'un gris légèrement plus foncé, mêlait le féodal au moderne d'une manière à la fois surprenante et naturelle.

Les larges baies vitrées permettaient de voir l'intérieur de la demeure, mais le voisinage direct se résumant sûrement aux biches et aux hérissons, l'intimité ne devait pas être un problème.

La sonnette imita le son cristallin d'un carillon.

Anaïs mit en marche l'enregistreur vocal de son portable et le glissa dans sa poche. Caranne l'observa du coin de l'œil : elle semblait avoir retrouvé un certain calme. Mais, l'espace d'un court instant, son profil émacié se superposa à celui de Milou, image troublante que le psy évacua en se pinçant l'arête du nez.

L'homme qui leur ouvrit n'était pas Pascal Pierrard. Il devait avoir une petite cinquantaine, portait une chemise blanche en lin légèrement froissée et un pantalon chino bleu marine. Aux pieds, des espadrilles jaunes. Ses poignets étaient ornés de bracelets d'argent et de liens de cuir tressés.

« Je peux vous aider ?

– Serait-il possible de parler à M. Pierrard ? » demanda Caranne.

L'homme le détailla de la tête aux pieds, examen qui s'acheva sur une risette à la blancheur manifestement factice.

À la suite de quoi l'homme fit demi-tour, les abandonnant sur le pas de la porte.

« Chéri ! Tu as de la visite ! » l'entendirent-ils crier d'une voix chantante.

Anaïs et Caranne échangèrent un regard interloqué.

Pierrard, qui arriva quelques secondes après, était le même que sur la photo, à l'exception de la chevelure, passée du brun au blanc, et de quelques rides d'expression sur le front et autour de la bouche. Le temps avait accordé une nuance de sagesse à la beauté classique du visage hâlé.

« Oui ? »

Anaïs fit un pas en avant. Caranne savait qu'elle ne voulait rien louper de sa réaction. Lui non plus, qui était rompu à l'exercice de l'observation des expressions du visage humain.

« Roxane Leclerc, ça vous dit quelque chose ? »

S'il fut traversé par d'autres sentiments, la surprise qu'il manifesta les éclipsa tous.

« Et vous êtes qui, au juste ? »

La fliquette sortit sa carte de police. L'homme opina et se décala, les invitant silencieusement à entrer.

Le séjour, qui devait friser les soixante mètres carrés, donnait sur une véranda courant sur toute la longueur de la maison. Le mobilier, sobre et élégant, avait sans aucun doute été choisi pour ne pas faire d'ombre à la star du lieu : un haut plafond couvert de peintures florales dans les tons pastel.

Dehors, un golden retriever prenait le soleil, étendu de tout son long sur le gazon fraîchement tondu. Plus loin, l'homme aux espadrilles jaunes était accroupi devant un rosier noir et l'aspergeait fleur à fleur d'un liquide translucide.

« Comment m'avez-vous trouvé ? » demanda Pascal en leur désignant le canapé, tandis que lui-même prenait place dans l'un des deux fauteuils en face.

Caranne et Anaïs échangèrent un nouveau regard furtif. Pierrard était gay, il aurait été difficile de prétendre le contraire. Avait-il vraiment pu avoir une aventure avec Roxane ? Caranne décida que tout était possible : tous nos désirs ne sont pas écrits dans la décoration de notre lieu de vie ou dans le choix de la personne avec qui on le partage.

Il sortit la lettre ainsi que la liste des contributeurs du centre de sa poche, les déplia et les tendit à l'architecte.

« Je vois, dit celui-ci, après les avoir survolés. Je pense à elle tous les jours, vous savez… On a eu si peu de temps, ajouta-t-il, décrochant son regard de celui de Caranne pour l'envoyer se poser au loin, là où terminait le jardin et commençait la réserve naturelle et ses centaines d'espèces d'oiseaux.

– Pour ? » demanda Anaïs.

Pierrard se tourna vers elle, incrédule.

« Pour apprendre à nous connaître », répondit-il avec une pointe d'incompréhension, comme si tout cela tenait de la logique pure.

Anaïs fit signe à Caranne de continuer. Ils sentaient tous deux que l'homme était prêt à parler.

Qu'il attendait ça depuis une décennie. Caranne se pencha en avant, les coudes sur ses genoux.

« Pourquoi ce don, dix jours à peine après sa mort ? »

Pierrard ne répondit pas. Il semblait perdu dans ses pensées.

« Vous vous sentiez coupable ? » suggéra le psy.

L'homme revint à lui, passa les mains sur ses joues parfaitement rasées.

« Bien sûr, que je me sentais coupable ! Qu'est-ce que vous croyez !

– Pourquoi l'avoir fait, alors ? »

Il se leva, glissa ses mains bronzées dans les poches de son pantalon de coton kaki et alla se placer face à la baie vitrée.

« Je n'avais pas le choix, à l'époque. Enfin, je pensais ne pas l'avoir. »

C'était le moment. Ils y étaient.

Des détenus arrêtés des années après leur crime, Caranne en avait vu quelques-uns en thérapie. La moitié d'entre eux avaient parlé du soulagement qu'ils avaient ressenti lorsqu'on avait fini par leur passer les menottes aux poignets. « Comme la fin d'une interminable attente ponctuée de regards par-dessus l'épaule », lui avait dit un vieux braqueur qu'on avait coincé que deux décennies après son dernier coup.

Anaïs profita de la position de Pierrard pour sortir son téléphone et vérifier qu'il enregistrait toujours. Puis elle fit signe à Caranne qu'elle prenait le relais.

« Pourquoi n'aviez-vous pas le choix ? dit-elle en se levant et en s'approchant de Pierrard, toujours dos au séjour.

– Parce que j'avais peur que ça gâche ma vie. C'était une époque différente.

– Racontez-nous cette nuit-là.

– Quelle nuit ? »

Caranne se leva à son tour. Contourna le canapé et vint prendre place à deux mètres sur la droite de Pierrard.

« La nuit où vous l'avez tuée, poursuivit Anaïs d'une voix neutre, presque douce. Vous ne saviez pas que Mathieu serait là, c'est ça ? »

Ce fut comme si l'homme avait soudain été traversé par une violente décharge électrique.

« Quoi ? Mais vous êtes malade ?! » hurla-t-il en se retournant.

Anaïs monta sa main à sa hanche, et Caranne constata avec surprise qu'elle était armée.

« C'est ce que vous venez d'admettre, s'énerva la fliquette.

– Mais… jamais de la vie ! Pourquoi je l'aurais tuée ?

– C'est à vous de nous le dire. Vous couchiez avec une gamine de vingt-cinq ans de moins que vous, et c'est parti en vrille. Pourquoi ? Elle vous faisait chanter ?

– Mais je ne couchais pas avec elle ! »

Caranne vit le golden retriever se lever péniblement et faire quelques pas jusqu'à une gamelle d'eau, dans laquelle il plongea son museau noir.

Le psy se tourna vers Pierrard.

« C'était votre fille, n'est-ce pas ? »

L'homme hoqueta, avant d'acquiescer lentement. Il se tourna vers le psy.

« Je ne comprends rien. Vous croyez que je l'ai tuée ? Que… j'ai assassiné ces deux gamins ?

– Désormais non, rassurez-vous. Votre sentiment de culpabilité, c'était celui du père absent… »

Ils allèrent tous trois se rasseoir autour de la table basse. Anaïs s'était éteinte. *Comme une bougie sur laquelle on aurait soufflé*, pensa Caranne.

« Dans la vingtaine, expliqua Pierrard, j'ai eu quelques expériences hétéros, parce que j'avais du mal à assumer. Je venais d'une famille très catho, que j'adorais malgré leurs préjugés à la con, alors ce n'était pas simple. Quand un matin, cette fille a débarqué en me disant qu'elle était enceinte, j'ai paniqué. Je venais de décrocher mon diplôme et je me suis exilé au Brésil. J'y suis resté six ans. Quand je suis revenu, la fille ne m'a pas donné de nouvelles, et je n'ai pas non plus cherché à en avoir. J'ignorais si elle avait gardé le bébé, et ça m'allait très bien. Jusqu'à ce que Roxane sonne à ma porte. Elle avait trouvé mon nom dans les affaires de sa mère, qui venait de mourir. Quand j'ai ouvert la porte, elle a commencé par m'insulter. Puis, passé le choc, nous avons parlé. Je lui ai expliqué pourquoi j'avais agi ainsi, et à quel point je le regrettais. Je l'ai regretté cent fois plus quand elle m'a raconté l'enfance qu'elle avait eue. Je n'en ai pas dormi pendant des semaines…

– Et vous lui avez donné de l'argent.

– Je ne savais pas comment me racheter. Alors oui, quand on se voyait, je lui donnais un peu de cash.

– Et le don ? »

Il baissa la tête, passa les mains dans sa chevelure blanche et soupira.

« Quand j'ai appris sa mort, j'ai été dévasté. On ne s'était retrouvés que depuis quelques mois. Alors j'ai fait la seule chose qui me paraissait avoir un peu de sens. »

Caranne sortit son portable, le manipula quelques instants avant de le lui tendre.

« Brice Babiak, déclara Pierrard. Il est flic à la PJ de La Rochelle.

– Oui, nous le connaissons. C'est la raison pour laquelle vous n'apparaissez pas dans l'enquête ? »

Il cligna des yeux en signe d'acquiescement.

« J'ai recueilli Brice quand sa mère l'a foutu à la porte. Il avait seize ans et vivait dans la rue. Moi je venais de rentrer du Brésil. C'était déjà un personnage étonnant, mais il était totalement brisé. Alors je l'ai aidé à se remettre sur pied. Quand, des années plus tard, Roxane est morte, il a trouvé mon numéro dans son téléphone. Il est venu me voir et je lui ai tout raconté. Et je lui ai demandé de me rendre un immense service.

– De vous laisser en dehors de l'enquête.

– Oui. Ça aurait été trop dur. D'assumer mes erreurs, ma défaillance… Il a vérifié mon alibi, même s'il me savait incapable de faire une chose pareille. J'étais en Espagne. Alors, pour me remercier de ce que dans le temps j'avais fait pour lui, il a accepté. »

Caranne jeta un œil à Anaïs : immobile, la tête reposant sur le dossier du canapé, elle fixait les hypnotiques volutes des peintures florales du plafond.

« Roxane racontait à sa psy qu'elle avait des rapports rémunérés avec un certain Mister P, en lui montrant les coupures que vous lui donniez. Une idée de la raison qui l'aurait poussée à faire ça ? »

Un voile noir passa devant les yeux de l'architecte.

« Non. Vraiment pas. Mais ça me désole, d'entendre ça. Je pensais qu'elle n'avait parlé de moi à personne, elle disait qu'elle ne savait pas encore si elle voulait me garder dans sa vie. Mais qu'elle raconte ce genre de choses… Pauvre gosse. Quand on a eu l'enfance qu'elle a eue… C'était une manière d'attirer l'attention, j'imagine.

– Possible. Merci de nous avoir accordé de votre temps. »

Les deux hommes se levèrent. Un mouvement qui sortit Anaïs de sa torpeur. Elle les imita et ils se dirigèrent tous trois vers l'entrée.

« Alors vous pensez vraiment qu'ils n'ont pas arrêté la bonne personne ?

– On a de gros doutes.

– Comment c'est possible ? Brice était absolument certain de sa culpabilité.

– Comme tout le monde. »

35

Mardi 5 octobre – 18 h 03

Anaïs s'adossa contre l'aile de sa voiture et croisa les bras.

« Ça va ? » demanda Caranne en sortant son téléphone.

La fliquette haussa les épaules.

Il composa un numéro en regardant vers la maison. À travers la baie vitrée, il vit l'homme aux espadrilles jaunes prendre Pierrard dans ses bras et poser un baiser sur son front.

Au bout de la quatrième sonnerie, Caranne ferma les yeux et se surprit à murmurer une petite prière.

Enfin, on décrocha.

« Salut Mireille, comment vas-tu ? Dis-moi que tu es encore à Saint-Martin. Super. (...) Oui, la grippe, oh, ça va un peu mieux. Écoute, j'ai un service à te demander. Je voudrais que tu places Milou en cellule anti-suicide. (...) Oui, je le sens super fragile, et après réflexion, je pense que c'est indispensable. »

Anaïs s'approcha de lui.

« Tu crois que ça suffira ? »

La main sur le micro de son téléphone, Caranne se mordit la lèvre, repensant au petit morceau de chair rose et sanguinolente en provenance directe du bras du détenu.

« Vu ce que je l'ai vu capable de faire, non. Absolument pas. » Il découvrit le micro du téléphone et : « Mireille ? Encore une chose : c'est toi qui vas te charger du transfert ? Alors dis-lui que je viens le voir demain, et que j'ai trouvé quelque chose. (...) C'est compliqué à expliquer, mais crois-moi, c'est le seul moyen pour que tu n'aies pas un cadavre sur les bras demain matin. Bonne soirée. Oui, un bain, une soupe et dodo. »

Il raccrocha et soupira.

« Et demain, il se passe quoi ? demanda Anaïs.

– On a la nuit pour y penser. »

Anaïs s'installa au volant, attendit que Caranne prenne place côté passager et se tourna vers lui.

« Et Babiak ? Ce que nous a dit ce type n'explique pas pourquoi il aurait manipulé ou soudoyé la voisine pour qu'elle change son témoignage. »

Caranne resta silencieux un moment. Au bout de dix, quinze secondes, il pointa un index en direction du pare-brise. Anaïs démarra. Lorsqu'ils furent sur la longue allée arborée, le psy passa la main dans le chaume de sa barbe de trois jours.

« Tu le connais comme moi. Il est totalement imprévisible et il n'a pas l'air de beaucoup t'apprécier. Si on débarque en l'accusant d'être un pourri, il pourrait foutre ta carrière en l'air, même s'il n'a rien à se reprocher.

– Je sais.

– Et ? »

La fliquette fronça le nez.

« T'as raison. Je peux pas prendre ce risque. Flic, c'est toute ma vie.

– Alors on oublie. Jusqu'à demain, du moins.

– La nuit pour y penser.

– La nuit pour y penser. »

36

Mardi 5 octobre – 19 h 15

« Qui d'autre, putain, qui ? »

Anaïs tournait frénétiquement les pages du dossier Leclerc/Beaulne, installée au bureau de Caranne.

Le psy l'observait depuis la porte donnant sur la cuisine.

« J'ai peut-être eu tort, Anaïs.

– Quoi, tu ne crois plus que Milou soit innocent ?

– Ce n'est pas ce que je dis. »

Elle releva la tête une seconde, le temps de poser sur lui un regard mauvais, puis replongea dans le document que son doigt traversait et retraversait horizontalement comme s'il avait été écrit en braille.

« Dis ce que t'as à dire, alors. Si tu crois que je te vois pas arriver, avec tes gros sabots… »

Caranne fit quelques pas en direction de la jeune femme, sortit une cigarette et l'alluma à l'aide d'un Zippo qui trônait sur l'étagère prolongeant le bureau.

« Donc tu as conscience de beaucoup trop tirer sur la corde, souffla-t-il en même temps qu'un nuage de fumée.

– Non, mais j'ai conscience que c'est ce que tu penses. C'est comme ça que je travaille, tu devrais commencer à le savoir.

– Sauf que je ne t'ai jamais vue dans cet état. Et que tu ne travailles pas, là. Officiellement.

– Je me bouge le cul pour sauver celui d'un type qui s'est fait avoir jusqu'au trognon, c'est tout. » Elle se tourna vers lui. « Je peux pas abandonner, c'est inenvisageable. Et toi, tu fais quoi, pendant ce temps ?

– Moi, je m'inquiète.

– Très productif comme activité. Laisse tomber et aide-moi, ajouta-t-elle en prélevant la moitié des documents et en les lui tendant.

– À une condition : quand ce sera fini, on part en vacances.

– Quoi, tous les deux ?

– Sinon tu ne partiras jamais, je te connais. Et au moins deux semaines. »

Elle soupira, les mains toujours lestées de quelques centaines de pages.

« Prends, c'est lourd, merde ! »

Caranne ne fit pas un geste, à l'exception d'un léger mouvement ascendant des sourcils.

« Ouais, OK, OK, va pour les vacances. Mais je te préviens, le Club Med et les trucs de bourge, très peu pour moi.

– J'ai une tête à aller au Club Med ? On va aller camper en forêt.

– Tue-moi tout de suite. »

Il rigola et coinça sa clope entre ses lèvres, puis attrapa le paquet de feuilles des deux mains et se précipita pour le poser sur la table basse, révélant qu'il n'attendait que cette promesse pour repartir à la recherche d'un autre suspect ou d'une ultime anomalie. Les chances qu'ils dégotent quelque chose dans ces pages maintes fois relues étaient aussi minces qu'une mannequin rentrant le bide, mais c'était tout ce qui leur restait. Ils ne pouvaient pas abandonner, là-dessus, Caranne était d'accord.

Il venait de s'asseoir quand la porte d'entrée claqua, si violemment qu'il sursauta.

« Putain c'est quoi ça », grogna Anaïs en se levant.

Ça, c'était Marcus.

La boule à zéro, compressé dans son costume, il avait tout d'un Monsieur Propre à qui on aurait tout juste annoncé qu'il n'était qu'un personnage fictif inventé pour vendre du débouche-chiottes.

Anaïs et Caranne, cherchant à contenir un fou rire naissant, serrèrent les lèvres à les vider de leur sang.

Le colosse laissa tomber son sac à dos élimé à ses pieds.

« Eh ben voilà. J'ai pas eu le boulot. “La présentation est essentielle”, qu'il m'a dit à peu près cinq fois, le mec. T'as une idée de ce que ça pouvait bien vouloir dire, toi ? » demanda-t-il en fixant Anaïs et en tapotant son crâne rasé du bout de son index.

Cette dernière tourna une page du dossier et, visage penché sur la suivante :

« Si tu veux mon avis, le problème vient plutôt du costume. Ils ne font pas de XXL chez Anciens Taulards Store ? »

Marcus plissa les yeux et s'avança vers la fliquette.

« T'es qu'une petite…

– Wow, là, on se calme ! l'interrompit Caranne en se levant et en lui barrant la route. Je sais que t'es déçu, mais ne va pas trop loin.

– Je le voulais, ce job, putain ! cria Marcus en frappant l'air de son poing fermé. C'était important pour moi ! Mais apparemment vous êtes pareils, tous les deux. Quand vous avez trouvé une cause pour oublier vos vies solitaires de merde, le reste du monde peut aller se faire foutre. »

Caranne recula de deux pas, interloqué.

Anaïs cligna des yeux comme si elle avait fixé trop

longtemps le soleil. Elle ramassa sa partie du dossier, puis celle de Caranne, avant de passer près d'eux en marmonnant :

« J'en ai marre de ces conneries. Je me casse. » Et elle disparut dans le couloir menant à l'entrée.

La main à plat sur son crâne, Marcus eut soudain l'air penaud.

« Mec, oublie ce que j'ai dit, OK ?

– T'as pas totalement tort. Mais ce genre de trucs, tu me les dis à moi, pas à elle. »

Se tournant vers l'endroit où elle avait disparu, le colosse passa un doigt entre son cou et le col de sa chemise.

« Elle va pas bien, hein ? Putain j'suis trop con. »

Sans répondre, Caranne fonça jusqu'à la porte d'entrée, qu'Anaïs n'avait pas pris la peine de refermer. La jeune femme était en train de monter en voiture.

« Attends, Anaïs. Rentre, s'il te plaît. On va trouver de quoi continuer, OK ?

– Non, je vais faire ça chez moi. J'ai besoin de… retrouver ma petite vie solitaire de merde. »

Elle claqua la portière, démarra et disparut au bout de l'allée privée.

Le psy s'assit au bord du trottoir, les yeux sur les graviers grisâtres et poussiéreux formant d'incohérentes constellations à ses pieds.

Lui aussi était à bout de forces. Focalisé qu'il l'avait été sur le mal-être d'Anaïs, il avait oublié de sonder son propre corps, d'écouter son propre esprit. Et ce que tous deux lui disaient à présent sonnait comme une mise en garde.

Mais il n'eut pas le temps de pousser plus loin la réflexion, parce que son téléphone se mit à sonner dans sa poche. Ce fut automatiquement, sans vérifier qui était son interlocuteur, qu'il décrocha.

« Allô ?

– Salut Victor.

– Stéphanie ? Merde, je m'étais promis de t'appeler il y a déjà quelques jours. Comment vas-tu ?

– Ça pourrait aller mieux. Maddie ne répond pas à mes appels. Ça t'ennuie si je passe la voir ? »

Caranne ferma les paupières et tenta de remettre de l'ordre dans toutes ces choses auxquelles il n'avait prêté que peu d'attention ces derniers temps. Marcus avait raison. Comme Maddie, du reste. Il était très doué pour mettre le monde de côté.

« Elle n'est plus chez moi, fit-il en poussant de sa main sur le trottoir pour se relever.

– Quoi ? Comment ça, elle n'est plus chez toi ?

– Elle est partie chez une copine.

– Qui ça ?

– Je n'en sais rien. »

Au bout du fil, un silence réprobateur.

« Victor, tu déconnes, tu l'as laissée se barrer ? »

Il ne l'avait pas laissée se barrer. Il l'avait carrément foutue à la porte.

« Je vais l'appeler.

– Je veux bien. Il faut que j'arrive à la convaincre de revenir chez nous.

– Elle m'a dit que tu ne voulais pas d'elle chez toi.

– Elle t'a dit quoi ?! »

Caranne entra dans la maison et ferma la porte, avant de s'y adosser en soupirant.

« Elle m'a menti. Je me suis fait avoir. Et j'imagine que tu n'as pas non plus prétexté un empêchement pour ne pas aller la chercher à sa sortie de Vivonne…

– Je… Bien sûr que non ! Elle m'a dit que tu lui avais proposé de venir la chercher, et de rester quelques jours chez toi. Que tu avais besoin de passer du temps avec elle, pour… être capable de lui pardonner. »

Maddie était une menteuse et une manipulatrice pathologique. Quel que soit l'amour qu'il pouvait lui porter, imaginer que sa personnalité ait pu changer au cours de ses trois années derrière les barreaux équivalait à espérer qu'un chien se mette à miauler.

« J'essaye de la joindre et je te rappelle. »

Caranne composa le numéro de Maddie dans la foulée.

« Hey, Victor, comment va ?

– Toi, il va falloir qu'on cause.

– OK. Je suis là dans quinze secondes.

– Maddie, attends, tu… »

Quinze secondes ? Il croyait se souvenir qu'elle lui avait dit ne pas aller loin. Avait-elle une copine à Nieul ou à L'Houmeau ? Elle n'aurait pas eu le culot de se réinstaller dans le cabanon de jardin, quand même…

C'est alors que l'illumination le frappa, d'une manière tout à fait désagréable.

« Dites-moi que je rêve. »

Il pivota, rouvrit la porte et se tourna vers la maison de la vieille Martinet. Maddie était en train de sortir de chez sa voisine, ses cheveux séparés en deux longues nattes et une citronnade à la main.

Elle le rejoignit sur le pas de la porte et lui tendit le verre, orné d'une rondelle de citron.

« Goûte ça. Un pur délice.

– Tu peux me dire ce que tu fabriques chez Chantal ? »

Elle haussa les épaules et aspira une gorgée de citronnade à la paille.

« Ben je t'ai dit que je m'installais chez une copine. C'est toi qui m'as pas demandé chez qui.

– Ce n'est pas une copine ! C'est ma putain de voisine ! »

Maddie le foudroya du regard.

« C'est ce que j'ai qui s'en rapproche le plus. La prison, c'est pas l'idéal pour cultiver les amitiés, figure-toi. »

Caranne prit une grande inspiration.

« Pourquoi tu ne vas pas chez ta mère ?

– Parce qu'elle ne veut pas de moi chez...

– Je t'arrête tout de suite, la coupa Caranne avec un geste de la main. Je viens de l'avoir au téléphone.

– Ah. Ouais. Fallait bien que ça arrive. » Elle émit un petit rire qui acheva d'exaspérer Caranne.

« Tant mieux si tu trouves ça drôle », lâcha-t-il en pénétrant dans la maison.

Elle lui attrapa le bras.

« Arrête, Victor, c'est bon. La vérité, c'est que je voulais pas y aller. J'aime pas la façon dont elle me traite.

– Comment te traite-t-elle ?

– Comme si j'étais malade, putain ! »

Tu l'es, malade. Que tu oses le nier devant moi montre que tu continues de vivre dans un monde illusoire.

« Mais Maddie, c'est à toi de changer ça...

– Ah ouais ? Et comment on fait ? (Elle lui attrapa à nouveau le bras en hurlant.) Hein ? Comment !

– En essayant de faire les bons choix, Maddie ! (Il dégagea son bras et monta la main à sa tempe.) Merde, y a des types qui pourrissent en taule alors qu'ils ne le méritent pas, et toi tu en es sortie, tu n'as que vingt ans et toute la vie devant toi, on t'offre une deuxième chance, va pas me dire que t'es assez conne pour foutre ça en l'air !

– Tu parles de ton Milou, là ? »

Caranne plissa les yeux d'incompréhension.

« Quoi ?

– Quand tu parles des types qui pourrissent en taule pour rien, tu parles de Milou. Mais c'était un dealer, je te signale ! »

Le psy ferma les yeux un instant, les rouvrit.

« Il n'a tué personne, lui. »

Dans ceux de Maddie, la colère se noya dans les larmes. Et ce fut avec une voix vibrante de désarroi qu'elle dit :

« Pas en écrasant une pierre sur la tête de quelqu'un, si c'est ce que tu veux dire, mais bien sûr, qu'il a tué ! Sans doute plusieurs personnes, avec sa came de merde ! Pourquoi tu lui pardonnes, à lui, et pas à moi ! Je n'en veux pas, de cette deuxième chance, si tu ne me la donnes pas toi aussi…

– Tu es… tu es…

– Quoi ? Une psychopathe ? Une fille sans cœur, sans âme, un monstre ? Quoi, hein, QUOIIII ??!!! »

Caranne secoua lentement la tête. Il regarda le visage de cette jeune femme qu'il avait vue naître et grandir, et essuya les grosses larmes qui coulaient lentement jusqu'aux commissures de sa bouche aux courbes juvéniles.

« Tu es ce que j'ai de plus cher, Maddie. Mais tu m'as fait trop de mal. Tu as fait trop de mal autour de toi, et j'ai peur que tu continues à en faire. Ta deuxième chance, c'est à toi de te l'offrir. À personne d'autre. »

Les sanglots secouèrent les épaules de la jeune fille, qui avait baissé les yeux sur ses chaussures. Caranne ouvrit les bras et elle vint s'y blottir.

« Allez, viens manger un morceau à la maison. Y a Marcus qui a bien besoin qu'on lui remonte le moral, lui aussi. »

37

Mercredi 6 octobre – 1 h 12

Anaïs frotta ses paupières de ses poings fermés, geste enfantin qu'elle faisait depuis toujours sans même en avoir conscience. Elle attrapa la pipette de sérum physiologique qu'elle avait ouvert une demi-heure plus tôt dans le but de soulager ses cornées asséchées et s'envoya une nouvelle giclée dans chaque œil.

Une goutte tomba sur l'une des photos de la scène de crime, qu'Anaïs examinait pour la trentième ou quarantième fois en une semaine. Elle tira sur le bas de son tee-shirt pour essuyer le liquide, puis se pencha à nouveau sur l'image des deux corps, allongés côte à côte dans la chambre.

Son doigt parcourut le cliché, avant de se poser sur l'affreux tapis orange sur lequel ils étaient étendus. Selon Caranne, la présence de ce tapis dans la chambre était le signe que Roxane et Mathieu avaient été étranglés dans le salon avant d'être déplacés. Le tueur laisse alors la lumière dans la chambre, ferme la porte, dévisse l'ampoule du salon et sort sans fermer la porte d'entrée. Et il se planque quelque part en attendant que son pigeon – Milou – déboule.

Elle se leva, marcha jusqu'à l'unique fenêtre du minuscule séjour.

Encore fallait-il que les déclarations de Milou soient exactes… Mais s'ils se mettaient à douter de ce qu'il racontait, à quoi tout ça rimait, hein ?

Peut-être à rien, finalement, se dit-elle, soudain submergée par une immense lassitude.

Forçant sur la poignée rouillée de l'antique fenêtre, elle offrit son visage creusé à la brise nocturne. Même d'ici, à plus de cinq kilomètres de la côte, elle pouvait sentir la mer.

L'appartement dans lequel elle vivait était le même que celui qu'elle avait dégoté en urgence un peu plus d'un an auparavant, quand elle s'était greffée au groupe qui traquait l'Égorgeur de La Rochelle. Elle n'avait jamais pris le temps de chercher autre chose. Le quartier était pourri, mais ça, elle s'en fichait. C'était l'espace, qui lui manquait. Peut-être essaierait-elle de trouver mieux, quand tout serait fini. Quand elle serait rentrée de ses vacances avec Caranne. Parce qu'elle allait les prendre, ces congés. Malgré ses dénégations, elle savait qu'il avait raison : elle n'avait jamais autant tiré sur la corde. Un coup à faire une vraie connerie.

Elle chassa ces considérations et s'efforça de revenir à l'enquête. Une toute dernière nuit, et si rien n'en sortait, elle laisserait tomber. Elle n'allait pas sacrifier sa carrière et sa santé pour un type qu'elle n'avait jamais vu, un dealer avec des antécédents de violence, de surcroît.

Soulagée d'avoir pris une décision dont elle se pensait incapable, elle regagna la petite table bancale du meublé.

Pourquoi le tueur avait-il tant besoin que Milou entre dans la chambre ? Voulait-il qu'en plus de porter le chapeau il voie les corps ? Est-ce qu'il s'agissait d'une histoire de vengeance, dont l'apothéose consistait à mettre face à Milou le cadavre de la jeune femme qu'il adorait ?

Elle n'y croyait pas. Comment pouvait-il être certain que

Milou serait dans les parages ? Qu'il ne serait pas retenu par un client, un deal problématique, un plan cul ?

C'était un point qui la troublait depuis le début. Le piège était parfait, excepté cette petite part d'incertitude.

« Fait chier ! » s'énerva-t-elle en fouillant nerveusement dans les feuillets épars.

La GAV[1] de Milou. Elle relut rapidement les premières pages. Qu'est-ce qui leur échappait ? Babiak, qui avait mené la première audition, avait mis du cœur à l'ouvrage, on ne pouvait pas dire le contraire. Pourtant jamais le dealer n'avait craqué. Son histoire restait la même, d'audition en audition. Le SMS de Roxane, son arrivée chez elle, la porte ouverte, l'obscurité, la lumière sous la porte, les deux corps, l'absence de ceinture autour du cou de Mathieu, la panique, son départ en claquant la porte ou pas, de ça il ne se souvenait plus.

La fatigue lui donnait l'impression que quelqu'un dans un univers parallèle prenait son cerveau pour une piñata. Malgré tout, elle fit tourner la machine, laissant son imagination voguer d'image en image, la chambre, le tapis orange, le tee-shirt vert orné d'une tortue blanche, la fine ceinture de cuir noir.

Et tout à coup la piñata s'ouvrit, laissant s'écouler une idée qui électrisa Anaïs.

Elle se leva, détacha la boucle métallique de sa ceinture et ôta celle-ci en la faisant glisser dans les passants de son jean. Elle était marron et légèrement plus large que celle qui avait été utilisée pour les meurtres. Anaïs caressa le cuir patiné, lisse et doux contre la pulpe de son pouce, les yeux fixés sur la porte de sa chambre.

Puis elle avança et se plaça face à elle. La poignée était du même type que celle de la chambre de Roxane. Une poignée

1. Garde à vue.

béquille on ne peut plus classique, sur laquelle on fermait la main pour appuyer vers le bas et sortir le pêne du trou.

Roxane regarda à nouveau sa ceinture, puis l'enroula lentement autour de la poignée, en prenant soin de répartir le volume. Elle dut s'y reprendre à deux fois pour dissimuler la boucle derrière l'angle de la béquille. Puis elle ferma la porte.

Le cœur battant contre ses tempes douloureuses, elle marcha à reculons jusqu'à l'interrupteur et éteignit la suspension, unique source de lumière de la pièce.

Dans le noir, c'est à peine si elle se rendit compte qu'elle pressait autre chose qu'une simple poignée de porte.

« Alors c'est comme ça que tu as mis ses empreintes sur la ceinture… T'es un malin, enfoiré… »

Il avait ensuite fait en sorte que Milou ne puisse pas claquer la porte d'entrée – pas compliqué, un morceau de scotch placé sur la gâche pouvait faire le job – et il avait attendu, embusqué dehors ou dans le couloir, qu'il ressorte. Il ne lui restait qu'à détacher la ceinture et à la remettre autour du cou de Mathieu.

Sans rallumer la lumière, Anaïs attrapa son téléphone. Chercha le numéro de Caranne dans son journal d'appels. Une notification de mail apparut alors sur l'écran.

Elle se rassit, jeta spontanément un œil à sa ceinture, qu'elle avait laissée enroulée autour de la poignée de porte, et ouvrit le mail.

Lorsqu'elle arriva au bout de sa lecture, son sourire dessina un fin croissant blanc dans le noir.

L'excitation la fit frissonner des pieds à la tête.

Ils le tenaient. Ils tenaient l'enfoiré qui avait tué Roxane et Mathieu.

C'est à cet instant qu'un cri éclata dans la rue, tout près, suivi d'un brouhaha ponctué d'insultes made in banlieue.

38

Mercredi 6 octobre – 1 h 27

Anaïs fonça à la fenêtre. Sa voiture, à trente mètres, était cernée par une dizaine de jeunes mecs, black-blanc-beur, dont les gestes amples et véhéments laissaient supposer qu'ils ne jouaient pas à Shifumi.

« Putain c'est quoi ça », grogna-t-elle en attrapant ses clés, son téléphone et en se précipitant dans les escaliers.

Une fois dans la rue, elle marcha d'un pas assuré jusqu'à sa voiture. Les jeunes avaient l'air de s'être un peu calmés.

« Tu veux quoi, toi ? Wesh rentre chez toi. »

À voir le pauvre duvet qu'il tentait de cultiver sur ses joues laiteuses, celui-là ne devait pas avoir plus de seize ans.

« C'est ma bagnole, là », fit Anaïs en pointant la Citroën du doigt.

Un des gars, peau noire et nattes collées qui lui descendaient jusque dans la nuque, s'approcha de sa démarche chaloupée. Il avait les yeux noircis de khôl, façon Jack Sparrow des cités.

« C'est ta bagnole ?

– Ouais, répondit-elle avec son air hargneux. Y a un problème avec ma caisse ? »

Le jeune s'arrêta devant elle et leva les sourcils. Lui aussi n'était qu'un gosse, à bien y regarder. Sa mâchoire inférieure s'ornait d'un appareil dentaire.

« Ben en fait y a un mec qui tournait autour. Il voulait la tirer, ce connard, alors on l'a dégagé. »

Un autre, un rebeu en survêt Adidas, un peu plus âgé, cracha un mollard de la taille d'une noix de Saint-Jacques à cinq centimètres de ses propres pieds.

« Tsss, t'es ouf, il voulait pas la tirer, t'as vu la caisse ? Même ma daronne elle voudrait pas être vue dans cette poubelle. »

Anaïs regarda sa voiture, puis le jeune mec. Ils avaient de sacrés goûts de luxe, ces mômes.

« OK, merci les gars.

– De rien la zouz. Rentre chez toi maintenant, c'est pas un tiécar pour les frangines. »

La fliquette se retint de leur rétorquer qu'il y avait école demain et les regarda s'éloigner, en se disant qu'un héron souffrant d'hémorroïdes devait à peu près marcher comme ça.

Elle allait remonter en vitesse pour appeler Caranne quand elle s'aperçut que la portière côté passager était entrouverte. Ils n'avaient donc pas raconté de conneries, les petits merdeux. On avait bien essayé de lui tirer sa bagnole.

Elle ouvrit la portière en grand et s'assit à la place du mort. Après une rapide vérification que rien ne manquait – pas compliqué, il n'y avait rien à voler – elle ouvrit la boîte à gants. Elle se souvenait avec précision avoir monté son flingue chez elle, mais par acquit de conscience elle plongea la main dans le renfoncement. Trifouilla derrière le vieux chiffon noirci. Entra en contact avec une chose qu'elle ne parvint pas à identifier.

Elle ramena sa main. Entre ses doigts, un sachet transparent plein de poudre blanche. Si c'était de la cocaïne, il y avait là de quoi faire une sacrée fête. Douze ou quinze grammes, à vue de nez.

« C'est quoi ce bordel… »

Elle se redressa comme sous l'effet d'une piqure d'épinéphrine.

On voulait la piéger !

Un rush d'adrénaline partit à l'assaut de ses veines et elle bondit hors du véhicule. Scannant la rue déserte, elle fourra le sachet dans sa poche, ferma doucement la portière et fit quelques pas sur le trottoir. Quand elle était descendue, les jeunes regardaient en direction du boulevard. L'homme dont ils avaient parlé devait donc être parti par là.

Elle traversa la chaussée et longea les petits immeubles vieillots et sales, à l'affût du moindre mouvement.

C'était forcément lui. Il voulait la mettre hors course, parce qu'il avait senti qu'elle se rapprochait. Le connard.

Il ne savait pas à quel point il avait raison.

Mais il avait filé. Ça ne servait à rien.

Elle pivota et repassa devant la ruelle qui menait autrefois à une aire de jeux pour enfants, se résumant à un toboggan en métal impraticable par temps ensoleillé sous peine de se brûler le popotin au troisième degré et aux vestiges d'un tourniquet arraché de ses gonds depuis longtemps.

Aujourd'hui le passage était bouché, la municipalité l'ayant fait murer à mi-chemin afin d'empêcher l'implantation d'un point de deal.

À l'instant où elle allait le dépasser, elle crut apercevoir un infime mouvement dans l'angle que formaient le mur de l'immeuble et celui qui obstruait la ruelle.

Elle s'avança prudemment vers l'obscurité, sortit son téléphone et actionna le mode torche. La lumière ne révéla qu'un couple de rats, qui couinèrent comme des vampires arrosés de soleil avant de filer le long du mur.

La fliquette lâcha un rire de soulagement, puis pivota.

C'est alors qu'elle l'entendit. Un très léger bruit, comme

un frottement de tissu. Elle amorça un mouvement de tête vers son origine – le second angle créé par les deux murs – mais avant qu'elle ait eu le temps d'apercevoir quoi que ce soit, elle ne pouvait plus respirer.

Quelque chose contre sa gorge bloquait toute arrivée d'air.

D'abord, le choc la poussa à agir sans réfléchir. Passer les doigts sous ce satané truc était tout ce qui comptait. Elle revit la photo de l'ongle arraché de Mathieu. Et commença à se débattre comme une furie, envoyant ses pieds dans tous les sens, se cabrant, cherchant à déséquilibrer son assaillant.

Mais tout ce qu'elle parvint à faire fut d'accentuer la pression du lien sur son cou et de renverser une poubelle, dont le contenu se déversa à ses pieds dans un bruit de verre brisé.

Pas le moindre filet d'oxygène ne parvenait à ses poumons, et déjà elle sentait ses forces faiblir, ses idées s'embrouiller, sa vue s'obscurcir.

Alors elle se mit à ruer de plus belle, au risque d'accélérer sa propre fin. Le lien lui rentrait si loin dans la peau qu'elle croyait la sentir s'arracher. Soudain elle fut suffisamment proche du mur pour prendre appui contre lui. Elle monta ses deux pieds au niveau de son bassin et poussa de toutes ses forces.

L'homme trébucha et partit à la renverse, entraînant Anaïs avec lui.

En même temps que la chute, une lueur d'espoir. Qui partit très vite en fumée, quand elle comprit que la configuration n'avait pas changé. Elle avait beau marteler son assaillant de coups de coude et de coups de pied, dont elle comprenait qu'ils n'étaient plus assez puissants pour lui faire grand mal, le lien continuait de mordre sa gorge au sang.

Elle allait mourir.

Une larme coula le long de sa tempe, et elle pensa à l'enfant qu'elle avait abandonné. Elle s'était toujours persuadée qu'elle avait fait ce qu'il y avait de mieux pour lui. Sans jamais en être tout à fait convaincue. Pour la première fois, elle fut totalement certaine d'avoir fait le bon choix.

Elle hoquetait, les yeux révulsés.

Elle laissa ses mains retomber sur le sol. C'était la fin.

Sous les doigts de sa main gauche, quelque chose de dur et de froid.

Elle fit courir son index le long de l'objet, qui se terminait par une sorte de pointe. On aurait dit… un bris de verre !

Alors, dans un dernier geste désespéré, elle le serra aussi fort que possible et projeta son bras en arrière.

Un hurlement de douleur emplit la ruelle, et tout à coup l'oxygène se fraya un chemin dans la trachée de la jeune femme.

Elle roula sur le côté, la main sur sa gorge en feu, jetant au loin la cordelette qui avait failli la tuer et se forçant à inspirer autant d'air que possible.

Quand elle parvint à se mettre à quatre pattes et à pivoter vers son agresseur, elle n'eut le temps que de le voir arracher le tesson de son bras pour le lui planter dans l'œil.

Cette fois, le cri de douleur, c'est elle qui le poussa. Mais étrangement, aucun son ne sortit de sa bouche.

Elle retomba sur le dos. Un liquide chaud couvrit ses joues et sa bouche et le ciel noir, là-haut, plein d'étoiles, lui sembla foncer sur elle pour l'engloutir.

Elle sentit qu'on fouillait dans ses poches, puis, plus rien.

Quelques instants après, alors qu'elle nageait dans une semi-conscience pas si désagréable, elle crut entendre une cavalcade, et son esprit dopé aux endorphines antidouleur se réjouit qu'un troupeau de chevaux sauvages viennent lui rendre un dernier hommage.

« Putain gros, c'est quoi c'délire ? Elle a quoi dans l'œil ? »

En guise de hennissement, la voix de bébé Jack Sparrow.

« Appelle les keufs ! Grouille !

– T'es ouf ! Ils vont penser quoi, à ton avis, bouffon ?

– On va pas la laisser crever ! Frère, prends ton jetable, on le balancera à la flotte après.

– Mais ils vont pas nous trouver, t'es sûr ?

– Ils ont déjà du mal à trouver leur propre trou du cul, on est tranquilles j'te dis.

– Pourquoi t'appelles pas avec le tien, de jetable, alors ? »

Silence.

« Appelle ou je te plante ce truc dans l'œil. »

39

Mercredi 6 octobre – 4 h 15

La salle d'attente de l'hôpital Saint-Louis n'était pas assez grande pour les va-et-vient effrénés de Marcus, dont les antiques baskets Nike frottaient contre le lino gris clair avec un bruit suprêmement agaçant.

Mais les quelques proches de patients présents dans la pièce ne se seraient jamais risqués à lui en faire la remarque, les aurait-on menacés d'un scalpel. Sa carrure de char d'assaut, peut-être. À moins que ce ne soit sa boule à zéro, dévoilant un crâne constellé de cicatrices qui laissait imaginer ce qui arriverait à un melon balancé dans une cage pleine de renards atteints de la rage. Ou encore la nervosité avec laquelle, à chaque fois que ses pas le ramenaient face à Caranne, il lui demandait si ça allait.

Question à laquelle le psy répondait invariablement : « Oui ça va, Marcus ! Lâche-moi deux minutes, tu veux ! »

Quelques heures auparavant, il s'était écroulé dans le canapé, après s'être une nouvelle fois trituré la cervelle sur cette affaire impossible. Juste avant de sombrer, il avait tout de même fait cette surprenante – bien que vaine – découverte : c'était désormais moins pour Milou que pour Anaïs qu'il s'obstinait. Pour empêcher qu'une nouvelle désillusion ne la fasse basculer.

Et voilà qu'à présent elle passait sur le billard, opérée en urgence. Cela faisait suite à une très sérieuse agression, mais l'infirmière qu'il avait eue au bout du fil avait refusé de lui en dire davantage. Il savait seulement qu'Anaïs l'avait désigné comme personne à prévenir quand dans l'ambulance elle avait brièvement repris connaissance.

« Hey, ça va, vieux ? »

Caranne se rendit compte qu'il marmonnait ce qui devait s'apparenter à un mélange d'insultes et de prières à destination de l'univers, raison pour laquelle quelques visages le dévisageaient ostensiblement. Il s'excusa d'un signe de la main et regarda Marcus.

« J'ai un très mauvais pressentiment, Marcus. »

Celui-ci passa une main dramatique sur son front.

« Ah, j'ai eu peur. J'ai cru que t'allais me dire que t'avais vu du très moche dans ta boule de cristal ou un truc du genre. Oh, attends… »

Caranne esquissa un pauvre sourire et hocha lentement la tête.

Une femme en blouse bleue fit alors son apparition. La cinquantaine, un gros chignon blond sous son calot à motifs soleil et sous les yeux des poches grises comme de gros nuages près de crever.

« Anaïs Geille ? » lança-t-elle à la cantonade avec une voix de fumeuse.

Ils se levèrent et la suivirent jusque dans le couloir attenant, désert à l'exception d'un vieux distributeur automatique dont le ronronnement ressemblait à celui d'un chat.

La chirurgienne baissa les yeux et prit une grande inspiration, qui suffit à épouvanter les deux hommes. Elle le remarqua et les pria de lui pardonner sa maladresse.

« Ça a été une opération compliquée, se justifia-t-elle. Elle est arrivée avec de graves lésions à l'œil droit, dues à l'insertion d'un objet tranchant dans la cavité oculaire. Nous avons craint que le cerveau n'ait été endommagé, mais de ce côté-là, tout va bien.

– Vous en êtes certaine ? demanda Caranne. Aucune séquelle ?

– Aucune. L'objet a poussé contre le lobe frontal mais elle a eu de la chance, il ne l'a pas entamé. »

Caranne ferma un instant les paupières, soulagé. Mais la praticienne n'avait pas fini.

« En revanche, elle a perdu l'usage de son œil. Je suis désolée. »

Marcus passa ses mains sur son crâne rasé en soufflant comme un buffle prêt à charger.

« Putain, çui qu'a fait ça va payer cher, Caranne, j'te jure, j'vais l'buter. »

Le colosse fixa le psy de ses yeux d'un bleu de glace que la haine écarquillait, et rejoignit en deux enjambées le distributeur automatique. Il colla son front contre la machine en chuchotant d'inintelligibles menaces, qui semblaient avoir pour cible les barres chocolatées alignées derrière la vitre.

La chirurgienne se tourna vers Caranne.

« Mais elle va très bien aller, dit-elle avec sollicitude. La grande majorité des gens parviennent à s'adapter.

– Elle est lieutenant de police, docteur. »

Les poches sous ses yeux tremblèrent et elle hocha lentement la tête. Elle savait ce que ça signifiait.

« Vous pouvez m'en dire plus sur son agression ?

– Il faudra voir ça avec la police. »

Caranne la remercia et la regarda s'éloigner.

Mais la femme fit volte-face, fronça les sourcils et revint sur ses pas.

« On a essayé de l'étrangler. À vrai dire, j'ignore si je suis autorisée à vous le dire, mais comme on ne m'a rien interdit à ce sujet… »

Le psy eut la nausée et eut l'impression que le monde se dérobait sous ses pieds.

« Comment ? parvint-il à articuler.

– Comment quoi ?

– Comment a-t-on essayé de l'étrangler ? Avec les mains, une ceinture, quoi ? »

Les yeux de la chirurgienne montèrent vers la droite, bifurquèrent vers la gauche, avant de se poser à nouveau sur le psy.

« Ni l'un ni l'autre. Quelque chose de très fin, comme un lacet ou une cordelette, peut-être. Elle l'a échappé belle, j'espère qu'en prendre conscience l'aidera à surmonter tout ça. »

Et elle lui offrit un sourire mécanique avant de disparaître derrière les portes menant aux blocs opératoires.

Caranne rejoignit Marcus, glissa une pièce dans le distributeur, y plongea la main pour en extraire une bouteille d'eau dont il descendit la moitié en apnée.

« Je reconnais cette tronche, dit Marcus en décollant son front de la vitre.

– Quelle tronche ?

– Ta tronche de coupable. Celle de quand tu te mets à vouloir porter les péchés du monde sur tes épaules de moineau. Je te jure que si tu dis que tout est ta faute, je te défonce la gueule, grogna le colosse en posant sa grande paluche sur la nuque de son ami.

– Ah ouais ? C'est pourtant moi qui l'ai embarquée dans ce bordel. Si c'est pas ma faute, c'est celle de qui, gros malin ?

– Juste celle du type qui lui a fait ça. Personne d'autre. »

Le psy pointa la bouteille en plastique en direction des biceps de Marcus.

« Tes arguments faisant deux fois la taille des miens, on va dire que t'as raison.

– Qui lui a fait ça, alors ?
– Un mec qui devrait être en taule depuis dix piges.
– Bon, il s'rait peut-être temps que tu me racontes, nan ? »

« Ah, ouais, histoire de ouf », fit Marcus en grattant une cicatrice en forme d'étoile derrière son oreille gauche.

Ils avaient regagné la salle d'attente, quasiment vide désormais, à l'exception d'une mère et de ses enfants. La femme caressait les deux têtes blondes qui ne lâchaient pas des yeux l'écran de télé muet, diffusant un documentaire sur les marais salants camarguais qui aurait pourtant suffi à endormir n'importe quel forcené.

« Donc tu penses que c'est le tueur ? »

La femme se tourna vers eux avec un air outré.

Caranne désigna les gosses à Marcus et lui fit signe de baisser le volume.

« Tu penses que c'est lui qu'a essayé de la... ? murmura le colosse en plaquant ses mains sur son cou de taureau.

– On fourre le nez dans une histoire d'homicide par étranglement et une semaine après, on tente de l'étrangler ? Si c'est une coïncidence, je veux bien me faire moine.

– Mais comment il a su ? Tu crois que c'est ton flic, là, Babiak ? »

Caranne soupira.

« Il n'a pas tué ces mômes, ça c'est impensable. Pour le reste...

– Heu, Caranne... chuchota Marcus avec un bref geste du menton. Y en a deux là-bas qui puent la volaille. »

Le psy tourna la tête.

Derrière la partie vitrée de la pièce, Sylvain et Marianne s'entretenaient avec la chirurgienne qui avait opéré Anaïs.

Le psy se leva et les rejoignit. Il les connaissait pour les avoir côtoyés lors de la traque de l'Égorgeur. Il comprit à leurs mines atterrées qu'on venait de les mettre au courant de l'état d'Anaïs.

Les deux flics se tournèrent vers lui en un seul mouvement.

« Avec un œil en moins, sa carrière est foutue, lâcha Sylvain, dont les lunettes pleines de buée trahissaient la vive émotion. Ils vont la reclasser dans un bureau, et on sait tous que c'est un truc qu'elle n'acceptera jamais. » Il ôta ses lunettes et braqua ses yeux écarquillés sur le psy. « Mais qu'est-ce qu'il s'est passé, Victor ? »

Merde. Caranne n'avait pas pensé un seul instant à ce qu'il allait raconter aux flics. Il aurait mieux fait de se planquer derrière Marcus en attendant que les coéquipiers d'Anaïs se tirent.

« Je n'en sais rien, mentit-il. Où est Babiak ?

– Aucune idée. On lui a laissé un message.

– C'est bizarre qu'il ne prenne pas de ses nouvelles, non ? »

Marianne saisit sa main et la serra en le regardant, des kilotonnes de compassion entre ses deux rangées de cils surchargés.

« Je suis tellement désolée pour elle. Mais elle t'a, toi.

– Oui. Elle m'a », répondit-il mécaniquement, l'esprit ailleurs.

Devait-il prendre l'absence de Babiak comme une preuve de son implication ?

« Je suis heureuse qu'elle soit avec quelqu'un comme toi », poursuivit Marianne.

Caranne récupéra sa main et la fourra dans sa poche, cherchant une cigarette à tâtons. Avant de se rappeler qu'il était dans un hôpital. Face à deux flics. Il avait vraiment besoin d'en griller une, là, tout de suite.

« Comment ça ? demanda-t-il en zieutant la porte menant aux ascenseurs.

– Ben ouais, elle me l'a dit.

– Elle t'a dit quoi ?

– Que vous étiez ensemble. »

Le psy toisa la grande flic un bon moment, avant de se mettre à ricaner.

« Elle s'est foutue de toi.

– Quoi, mais pourquoi elle… Ah, la garce. »

Sylvain, qui ne pigeait pas grand-chose à la conversation, la redirigea vers du plus concret.

« T'as vraiment aucune idée de qui a pu faire ça ? »

Caranne s'apprêtait à nouveau à leur mentir – il ignorait quelle stratégie s'avérerait la moins néfaste à son amie – quand son portable vibra dans sa poche.

Les poulets ayant tendance à rendre Marcus nerveux, il épiait le petit groupe depuis la salle d'attente. Il vit alors Caranne décrocher son téléphone, écouter avec attention, puis se tourner vers lui avec la tronche des mauvaises nouvelles.

40

Mercredi 6 octobre – 7 h 02

« Vous êtes sûre de ne pas vouloir qu'on prévienne votre famille ? Vous allez avoir besoin de soutien, mademoiselle. »

Anaïs ferma son œil gauche. Le droit était couvert d'un énorme bandage. L'anesthésie paralysait encore la moitié de son visage, et elle se mordit violemment l'intérieur de la joue sans éprouver la moindre douleur.

Le médecin hocha la tête pour lui-même et fit demi-tour jusqu'à la porte. Derrière, un homme l'attendait. Ils s'entretinrent quelques instants.

Puis l'homme entra, referma doucement la porte et s'approcha sans bruit du lit.

Anaïs rouvrit son œil. L'individu, en qui elle crut reconnaître un flic croisé plusieurs fois dans les couloirs du commissariat, était courtaud et portait une énorme gourmette autour du poignet. Les épais plis encadrant sa bouche lui collaient sur le visage un demi-sourire permanent.

« Bonjour Anaïs, je suis Vincent Mouillac, de la sûreté départementale, groupe atteintes à la personne. Je suis désolé pour ce qui t'est arrivé. Je peux m'asseoir ? »

Logique. Son propre groupe ne pouvait pas s'occuper de

cette affaire, alors le parquet avait désigné la SD pour enquêter. Ils avaient bonne réputation.

Après l'avoir longuement dévisagé, Anaïs détourna la tête.

Mouillac tira en la faisant crisser une chaise jusqu'à son lit.

« Je vais faire vite, et je reviendrai un peu plus tard pour une audition en bonne et due forme. Connais-tu ton agresseur ? »

Elle se tourna vers lui et scruta la petite bouche au sourire perpétuel. Elle se demanda si une bouche pareille était vraiment autorisée à annoncer le décès d'une victime à ses proches.

« As-tu vu son visage, ne serait-ce qu'une seconde ? »

Elle secoua la tête.

Elle ne l'avait pas vu, c'était la stricte vérité. Parce qu'il avait tout fait pour l'en empêcher. Et il y était parvenu.

Elle repensa au mail qu'elle avait reçu quelques minutes avant l'agression.

Elle savait qui il était.

« Je ne sais rien », articula-t-elle d'une voix terriblement éraillée. Son œil s'emplit de larmes et elle toucha sa gorge, pianotant le long de la marque profonde laissée par le lien.

« As-tu une idée du mobile ? »

Elle secoua la tête à nouveau.

« On a trouvé du sang sur place. Le tien, bien sûr, mais penses-tu que le sien ait pu s'y trouver aussi ?

– Oui. Je l'ai blessé au bras droit. »

Était-il en train de sourire ? Difficile à dire. La réponse sembla toutefois le satisfaire, et Anaïs se mit à prier pour qu'il en reste là.

« S'il est fiché au FNAEG[1], on le saura très vite. »

Merci Jean Qui Rit, mais tu oublies que tu parles à une flic ! Et ce fut comme si son thorax implosait. Elle avait

1. Fichier national des empreintes génétiques.

perdu son œil et venait de prendre conscience de ce que cela impliquait.

Il resta immobile une minute, à la regarder comme on observe un animal blessé sur le bord de la route, et elle eut envie de le gifler. Parce qu'il était flic.

Et parce qu'elle ne le serait plus jamais.

« Allez, je te laisse tranquille. T'es en vie, c'est le plus important, tâche de ne pas l'oublier. »

Une fois Mouillac parti, Anaïs inspecta la chambre, mais ne vit pas trace de ses vêtements.

« Idiote », cracha-t-elle de sa voix rauque.

Ils avaient été saisis et placés sous scellés pour les investigations.

Elle se redressa, arracha la perf reliée à son bras et sortit du lit. La tête lui tournait un peu, et elle dut s'agripper à une chaise pour ne pas tomber.

Dans le placard, elle dégota une sorte de robe de chambre, qu'elle passa sur sa blouse cul-nu.

Puis elle entra dans la salle de bains.

Face au miroir, elle souleva son bandage.

Son monde termina de s'effondrer.

41

Mercredi 6 octobre – 7 h 38

Marcus prit le gobelet de café fumant que lui tendait Caranne.

« Comment il a fait son compte, le Milou ?

– Il se serait arraché la carotide avec les ongles, expliqua le psy après avoir avalé une gorgée de son propre breuvage.

– Ah ouais, quand même. Il avait pas l'air d'avoir le cerveau hyper frais, quand je le croisais à la Citadelle, d'ailleurs personne ne croyait à son innocence, même s'il nous cassait les couilles avec ça tous les jours. Mais je l'aurais pas imaginé capable d'un truc comme ça. Avec les ongles ! Franchement, respect. Et il est où, là ?

– *A priori* ici. En train de se faire opérer.

– Ben putain ! On sera pas venus pour rien. »

Une infirmière leur fit signe depuis le bureau du service chirurgie.

« Monsieur Caranne ?

– Ça y est ? Je peux la voir ?

– Le chirurgien l'autorise, mais seulement dix minutes. Chambre 406. Et seulement monsieur, désolée », ajouta-t-elle à l'intention du géant au crâne rasé que les néons aveuglants faisaient luire comme le cul huilé d'un nudiste.

Caranne se tourna vers Marcus en lui tendant les clés de sa voiture.

« Rentre, si tu veux. Je vais rester dans le coin un moment. Je prendrai un taxi. »

Marcus se pencha vers son pote et enfonça un doigt dans son plexus solaire.

« T'es ouf. Je reste. Dis à Anaïs que… Putain, qu'est-ce qu'on dit dans ces cas-là ? demanda-t-il en se redressant et en laissant monter son regard jusqu'aux néons.

– Avec n'importe qui d'autre, que la vie reste belle, même quand on ne la voit plus que d'un œil. »

Marcus fronça les sourcils.

« Mais la vie est une salope. »

Caranne hocha imperceptiblement la tête.

« Et on parle d'Anaïs. »

Arrivé devant la porte de la chambre, il toqua doucement. En l'absence de réponse, il entra.

Sur le drap blanc, l'aiguille de la perfusion avait laissé une petite tache de sang.

La chambre était vide.

42

Mercredi 6 octobre – 8 h 12

« Ralentis, vieux. Si elle a décidé d'aller chez toi, impossible qu'elle arrive avant nous. Elle est amochée, en pyjama, sans fric et sans véhicule. »

Côté conducteur, le silence.

« T'as peur qu'elle fasse une connerie ? Elle est pas suicidaire, non ? »

Marcus se tourna vers Caranne. Autant jeter du sel dans la mer.

Alors il s'accrocha à la poignée de maintien et écouta rugir les quatre-cents chevaux du moteur du bolide, en priant pour qu'ils arrivent entiers à destination.

Il savait que Caranne devait à Anaïs d'avoir arrêté la picole. Que sans elle, il serait sans doute au fond du trou, voire au fond d'une fosse.

Quand Marcus s'était tiré avec Pauline, après la traque de l'Égorgeur, il ne savait pas à quel point les événements avaient meurtri son pote. Sinon il serait resté. *Dis pas de conneries, t'étais amoureux, tu te serais barré quoi qu'il arrive.*

Lorsque Caranne grilla un feu, au croisement des avenues Leclerc et Coligny, Marcus poussa un cri aigu : ils venaient de tailler un short à un homme, et peut-être même de lui épiler une partie des gambettes.

« Caranne, sérieux, fais gaffe ! »

Il le connaissait suffisamment pour savoir qu'en cet instant, le psy luttait contre sa plus vieille ennemie. Celle qui était à l'origine de ses problèmes d'alcool, de ses névroses et de son incapacité à s'engager. Celle qui le poussait chaque jour à se sentir indigne d'être heureux.

La culpabilité.

Les pneus hurlèrent quand le psy freina devant son domicile. Il sortit de la voiture, laissant la portière ouverte.

Marcus sortit à son tour et le regarda s'engouffrer dans la maison.

Ce qui allait advenir d'Anaïs, Caranne allait vouloir en porter l'entière responsabilité. Et Marcus ne le laisserait pas tomber, cette fois.

Un bruit de moteur qui hoquette lui fit tourner la tête : le capot d'une épave dépassait du portail de la vieille Martinet. Il claqua sa portière et alla jeter un œil.

Martinet se trouvait au volant, maugréant sous les quelques épais poils noirs qui ornaient sa lèvre supérieure. Sur le siège passager, Maddie l'observait, impassible. Quand elle vit Marcus, la jeune femme sortit de l'antique Peugeot et le rejoignit.

« Qu'est-ce qui se passe ? demanda Marcus.

– Elle est où ta voiture ?

– Au garage. Contrôle technique.

– Fait chier. Je vais appeler un taxi.

– Tu vas où ?

– Au commissariat. Je dois pointer.

– Caranne va t'emmener. »

Le petit front lisse se couvrit de rides anxieuses.

« Non, laisse tomber, je vais me débrouiller.

– Mais d'abord on va voir si on ne peut pas faire démarrer cette antiquité. »

Marcus lui ébouriffa les cheveux et alla ouvrir le capot, ignorant le regard noir de la vieille Martinet, toujours tanquée derrière le volant.

« Alors ? demanda Maddie en se penchant à son tour sur le moteur.

– Ça confirme ce que je pensais.

– Quoi ?

– J'y connais absolument rien. »

Il releva la tête et se tourna vers la maison de Caranne. Celui-ci était sur le pas de la porte, le nez sur son portable.

« Caranne ! appela Marcus. Ramène-toi.

– Quoi ?

– Y a Maddie qui doit pointer et la poubelle de Martinet est morte ! »

Le psy les fixa un moment sans bouger, si longtemps à vrai dire que Marcus se demanda s'il n'était pas en train de faire une attaque.

« OK, dit-il finalement, mais j'ai besoin d'une douche. On décolle dans dix minutes. »

Puis il rentra dans la maison. Il n'avait pas posé une seule fois les yeux sur Maddie.

Le sourire qu'elle offrit à Marcus lui parut si piteux qu'il sentit son estomac se contracter. Il la serra dans ses bras longuement.

« T'en fais pas, va. Il a juste passé une très mauvaise nuit. »

43

Mercredi 6 octobre – 9 h 07

Caranne poussa la porte du commissariat, Maddie sur ses talons.

Il n'avait pas ouvert la bouche depuis qu'ils étaient montés en voiture, trente minutes plus tôt. Ne l'avait pas regardée. N'avait pas même indiqué qu'il avait conscience de sa présence.

Elle retint un sanglot. Il n'allait jamais lui pardonner. Elle l'avait perdu.

À l'accueil, un jeune policier en uniforme, les cheveux blonds et frisés d'un angelot, offrit un grand sourire tout blanc à la belle jeune femme aux yeux tristes qui lui faisait face.

« Je peux vous aider ?

– Je suis en conditionnelle, on m'a dit de venir tous les mercredis matin à 9 heures. »

Le sourire de l'agent perdit un peu de son éclat.

« Votre nom ?

– Madeline Somb. »

Elle vit à la crispation de ses traits qu'il reconnaissait son nom.

« Je vous demande un instant », fit-il d'un ton sec.

Maddie se tourna vers Caranne.

« Va falloir que je m'y habitue. C'est pas demain la veille que je risque d'avoir un rencard. »

Le psy ne réagit pas. Était-il possible qu'un cœur se mette spontanément à saigner dans une poitrine ? Parce que c'était exactement l'impression que Maddie avait, en cet instant.

Caranne décolla brusquement du desk et la jeune femme, stupéfaite et défaite, le regarda gagner les portes du bâtiment.

Mais il ne les franchit pas. Il s'arrêta face à une dame d'un certain âge, qui n'avait pas l'air dans son assiette.

« Que faites-vous là ? » demanda-t-il à Héléna en passant son bras sous le sien.

La thérapeute tremblait et sa pâleur préfigurait un malaise.

Il l'accompagna jusqu'à la rangée de sièges scellés contre le mur.

« On m'a appelée ce matin et demandé de venir. Je ne sais pas pourquoi, ils n'ont pas voulu me le dire. »

Caranne s'assit à ses côtés et jeta un œil à Maddie, qui signait le registre du contrôle judiciaire.

« La jeune enquêtrice avec qui je travaillais sur le double meurtre a été violemment agressée la nuit dernière. Ils ont dû trouver le dossier d'enquête à son domicile. »

Héléna se tourna vers lui.

« Comment va-t-elle ?

– Pas très bien. » Il regarda l'élégant profil, l'impeccable chignon : là où la nuque se couvre de cheveux, il aperçut une petite traînée de sang : sans doute une épingle enfoncée trop vivement. « Vous ne devriez pas être là. Il fallait leur parler de votre condition. »

Les mains de la thérapeute se crispèrent sur ses genoux.

« J'ai essayé d'expliquer à l'agent que j'ai eu au téléphone en quoi consistait l'agoraphobie, mais ça n'a pas eu l'air de l'émouvoir plus que ça. Je peux vous demander de m'accompagner ?

– Oui, bien sûr. » Ses yeux croisèrent ceux de Maddie, adossée au comptoir d'accueil. « Attendez-moi, je reviens tout de suite.

– C'est qui cette dame ? lui demanda Maddie quand il la rejoignit.

– C'est personne. Je vais te commander un taxi.

– Pourquoi ?

– Quelqu'un a…

– Besoin de toi ? » le coupa Maddie avec son sourire triste.

Le psy appuya ses pouces sur ses paupières.

« Oui.

– T'inquiète, je t'attends.

– Ça risque de durer.

– J'ai rien de mieux à faire. »

Il acquiesça d'un air absent. Il n'avait pas dormi depuis plus de trente heures et sentait son esprit avoir des ratés, de microscopiques black-out qui l'empêchaient d'être totalement attentif à ce qui se passait autour de lui.

Il fit demi-tour et quelques pas en direction d'Héléna. Puis, pris d'un brusque remords, il pivota.

« Je t'aimerai toujours Maddie, tu le sais, hein ! »

Mais la jeune femme était trop loin et ne l'entendit pas. Il la regarda pousser la porte du commissariat.

Il l'aimait, cette gamine. Malgré ses troubles narcissiques à la limite de la psychopathie. Malgré le geste dont elle avait été capable.

Il l'aimait et allait tout faire pour qu'elle apprenne à contrôler ses pulsions.

Il était temps de pardonner.

Vincent Mouillac serra la main que Caranne lui tendait et jeta un regard par-dessus son épaule, en direction de l'élégante sexagénaire debout dans le couloir.

« Elle est agoraphobe et très fragile, je vous demanderai d'être prévenant, expliqua le psy. Anaïs et moi-même enquêtions sur l'affaire Leclerc/Beaulne, mais toutes les deux ne se sont jamais rencontrées. Je ne pense pas qu'elle vous apprendra quoi que ce soit. »

Le flic au sourire perpétuel toisa Caranne.

« C'est à moi d'en juger. Je vous demanderai également de bien vouloir rester. Il va falloir que vous répondiez à pas mal de questions. Et il y en a une que je dois vous poser tout de suite : savez-vous où elle est ?

– Non, je l'ignore. Mais je crois savoir qui l'a agressée.

– Qui ?

– Je n'ai pas son nom. Mais c'est l'homme qui a tué Roxane Leclerc et Mathieu Beaulne il y a dix ans. Ça ne fait aucun doute. »

Le flic ignora ostensiblement sa remarque.

« Vous n'avez aucune idée de l'endroit où elle pourrait se trouver ?

– Non. Sinon c'est là que je serais, croyez-moi. »

Caranne regarda Mouillac se présenter à Héléna et la faire entrer dans son bureau.

44

Mercredi 6 octobre – 9 h 12

Pas trace de Babiak dans l'open space.

Pas plus que de Sylvain et Marianne.

Coiffée d'une casquette noire enfoncée jusqu'aux yeux et un simple pansement en lieu et place de son gros bandage, Anaïs n'avait eu aucun mal à entrer dans le commissariat sans se faire remarquer.

Le pantalon et le sweat-shirt qu'elle avait e*mpruntés* dans la chambre d'hôpital voisine de la sienne étaient un peu grands, mais avec des revers aux jambes et aux manches, ils faisaient parfaitement l'affaire.

Elle ouvrit le tiroir du bas de son bureau et en retira l'épais code de procédure pénale derrière lequel se cachait un Sauer M38H. Petit, beau et dangereux comme un bébé mamba noir, c'était le flingue des flics de la Wehrmacht.

Elle l'avait sauvé du pilon six mois plus tôt.

Lorsqu'elles sont limées, les armes récupérées sur les scènes de crime et qui n'ont aucun rapport avec l'enquête en cours sont vouées à la destruction. Un vrai gâchis, quand il s'agit de tels bijoux. Et il n'est pas rare qu'un flic, plus sentimental que les autres, ait le cœur brisé à cette idée. Combien étaient-ils à avoir rédigé un procès-verbal attestant de la destruction d'une arme sans jamais réellement l'envoyer au pilon ? Une étude statistique n'était évidemment pas envisageable, mais Anaïs était certaine que les chiffres en auraient surpris plus d'un.

Elle fourra le Sauer dans la ceinture de son pantalon extralarge et attrapa la paire de menottes qui traînait en permanence sur le bureau de Babiak.

Un bruit sec de l'autre côté de la porte la fit sursauter. Elle se figea, estimant la hauteur qu'il lui faudrait sauter si elle décidait de s'enfuir par la fenêtre.

Deux étages, c'était un coup à se retrouver avec les tibias entre les hanches.

Mais personne n'entra, et le bruit ne se répéta pas.

Alors elle attendit encore une minute, puis sortit et fonça, tête baissée et rasant les murs, le long du couloir.

Au fond, la porte des escaliers. Elle croisa plusieurs agents qui ne prêtèrent pas attention à elle, tandis qu'elle descendait les marches le cou plié en deux, en faisant mine de gratter une tache sur le col de son sweat-shirt.

Elle s'arrêta au premier étage. Toucha le Sauer coincé dans son dos. Les menottes planquées sous son sweat-shirt étaient glacées contre sa peau nue.

Ce qu'elle ressentait n'était pas de la haine – ça allait bien au-delà, comme une boule de venin si grosse qu'elle menaçait de rompre à tout moment, prête à les anéantir, elle et tous ceux qui se trouveraient sur son chemin.

Cela n'aurait bientôt plus d'importance. Une fois qu'elle aurait fait ce qu'elle avait à faire, le monde pouvait bien brûler jusqu'au dernier atome.

Elle s'engouffra dans le couloir.

Un flic, puis un deuxième, elle baissa davantage la visière de sa casquette en priant pour que personne ne la reconnaisse.

Ça avait du bon, finalement, de ne jamais être invitée aux pots entre collègues.

Enfin, elle y était. Regard à gauche, à droite : personne.

Elle jeta sa casquette à terre. Et entra sans frapper.

Il leva la tête de son écran : son teint perdit une nuance.

« Anaïs, c'est bien ça ? dit-il en se levant. Merde alors ! Vous savez que tout le monde vous cherche ? »

La fliquette fit un pas vers Medhi Ramzy, chef du service informatique, à qui Caranne avait rendu visite moins de quarante-huit heures auparavant. Il était assis derrière son bureau. Elle le scrutait de son œil unique, cherchant à reconnaître les traits d'un visage qu'elle n'avait pourtant jamais vu.

À sa gauche, sur le rebord d'une fenêtre ornée d'une plante grasse minuscule, était exposée une balle de tennis. Elle tendit le bras pour la sortir de son socle : une signature y était apposée, illisible. La chose lui sembla si absurde qu'elle ne put s'empêcher de sourire.

Et elle lança la balle sur la droite de Ramzy.

Le flic leva le bras en grimaçant, pas suffisamment vite pour empêcher la sphère jaune et ronde d'aller heurter la photo encadrée de ses enfants derrière lui, qui tomba dans un fracas de verre brisé.

Anaïs dégaina le Sauer et le mit en joue.

« Mais putain qu'est-ce qui vous prend ?!

– Relève ta manche.

– Vous êtes complètement folle ! »

Anaïs posa sa seconde main autour de la poignée du flingue et fit un pas de plus vers Ramzy.

« Relève-la ! Tout de suite ! »

Il la regarda, terrorisé. Puis roula lentement sa manche de chemise jusqu'au coude, dévoilant un bandage légèrement taché de sang.

La boule de venin dans la poitrine d'Anaïs pulsait comme un ventricule.

« Comment ? demanda-t-il d'une voix blanche en rabaissant sa manche.

– Comment j'ai su que t'avais étranglé deux gamins de vingt ans et que t'avais essayé de faire la même chose avec moi cette nuit, tu veux dire ? »

Il hocha la tête. Anaïs passa une main sur sa bouche, lança un coup d'œil par la fenêtre et sourit, comme à l'évocation d'un souvenir agréable.

« Mon père est expert-comptable. Pas un petit comptable lambda, plutôt un genre de génie des chiffres. Ma mère l'appelle Numérator, tu vois le genre. Je lui ai envoyé les archives financières du centre pour jeunes. Celles de 2013. Il a tout de suite vu qu'il y avait un truc qui clochait. Et il a compris que le trésorier se servait dans la caisse. Toi, en l'occurrence. Putain, tu volais du blé destiné à rendre la vie de pauvres mômes un peu moins moche ! Comment on peut faire un truc pareil, hein ? »

Ramzy baissa les yeux sur son clavier. Ses bras pendaient de chaque côté de son corps comme si le sang avait arrêté d'y circuler.

« J'avais des dettes de jeu. Et un gamin en route. J'ai pas eu le choix.

– Bordel, combien de fois je vais devoir entendre ce genre de conneries ! Bien sûr que t'avais le choix ! Qu'est-ce qu'il s'est passé avec Roxane ? Elle t'a grillé et a décidé qu'elle aurait sa part, elle aussi ?

– Elle voulait me dénoncer ! Je ne pouvais pas, je devais protéger ma fami…

– Et Mathieu ? » l'interrompit-elle pour couper court à ses pitoyables atermoiements.

Il soupira.

« J'ignorais qu'il serait là. »

Anaïs passa les doigts sous sa frange sale, cherchant à tâtons les bords du pansement. Elle l'ôta sans douceur, dévoilant une paupière supérieure rouge et gonflée, cousue à la paupière inférieure à l'aide de points de fil épais et noir. On les lui avait suturées pour accélérer la cicatrisation des tissus internes.

Un liquide transparent et visqueux coulait par l'interstice.

« En me prenant mon œil, tu m'as tout pris, connard. » Elle s'approcha encore. Le Sauer n'était plus qu'à un mètre de Ramzy. « Je n'ai que vingt-sept ans, putain… Flic, c'était la seule vie que je voulais… La seule possible pour moi. »

Une larme coula de son œil valide. Elle contourna le bureau et plaça le canon de l'arme à quelques centimètres de son front.

« Je ne voulais pas, bredouilla-t-il, terrifié. Je voulais seulement te piéger ! Je ne pouvais pas te laisser me voir. Je ne pouvais pas. (Sa voix se fit suppliante.) Je t'en prie, ne fais pas ça.

– Tourne-toi », dit-elle soudain en soulevant son sweatshirt pour attraper les menottes. »

Le flic hoqueta de soulagement et obtempéra.

La jeune femme ouvrit l'un des bracelets et le passa autour de son poignet.

Au moment où elle allait refermer le second, il envoya son coude en arrière, cognant violemment son œil blessé.

Elle lâcha le Sauer et tomba à genoux en hurlant.

L'instant d'après, Ramzy la mettait en joue.

45

Mercredi 6 octobre – 9 h 19

« Qu'est-ce que la mère Beaulne fabrique ici ? »

Babiak, sa bedaine tirant sur sa chemisette rouge coquelicot et dévoilant trois losanges de peau excessivement blanche, approchait de Caranne en mâchouillant ce que le psy imagina être un bonbon, supputation confirmée quand il sortit une fraise Tagada d'un petit sachet coincé au creux de sa paume.

« Vous étiez où, vous ? Votre collègue est à l'hosto et vous ne prenez même pas la peine de bouger votre cul ?

– J'étais en planque devant la baraque d'un suspect, justement parce qu'elle a déconné, la p'tite. »

Caranne réduisit au strict minimum la distance qui le séparait du flic. Quelque chose en lui n'attendait qu'une étincelle pour exploser.

« Pourquoi avoir modifié le témoignage de la voisine ? » La carrière d'Anaïs réduite à néant, il était désormais inutile de prendre des gants.

Babiak eut un mouvement de recul.

« Hein ? Mais de quoi vous me parlez, bon sang ? »

Le psy fit un pas en arrière et s'efforça d'inspirer profondément, cherchant à juguler les bouffées de colère pure qui l'oppressaient.

« Je vous parle de Roxane Leclerc et Mathieu Beaulne, dit-il d'une voix artificiellement calme. Il y a dix ans, vous avez pris la déposition de la voisine de Roxane. D'abord chez elle, puis le lendemain au commissariat. Les deux diffèrent sérieusement. Comment, BORDEL, expliquez-vous ça ? »

Babiak mâcha quelques instants, mais Caranne se rendit compte qu'il n'avait plus rien dans la bouche. Son regard passa d'une affichette sur le mur vantant les mérites d'un syndicat de police à la porte du bureau de Mouillac, derrière laquelle était toujours interrogée Héléna.

« C'est quoi l'histoire ? Elle cherche à m'épingler pour un truc vieux de dix ans ? Elle me déteste à ce point ?

– Pas du tout. Enfin, pas plus que la majorité des gens. Mais après cette nuit, c'est une certitude : Émilien Milkovitch est innocent.

– Émilien Milkovitch ? Vous plaisantez ?

– Non. Ça fait une semaine qu'Anaïs et moi creusons, et on a déterré pas mal de trucs. »

Toutes les rides du gros flic allèrent se rassembler sous la frange de son bol.

« Vous creusez, d'accord. Et ?

– Et beaucoup d'impasses, pour être honnête. Mais on commençait à y voir plus clair. Et ce qu'il s'est passé cette nuit change tout. On a essayé de l'étrangler ! Le mec savait qu'on n'allait pas lâcher l'affaire, alors il a agi. »

Babiak haussa les épaules.

« Dans l'hypothèse où vous seriez dans le vrai, ça ne serait pas un peu stupide de sa part de la faire taire de cette façon ? C'est quand même une manière de crier : eh, vous avez raison, le mec qui pourrit en taule c'est pas le bon ! »

Caranne réfléchit un instant.

« Je n'en sais rien. Il n'a peut-être pas eu le choix. » Il serra les mâchoires et fit un pas vers le flic. « Alors, pourquoi avoir changé le témoignage de la voisine ? »

Babiak passa la langue sur ses lèvres, où subsistaient quelques grains de sucre.

« Parce que c'était une vieille folle qui disait n'importe quoi, et que chez elle ça sentait à peu près comme dans le cul d'un gorille. Elle perdait la boule, mais ce n'était pas évident au premier coup d'œil. Si elle avait été sous traitement pour une démence précoce ou une merde du genre, y aurait pas eu de problème, elle aurait été exclue d'office des témoins. Mais c'était pas le cas. Je savais qu'un bon avocat pouvait monter une défense là-dessus.

– Donc vous lui avez dit quoi dire.

– Je lui ai rafraîchi la mémoire.

– C'est à gerber.

– Vous n'êtes quand même pas naïf à ce point, si ? Le système judiciaire est fait de telle sorte que la moindre faille dans un dossier d'accusation peut remettre un coupable dans la rue.

– Et la moindre manipulation des preuves peut envoyer un innocent en taule.

– Oh, lâchez-moi, OK ? Avec l'espèce de branlo qui lui faisait office d'avocat, y a de toute manière pas grand-chose qui aurait pu lui sauver les fesses. Mais je vais vous dire un truc : possible que vous ayez raison. À propos de Milkovitch, je veux dire. Et les événements de cette nuit vont sans doute permettre une réouverture de l'enquête.

– Vous risquez gros, si je raconte ce que vous venez de m'avouer.

– À propos de la voisine ? Vous lui avez parlé ? »

Caranne fit la moue.

« Elle est morte. »

Le flic regarda le psy par en dessous avec un sourire à la

courbure similaire aux plis de son triple menton. Le chat d'Alice au Pays des merveilles avec la coupe de Mireille Mathieu.

« Réfléchissez-y un peu, Caranne : si je n'avais pas orienté son témoignage, vous n'auriez jamais repris l'enquête ! C'est un peu grâce à moi, finalement ! »

Son nez émit un bruit de branche brisée quand le poing de Caranne s'écrasa dessus.

« Putain, vous êtes malade ! hurla le flic en plaquant ses deux mains sur son visage.

– Elle a perdu un œil, connard ! Si vous aviez fait votre job comme il faut, ça ne serait jamais arrivé ! »

Le flic recula jusqu'au mur, où il s'adossa avant de se laisser glisser au sol. Il s'essuya la bouche avec le dos de la main et la regarda comme s'il voyait la couleur du sang pour la première fois.

Quand il releva la tête vers Caranne, il était blanc comme un linceul.

« Un œil ? Je… ne savais pas. Et merde… »

46

Mercredi 6 octobre – 9 h 20

Anaïs sentait le canon du Sauer dans le bas de ses reins tandis qu'elle avançait dans le couloir, Mehdi Ramzy légèrement en retrait.

Elle était à nouveau coiffée de sa casquette, que le flic avait ramassée devant la porte de son bureau lorsqu'ils en étaient sortis. L'anesthésie ayant cessé de faire effet, elle avait cru s'évanouir quand il la lui avait violemment enfoncée jusqu'aux yeux.

Mais quelle conne elle avait été ! Quelle erreur de débutante, franchement ! Elle avait oublié qu'avant d'être un gars de l'informatique, Ramzy avait été un très bon flic. Elle ne méritait plus d'en être un, tiens…

Il ne s'agissait plus désormais que de stopper cet enfoiré. Où l'emmenait-il ? Espérait-il réellement qu'elle allait le laisser quitter le bâtiment sans broncher ?

Mais elle comprit vite qu'il n'avait aucune intention de sortir : parce qu'ils ne s'arrêtèrent ni devant les ascenseurs, ni devant la porte menant à la cage d'escalier.

« On va où ?

– Ta gueule. »

Deux uniformes firent leur apparition au bout du couloir.

Un homme et une femme, qui plaisantaient à propos de quelque chose ou de quelqu'un portant le nom de « Bulgogi ». La femme avait un rire qui ressemblait au hululement d'une chouette.

Anaïs releva très légèrement la tête, mais à son oreille l'haleine chaude de Ramzy lui souffla des mots qui étouffèrent dans l'œuf toute velléité d'insoumission.

« Si tu tentes quoi que ce soit, je les bute eux. Pas toi, t'entends, toi t'auras pas une égratignure. Mais eux auront droit à une balle dans le crâne. »

Elle garda la tête baissée.

Il avait compris, en la voyant débarquer dans cet état, que sa vie à elle ne comptait plus vraiment. Alors il avait trouvé un levier plus opérant.

Quand ils croisèrent les agents, Ramzy les salua d'un « bonjour » jovial, auquel ils répondirent de manière plus joviale encore.

Anaïs fut secouée d'un haut-le-cœur, provoqué par l'alliance catastrophique du manque de sommeil, de la douleur et du dégoût profond que lui inspirait l'individu dans son dos. L'élancement était à présent si aigu qu'elle aurait pu croire que le bris de verre qui l'avait privée de son œil était toujours planté au fond de sa cavité orbitale, entre ses paupières en feu.

Ils croisèrent encore quelques flics et gratte-papiers, mais personne ne fit attention à elle. Ses fringues trop grandes et son visage incliné vers le sol devaient donner l'impression d'une ado qui se serait fait choper en train de taguer un mur de la ville.

À présent ils se trouvaient dans la partie du commissariat la plus à l'écart, celle où se concentraient les bureaux de l'administratif.

Ainsi que, s'en souvenait-elle à présent, des escaliers

menant à une entrée confidentielle, donnant elle-même à l'arrière du bâtiment.

Je ne vais rien pouvoir tenter. C'est mort.

Soudain, comme un miracle blond, apparut la grande Marianne. Les yeux baissés sur la feuille qu'elle tenait à la main, elle marchait à pas vifs dans leur direction.

Anaïs tenta de ne rien montrer de la fébrilité qui s'empara d'elle. Releva le menton d'à peine un centimètre. Suffisant pour que la flic la reconnaisse, elle en était sûre !

Lève la tête, grande godiche, lève la tête !

Mais, alors qu'elle n'était plus qu'à une dizaine de mètres, Ramzy stoppa brutalement, ouvrit la porte à leur gauche et poussa avec violence la jeune femme à l'intérieur d'une petite pièce.

Il sait que je bosse avec elle, merde !

Elle s'effondra à terre, aux pieds des deux préposés à la vidéosurveillance confortablement installés face à leur café et à une multitude de petits écrans quadrangulaires.

« Vos armes ! » hurla Ramzy en braquant le Sauer sur les deux flics.

L'irruption était tellement surréaliste qu'ils mirent quelques instants à comprendre qu'il ne s'agissait pas d'un canular.

« On n'est pas armés, Mehdi, déclara placidement le plus vieux des deux, qui devait être à une douzaine d'heures de la retraite, à en juger par son visage buriné, ses cheveux blancs et clairsemés et son air d'avoir tout vu, tout vécu – du moins jusqu'à aujourd'hui.

– Levez-vous. » Il vérifia que le flic avait dit vrai, puis : « OK, Michel, tu restes là. L'autre, tu vas te foutre au fond avec elle. »

Anaïs et le second flic, un blondinet qui devait avoir peu ou prou le même âge qu'elle, allèrent s'asseoir contre le mur. Le jeune type avait l'air si terrifié qu'Anaïs posa spontanément une main sur la sienne. Elle comprit à son tressaillement et à sa façon d'éviter de la regarder que le flingue pointé sur eux n'était pas la seule cause de son épouvante : sa chute l'avait délestée de sa casquette et son œil supplicié était à découvert.

Elle retira sa main et reporta sa concentration sur Ramzy.

Ce dernier s'était assis dans le fauteuil du jeune flic et venait de se tourner vers Michel.

« Je… veux faire une annonce.

– Une annonce ? Allez, Mehdi, dis-nous ce qui se passe, c'est quoi le problème ? »

Ramzy pointa son arme tremblante sur la tempe du flic.

« Michel, s'te plaît, m'oblige pas à t'exploser la cervelle et allume ce putain de micro. »

47

Mercredi 6 octobre – 9 h 23

Maddie écrasa le mégot de sa cigarette avec la semelle de sa tennis blanche et l'envoya d'un coup de talon sous la voiture de Caranne, contre laquelle elle était appuyée.

Elle s'était remise à fumer quand il l'avait fichue à la porte. Qu'est-ce que ça pouvait bien faire, au fond, qu'elle s'encrasse les poumons ? Et qui ça intéressait ? Pas elle, en tout cas.

Et qu'est-ce qu'elle fichait, à l'attendre, alors qu'il ne voulait clairement plus d'elle dans sa vie ?

« Rien à foutre ! » grogna-t-elle en s'arrachant de la carrosserie.

Elle allait prendre le bus et ne plus lui donner de nouvelles. Jamais. Elle n'avait pas besoin de lui. Elle n'avait besoin de personne.

Mais elle n'avait pas fait deux pas que le parking du commissariat se mit à bruisser d'une étrange rumeur. Des flics couraient, d'autres hurlaient des ordres au téléphone, d'autres encore éloignaient rapidement des civils du bâtiment.

Un agent en uniforme, à quelques mètres de Maddie, rejoignit un homme qui venait de se garer et de sortir de voiture.

« Il se passe quoi, là ? demanda ce dernier.

– C'est Ramzy, apparemment il a pété un plomb.
– Attends, le mec de l'informatique ?
– Ouais. Il a trois otages dans la salle de vidéosurveillance et exige qu'on boucle le commissariat. Personne ne rentre, personne ne sort, et personne ne bouge dans le bâtiment, sinon il tire. Putain, y a des caméras dans tous les couloirs. Les gars à l'intérieur vont être fous.
– Merde. Il veut quoi ?
– Il a rien dit. Il faut dégager tous les civils possibles. On boucle le parking et l'arrière du bâtiment. Ils sont déjà partis chercher sa femme. »

Maddie, qui était revenue s'adosser au bolide, se laissa doucement glisser le long de la portière, s'allongea sur le bitume et roula sous le châssis.

Elle n'avait peut-être pas besoin de Caranne, mais lui avait besoin d'elle.

48

Mercredi 6 octobre – 9 h 23

Le psy et Babiak, assis côte à côte, se tournèrent l'un vers l'autre.

« C'était la voix de Mehdi Ramzy, ça, non ?

– Putain mais ouais ! vociféra le flic en se levant. Qu'est-ce que c'est que ce bordel ? »

Le psy monta une main à son front et tenta péniblement d'avaler sa salive. Il ne restait plus une molécule d'eau dans sa trachée et une violente migraine s'était mise à lui pilonner le lobe temporal.

« J'en sais rien, mais c'est lié à cette affaire, ça me paraît évident.

– En quoi ce serait lié ? »

Caranne se leva à son tour et alla s'appuyer d'une main contre le mur, tête baissée, tentant de remettre de l'ordre dans le chaos de ses idées.

« Il était bénévole au centre pour jeunes. Avec Roxane.

– Je m'en souviens. Merde, vous pensez que c'est lui, alors ? Pour les deux jeunes et pour Anaïs ? »

Le psy se redressa.

« Il a dû se passer quelque chose entre lui et Roxane, quelque chose de si grave qu'il en est venu à les éliminer, elle et le fils Beaulne.

– J'ai jamais pu piffrer ce faux jeton, feula le flic.

– Je suis allé lui parler il y a deux jours. Tous ses voyants ont dû passer au rouge. Mais pourquoi s'enfermer avec des otages ? Pourquoi ici, et pourquoi maintenant ? Ça n'a pas le moindre sens ! »

Babiak le fixa, ses gros sourcils grimpés au milieu de son front. Quand Caranne percuta, une terrible angoisse le saisit à la gorge.

« Anaïs, qu'est-ce que t'as fait, putain !

– Ouaip, Anaïs, soupira Babiak.

– Elle a menti. Elle a vu qui l'avait agressée, la nuit dernière. Ou elle a compris, d'une manière ou d'une autre. Et elle a voulu l'arrêter elle-même.

– L'arrêter, ou pire.

– Ne dites pas n'importe quoi. »

Babiak effleura son nez gonflé du bout des doigts en grimaçant.

« Si un mec m'éborgnait et me privait de ce qui compte le plus pour moi, à savoir mon job, je ne peux pas affirmer que je ne le balancerais pas par la fenêtre. »

Caranne soupira.

« Qu'est-ce qu'on fait, maintenant ?

– Il est toujours marié, ce trouduc ?

– Oui. Avec une ribambelle de gosses.

– Très bien. Ils vont ramener sa femme et ça va être à elle de jouer. Elle est comment ?

– Un sacré caractère.

– L'idéal. Y a des chances que ça se règle tout seul.

– Il est acculé et sait qu'il va passer le reste de sa vie en taule. Permettez-moi d'être un peu moins optimiste que vous.

– Il a des gosses. Vous n'imaginez pas le nombre de crapules qui se sont effondrées en entendant leurs marmots les supplier.

– Et nous quoi ? On ne tente rien ? On ne va pas se contenter d'attendre ! »

Babiak pointa un doigt en direction de la caméra au-dessus de leurs têtes.

« Il braque peut-être en ce moment même un flingue sur Anaïs. »

Caranne se mordit la lèvre inférieure. C'était un cauchemar.

« Il faut que j'informe le commissaire, dit le flic en sortant son téléphone de sa poche. Il va en roter des ronds de chapeau, le vieux. »

Il s'éloigna de quelques pas, l'œil toujours sur celui, minuscule mais désormais parfaitement menaçant, de la caméra.

Caranne se tourna vers la porte vitrée du bureau de Mouillac : derrière, Héléna, les yeux exorbités et le visage exsangue, était en pleine crise d'angoisse.

Merde !

Mouillac, visiblement dépassé par les événements, tentait de lui attraper la main, ce qui semblait redoubler sa panique.

Caranne leva la tête vers la caméra. Quelles étaient les chances que Mehdi le voie entrer ? Au vu du nombre de caméras couvrant le commissariat, il y avait forcément une rotation des images. Ça limitait un peu les risques. Et s'il le voyait malgré tout, allait-il vraiment mettre ses menaces à exécution parce qu'il venait en aide à une femme en détresse, la mère du garçon qu'il avait tué, de surcroît ?

D'un autre côté, il s'agissait d'un assassin instable et poussé dans ses derniers retranchements, armé et clairement dangereux.

Il regarda à nouveau dans le bureau de Mouillac. Héléna semblait maintenant avoir de grosses difficultés à respirer.

Il ouvrit la porte.

« Je prends votre place, Mouillac, sortez. »

Le flic se tourna vers Caranne, mais ne bougea pas d'un poil.

« Sortez, bon sang ! »

Enfin il se leva, rallia la porte en deux enjambées, échangea un signe de tête avec le psy et referma la porte derrière lui.

Caranne s'installa sur la chaise du flic, face à Héléna. Scanna les quatre coins du plafond. Pas de caméra.

« Héléna, c'est Victor, je suis là. »

Plongée dans les abysses de son enfer personnel, la sexagénaire ne le voyait pas. C'était comme si ses yeux étaient tournés à l'intérieur d'elle-même, épouvantés par un spectacle qu'elle était seule à voir. Son souffle court et les auréoles de transpiration sur son chemisier de soie complétaient ce tableau de la terreur pure.

« Il n'y a que nous ici. Nous deux et c'est tout, Héléna. Accrochez-vous à ma voix comme à une corde. Accrochez-vous à elle et ne la lâchez plus. À un, vous inspirez, à deux, vous expirez. Allez, on y va. Un… Deux… Un… Deux… »

Peu à peu, la thérapeute reprit pied. Sa respiration revint à la normale. Les muscles de ses bras cessèrent de tressauter, et la peau de son visage se teinta des couleurs de la vie.

« Je vous promets que je vais vous sortir de là, Héléna. Cet homme ne vous fera aucun mal, je vous en donne ma parole. »

Un sourire léger comme un frisson parcourut ses lèvres.

« Et on ose dire aux agoraphobes que le danger n'est que dans leur tête… »

49

Mercredi 6 octobre – 9 h 26

Dix sonneries.

C'était la troisième fois qu'ils tentaient d'instaurer le contact.

Et la troisième fois que Ramzy regardait le téléphone fixe comme s'il s'était agi d'une mine antipersonnel, sans visiblement envisager une seconde de décrocher.

« Fais pas l'con, Mehdi. T'as encore blessé personne, alors pose ce flingue avant de faire une grosse connerie. »

Si un seul des mots prononcés par le vieux flic était parvenu jusqu'à la conscience de Ramzy, il n'en montra rien. L'homme, dans un état d'agitation peu recommandé quand on a entre les mains une arme chargée, piétinait à l'intérieur du minuscule périmètre situé entre les deux fauteuils et la porte.

« Mes gosses, ma femme putain ! Qu'est-ce que je vais faire… »

Étaient-ce vraiment des larmes qu'Anaïs voyait couler sur ses joues ? Elle donna un coup de coude à son voisin le blondinet, mais ce dernier, visiblement paralysé par la trouille, ne bougea pas plus qu'un paresseux récemment garni par un taxidermiste. Elle comprenait mieux pourquoi, en dépit de son âge, on l'avait affecté à la vidéosurveillance.

« Nan, je refuse que ça se finisse comme ça ! grinça Ramzy en essuyant ses yeux avec le dos de sa main. Pas après tout ce que j'ai fait pour les protéger ! »

Un ricanement étouffé centralisa l'attention vers le fond de la pièce.

« Désolée », fit Anaïs.

Blondinet lui lança un regard courroucé. Au moins, elle était parvenue à l'arracher un instant à son apathie.

« Quoi ? Ça te fait rire, vraiment ? Dis ce que t'as à dire ! » hurla Ramzy.

La fliquette hésita quelques secondes.

« Bon, si t'insistes. C'est pas pour protéger ta famille que t'as fait ça. C'est pour te protéger toi. T'étais encore un vrai flic, à l'époque, avant de te retrouver coincé dans un bureau à pianoter sur un clavier toute la journée. Et tu voulais pas perdre ça. Je te comprends, tu sais. Oh ouais, grâce à toi, je pige très bien quel putain de gouffre ça peut ouvrir devant toi, et ce que tu serais capable de donner pour ne pas y tomber. »

Il la regarda, l'œil vide et le flingue pendouillant au bout du bras.

« Ma femme. J'avais un gosse en route. Je pouvais pas…

– Ta femme, tu savais qu'elle te quitterait si on te pinçait pour avoir détourné des fonds du centre pour jeunes. Que tu irais en taule. Que tu perdrais tout. Alors t'as préféré buter deux gamins de vingt ans. La vérité, c'est que t'es un lâche de la pire espèce. »

Michel ouvrit les lèvres de quelques millimètres, ce qui sur ce visage placide au possible devait équivaloir à une bouche bée. Il venait de raccrocher les wagons, et l'impact était violent.

« C'est pas vrai, c'était toi, le double meurtre de Mireuil ? »

Anaïs sentit Blondinet se raidir.

« Taisez-vous, vous êtes dingues ou quoi ! lâcha-t-il dans un murmure.

– Y a forcément une solution, y en a toujours une », balbutia Ramzy.

La fliquette braqua son œil noir sur lui, et, le visage fendu d'un sourire narquois :

« T'as qu'à te flinguer. De mon point de vue, c'est la meilleure.

– Et payer seul ? Je crois pas, non. »

Anaïs échangea un regard avec Michel, avant de revenir à Ramzy.

« Comment ça, payer seul ? t'étais pas seul, ce soir-là ? »

Un rictus de dégoût déforma le visage aux joues pleines et au nez de boxeur.

« Ferme-la ! Je veux plus t'entendre ! JE VEUX PLUS ENTENDRE AUCUN D'ENTRE VOUS ! »

50

Vendredi 10 septembre 2013 – 21 h 29

Pisse de chat, identifia-t-il immédiatement, en ôtant sa casquette aux couleurs du Stade Rochelais et en la glissant dans la poche arrière de son jean.

Il avala les deux étages en moins d'une minute, l'oreille tendue, prêt à rebrousser chemin au moindre signe de présence humaine. L'odeur était encore plus forte en haut. Piquante. Âcre. C'est dû à un acide aminé dans l'urine des félins qui leur sert à marquer leur territoire, se rappela-t-il avoir lu quelque part.

C'est toujours une question de territoire.

Celui dont on vient. Celui qu'on s'octroie. Celui qu'on protège. *Coûte que coûte.*

Il traversa sans bruit le couloir vétuste, ombre anonyme dans la lumière blafarde, s'arrêta devant le 2D.

Un sticker tête-de-mort était collé sur la porte, l'œilleton du judas émergeant d'une des deux cavités oculaires. La mort vous guette, semblait dire le visage émacié.

Il frappa trois petits coups et fourra précipitamment ses mains dans les poches de son blouson. Un instant, il espéra que la porte reste close.

Mais elle s'ouvrit.

« Mehdi ? Qu'est-ce que tu fous ici ? »

Roxane ne portait qu'un long tee-shirt vert orné d'une tortue marine blanche et une petite culotte. Enfin, il imagina qu'elle portait une petite culotte, mais en vérité il n'en savait rien, parce que le tee-shirt lui descendait jusqu'à mi-cuisse.

Sa gorge s'assécha et il enfonça davantage ses poings au fond de ses poches.

« T'es toute seule ?

– Ouais, pourquoi ?

– Faut qu'on parle. »

Elle hésita. Ne s'aperçut pas qu'il venait de passer son pied dans l'entrebâillement.

« De quoi ? demanda-t-elle en fronçant les lignes droites de ses sourcils, aussi noirs que ses cheveux étaient décolorés.

– Tu veux bien m'offrir un café, d'abord ?

– Il est presque dix heures.

– Ça m'empêchera pas de dormir.

– C'est pas ce que je voulais dire. »

Mais elle recula d'un pas, cédant une petite parcelle de son territoire.

« Y en a pour cinq minutes. Je te le jure. »

Il le savait d'expérience : certaines promesses ouvrent les portes plus efficacement qu'un pied-de-biche.

Pour la simple raison qu'il était totalement sincère.

Il n'y en aurait pas pour plus de cinq minutes.

« OK mais dépêche, je suis crevée, j'ai besoin de dormir.

– D'abord un café, s'te plaît. Moi aussi, j'suis crevé, et ma journée n'est pas finie. Faut que je repasse au commissariat, après. »

Elle soupira, les bras le long du corps, lui faisant comprendre que ça l'emmerdait profondément qu'il soit là. L'obligeant à ressentir à nouveau ce que d'autres lui avaient fait ressentir il y avait longtemps, ces petites et grandes humiliations qui avaient fusillé toute son enfance.

Mais l'allusion à sa profession eut l'effet escompté : sa méfiance s'estompa et elle s'écarta pour le laisser entrer.

Elle allait le balancer. Il en était certain, à présent. Il pouvait le dire à chacun de ses gestes. À sa façon d'appuyer sur le bouton de la bouilloire. À sa manière de rincer une tasse dans l'évier.

Au mépris qu'il lui inspirait et que ses yeux de biche soulignés au khôl noir ne parvenaient pas à masquer.

Qui était-elle pour le juger ? Elle qui séduisait et manipulait sans scrupule, et qui aurait sans doute agi comme lui si l'occasion s'était présentée à elle.

Il se détendit et desserra les poings, toujours cachés dans les poches de son blouson. Ses doigts jouèrent avec le morceau de câble d'acier qu'il s'était procuré plus tôt dans la journée.

Une orpheline semi-junkie habitant dans un clapier insalubre : le suicide n'allait pas faire le moindre doute.

C'est alors qu'il la vit, posée sur le vieux sofa défoncé : une fine ceinture de cuir ornée de deux fleurs en métal. Il se souvenait l'avoir souvent vue la porter.

Il s'approcha du sofa et sortit une main gantée de sa poche droite. Regarda la jeune femme, qui levait les bras pour attraper le café soluble, situé dans le placard du haut.

« Tu le prends avec du sucre ou… »

Ce furent ses derniers mots.

Quand ce fut fini, Mehdi laissa choir le corps à ses pieds. Recula d'un petit pas et, sans même s'en apercevoir, abandonna dans cet espace la partie la plus pure de son âme.

Il parcourut la pièce des yeux, à la recherche d'un élément résistant autour duquel accrocher la ceinture.

Et Roxane.

Ses doigts étaient tellement humides et gonflés à l'intérieur de ses gants de cuir qu'il avait du mal à les plier. Il ôta la ceinture du cou de la jeune femme et empoigna le tuyau de l'antique radiateur pour en tester la solidité.

« Qu'est-ce que… » fit une voix inconnue derrière lui.

Horrifié, il se retourna.

Un jeune homme, vêtu d'un simple boxer gris, se tenait dans l'encadrement de la porte menant à la chambre. Il avait les paupières bouffies de qui vient tout juste de se réveiller. Il était élancé, mince, presque frêle, comme ces adolescents poussés si vite que les muscles n'ont pas eu le temps de suivre le mouvement.

Leurs yeux reflétèrent un instant l'incompréhension la plus totale, mais très vite la réalité fit son chemin de chaque côté. Et les deux hommes se jetèrent l'un sur l'autre, animés par une rage de nature différente mais de puissance égale.

Le combat pourtant n'avait rien d'équitable, question de poids, de force, d'expérience et d'enjeux.

Mehdi y mit fin en attrapant le jeune homme par les cheveux et en heurtant son crâne contre le meuble de la cuisine. Le corps s'effondra à côté de celui de Roxane, inanimé.

« Putain, putain… » bégaya Mehdi.

Il sortit son téléphone, s'évertuant à contrôler la panique qui répandait des flots d'adrénaline dans ses veines et floutait sa vue au point qu'il eut du mal à trouver le nom qu'il cherchait.

51

Mercredi 6 octobre – 9 h 29

Héléna toucha son chignon, replaçant une épingle dans sa chevelure légèrement dérangée, puis fit pivoter le saphir autour de son annulaire.

« Alors c'est lui qui les a tués ? C'est Mehdi ? »

Elle secoua la tête, et une mèche argentée glissa lentement sur son front.

Ses yeux firent le tour du bureau, ne se posant nulle part, avant de finalement s'arrêter sur l'unique fenêtre, un rectangle de ciel gris cendre. Le vol d'une mouette le trancha brièvement en deux.

Héléna sursauta quand Caranne posa sa main sur la sienne.

« Vous le connaissiez du centre pour jeunes, c'est ça ? Vous avez une idée de la raison pour laquelle il aurait fait ça ?

– Je me souviens d'un homme gentil et impliqué. Il était très engagé auprès des jeunes. Son enfance n'avait pas été rose, et c'était important pour lui de mettre la main à la pâte pour aider la jeunesse du quartier où il avait grandi. Il passait tout son temps libre avec eux, les aidait aux devoirs, les initiait à différents sports. Il disait qu'il n'y avait pas mieux pour mettre les enfants sur de bons rails qu'une bonne suée hebdomadaire.

– Est-il possible qu'il ait eu une relation d'ordre intime avec Roxane ? »

La thérapeute sursauta à nouveau.

Caranne caressa doucement les doigts à la peau fine, si fine qu'il avait l'impression d'être en contact direct avec les os en dessous. De toute évidence, elle avait beaucoup de mal à appréhender cette nouvelle réalité, qui posait sur la décennie passée un éclairage terrible.

Il chercha à se mettre à sa place : un innocent avait payé pour le meurtre de son fils. Un homme qu'elle avait haï de toutes les fibres de son être chaque jour de ces dix longues années. Et un autre, auprès de qui elle avait œuvré pour le bien, était demeuré libre, et avait continué à rire, à marcher, à vivre.

À jouer avec ses propres enfants.

Oui. Les jours à venir allaient être dangereux. Il ne faudrait pas qu'elle reste seule. *Il n'allait pas* la laisser seule.

« Héléna, je sais comme il doit être difficile de faire coïncider le Mehdi que vous avez connu avec celui que vous découvrez. N'oubliez pas que…

– Les monstres n'existent pas ? le coupa-t-elle avec un petit rire sardonique. Vous vous trompez, Victor. Vous vous trompez tellement.

– Et pourtant vous croyez en une rédemption possible pour tous les hommes. N'est-ce pas contradictoire ?

– Je n'y crois plus. Plus depuis longtemps. On peut se racheter aux yeux du monde. Aux siens propres, non. Vous le savez mieux que moi. Vous n'y êtes jamais parvenu. »

Caranne fronça les sourcils.

« Bygdoy n'était pas un leurre, Héléna. Bygdoy m'a sauvé la vie.

– La mort de votre neveu était un accident. Bon sang, ça n'a rien à voir ! La rédemption est simple, dans votre cas, elle est… »

Elle ne put achever sa phrase, empêchée par une série de hoquets qui la secouèrent comme un brin de muguet dans une bourrasque.

« Calmez-vous, Héléna. Tout ira bien, maintenant. Je vous le promets. Je ne vous lâcherai pas. »

La thérapeute porta la main à sa gorge et une larme coula le long de l'arête de son nez.

« Lorsque vous étiez avec James, près de ce phare, vous êtes-vous dit que plus jamais le monde ne ressemblerait à ce qu'il était en cet instant ? N'y a-t-il pas quelque chose en vous qui sentait – qui savait – qu'un tel bonheur ne vous est accordé que si une tragédie lui succède ? »

Caranne avala péniblement sa salive. Une idée – si intolérable, si odieuse, si terrible – venait de le traverser comme une flèche empoisonnée. Et le doute de s'insinuer en lui, plus rapidement et plus intensément qu'un fix d'héroïne pure. Non, c'était impossible, ça ne se pouvait pas…

« Que vous reprochez-vous, Héléna ? Quelle faute ne parvenez-vous pas à racheter à vos propres yeux ? »

Elle se redressa un peu, mais ses épaules affaissées et la peau flétrie de son cou étaient celles d'une vieille dame fatiguée de vivre.

« Quoi ? demanda-t-elle, sonnée. Quelle faute, vous dites ?

– Oui. » Il se leva, repoussa la chaise, et recula de deux pas, comme pour la considérer sous un angle différent. « Quelle faute.

– Je ne comprends pas ce que vous me demandez. »

Sans la lâcher des yeux, il sortit son paquet de cigarettes de sa poche.

Lorsqu'il était venu la trouver pour lui faire part de sa certitude que la vérité sur la mort de son fils restait à découvrir, elle avait refusé d'entendre ce qu'il avait à dire.

Elle n'avait jamais parlé à quiconque de l'existence de Mister P.

Il avait mis ça sur le compte de l'aveuglement que provoque communément la haine vis-à-vis de celui qui vous a tout pris, mais il ne pouvait nier que cela l'avait troublé.

Parce que ça ne lui ressemblait pas. C'était même à l'opposé de tout ce qu'elle était.

Elle avait grandi dans un carcan qui avait tant influencé sa vie et ses choix que sa soif de liberté avait trouvé refuge dans cette seule pratique : la recherche constante de la vérité.

Celle des âmes qui venaient à elle pour trouver leur chemin dans le noir.

Celle d'un monde où l'hypocrisie, les faux-semblants et les manipulations étaient légion.

Il tira sur sa cigarette.

Revit entre les volutes de fumée la photo de son mari et de son fils, posant devant un torrent de montagne. Depuis son divorce, elle n'avait plus jamais connu d'histoire avec un homme. C'était ce qu'elle lui avait confié, quelques semaines avant la mort de Roxane et de Mathieu.

Et elle n'en aurait plus jamais, avait-elle ajouté avec un léger sourire.

« Aviez-vous une relation avec Roxane ? » demanda Caranne d'une voix que son trouble rendait caverneuse.

La sexagénaire ne réagit pas. Elle baissa la tête de longues secondes, avant de la relever. Les poches sous ses yeux étaient mouillées et souillées de mascara.

« Je ne comprends pas…

– Si, vous comprenez très bien. »

52

Vendredi 10 septembre 2013 – 21 h 40

« Allô ? C'est moi, c'est Mehdi ! »

Il regarda les deux corps. L'un cadavre, figé à jamais dans sa belle et sauvage jeunesse ; l'autre bien vivant et capable de revenir à lui à tout moment. Tout flic qu'il était, cette image juxtaposée de la vie et de la mort lui donna la nausée.

Il se détourna et se força à avaler sa salive.

« Elle n'était pas seule, elle…, bredouilla-t-il, les doigts crispés sur le téléphone prépayé. Je l'ai fait, mais il y avait un type dans la chambre… Elle m'avait dit qu'elle était seule, mais c'était faux. Pourquoi elle m'a dit ça, putain ! On fait quoi maintenant ?! »

Seul le silence lui répondit.

« Vous entendez ce que je vous dis ?! Il m'a vu, c'est foutu !

– Calmez-vous, Mehdi, répondit une voix claire et chaude, étonnement calme. Laissez-moi réfléchir.

– Vous réfléchissez à quoi ?! C'est foutu, je vous dis ! Je vais aller me dénoncer. C'est la seule chose à faire.

– Parce que vous croyez que votre femme va accepter qu'un meurtrier soit le père de son enfant à naître ? Nous allons en prendre pour vingt ans, Mehdi… »

La panique attrapa le flic à la gorge, l'empêchant de respirer.

« Putain, ma vie est fichue, j'aurais jamais dû vous écouter, c'était de la folie, de la…

– Nous sommes allés trop loin pour reculer maintenant. Vous savez ce que vous devez faire. Vous le savez. C'est nous, ou cet inconnu. Si ça peut vous aider à supporter ce fardeau, dites-vous que c'était ma décision. Que je ne vous ai pas laissé le choix.

– Et comment je fais, après ? Je ne peux plus faire passer ça pour un suicide.

– Vous êtes malin. Vous allez trouver une solution. »

Un léger grincement, presque inaudible, parvint aux oreilles de Mehdi. Il pivota, et crut que son cœur allait sortir de sa poitrine. Le garçon était revenu à lui et le fixait de ses grands yeux gris.

« Je vous hais. Je vous hais tellement. »

Il raccrocha, attrapa la ceinture qu'il avait laissée tomber à ses pieds et se jeta sur le jeune homme.

Les deux corps minces, côte à côte, à la peau si blanche malgré l'été qui s'achevait à peine, étaient indéniablement beaux. Les visages, en revanche, auraient donné des cauchemars à n'importe qui. Gonflés, les yeux rouges et fixes, les lèvres grandes ouvertes sur un cri silencieux.

Mehdi regarda sa montre. L'aiguille des secondes avançait beaucoup trop vite à son goût. La sueur lui coulait dans les yeux. Il l'essuya avec la manche de son blouson.

S'il partait maintenant, sans rien modifier à la scène de crime, il y avait un risque qu'on finisse par remonter jusqu'à lui. Un de ses cheveux ou de ses poils pouvait être découvert sur l'un ou l'autre des corps. On allait étudier tous les téléphones bornant dans le secteur à l'heure de la mort, et il était possible qu'on finisse par retrouver la boutique où il s'était procuré son jetable. La vidéosurveillance, les archives du centre pour jeunes… Non, c'était trop dangereux. Sans compter que la PJ rochelaise comptait quelques limiers plutôt tenaces.

Il devait leur donner un os à ronger. Un coupable idéal. C'était le seul moyen pour qu'ils ne creusent pas trop profond.

Il regarda sa montre à nouveau. Sa gorge sèche lui faisait mal, et ses doigts étaient si gonflés à présent qu'il se demanda s'il n'allait pas devoir découper ses gants pour les en sortir.

Malin. Il devait se montrer malin.

Réfléchis ! Qui, bon sang ? Qui ?

Le pragmatisme du flic se substitua alors à la panique du quidam.

Et la solution lui sauta aux yeux.

Le portable de Roxane se trouvait sur la table basse. Il fit défiler les numéros, s'arrêta sur celui de Milou et lui envoya un SMS, lui demandant s'il pouvait passer pour une *caro.*

La réponse – positive – arriva dix secondes après.

Mehdi rapprocha les deux corps, les serra l'un contre l'autre sur l'affreux tapis orange. Puis il tira le chargement jusque dans la chambre. Les deux visages se touchèrent en un dernier baiser au moment de passer la porte.

Mehdi ôta la ceinture du cou de Mathieu. Il dut s'y prendre à trois fois pour la placer correctement sur la poignée. Il ferma la porte, recula jusqu'au milieu du salon, éteignit la lumière et observa son travail, satisfait.

Il ralluma le plafonnier. Le tableau électrique se trouvait à gauche de la porte d'entrée. Aucun des fusibles n'était annoté, et il mit un petit moment à comprendre lequel correspondait au plafonnier. Il abaissa le coupe-circuit, plongeant le séjour dans le noir.

Il retourna dans la chambre, referma la porte, s'allongea sur le sol et se glissa sous le lit.

La couche de poussière et les moutons aussi gros que des balles de ping-pong le firent éternuer. Il se pinça violemment le nez. Ses larmes l'aveuglèrent.

Il regarda sa montre.

Quand Milou aurait vu les corps et aurait filé – il savait que le dealer qu'il était n'appellerait jamais les flics – Mehdi détacherait la ceinture de la poignée, la replacerait autour du cou de Mathieu, remonterait le coupe-circuit du fusible puis quitterait les lieux en laissant la porte entrouverte. Les corps seraient découverts le lendemain, à coup sûr.

Et cent flèches lumineuses pointeraient vers Milou.

Il ne méritait pas ce qui allait lui arriver.

Mais Mehdi avait une famille à protéger. Un territoire à préserver.

53

Mercredi 6 octobre – 9 h 38

Elle plongea son intense regard gris dans celui de Caranne.

« C'est vrai, il y avait quelque chose, mais je… »

Elle s'interrompit. Tourna à nouveau son visage vers la fenêtre. Derrière, le ciel gris se trouait de marbrures bleues.

« Héléna. La vérité est tout ce qui compte, vous le savez. Votre corps qui refuse de vous obéir, c'est la prison dans laquelle votre esprit vous enferme. Libérez-vous. Il est temps. »

Héléna acquiesça.

« Elle était si… C'était un être hors norme. Si forte, malgré toutes ses blessures. Si belle. Elle m'a séduite. Je suis tombée amoureuse. Pour la première fois de ma vie. Si ce n'est pas pathétique. » Un long sourire lissa les ridules de ses lèvres. « Je me sentais tellement libre. Nous avons vécu des moments incroyablement beaux et intenses. J'ai cru qu'elle éprouvait pour moi des sentiments identiques à ceux qu'elle m'inspirait. » Elle fronça les sourcils, puis détourna les yeux. « Et puis un jour, elle m'a dit qu'elle avait surpris Mehdi en train de trafiquer les comptes du centre, et qu'elle allait le dénoncer. »

Elle regarda Caranne à nouveau, mais ne poursuivit pas.

« Vous saviez. Vous saviez que c'était lui, mais vous avez laissé un autre payer à sa place. Pourquoi ? »

La sexagénaire se leva. Fit tourner le saphir autour de son doigt, jusqu'à ce qu'elle parvienne à l'ôter. Puis elle le posa sur le bureau de Mouillac et massa sa peau rougie, meurtrie par le bijou.

« Je pensais qu'elle mentait pour se mettre en valeur. Elle mentait beaucoup. Elle a compris à ma réaction que je ne la croyais pas. Elle m'a accusée de me jouer d'elle. Et elle a utilisé cet argument pour m'annoncer qu'elle comptait également aller voir l'agence régionale de santé. » Ses dents mordirent sa lèvre inférieure, et, fixant Caranne : « Pour leur dire que j'avais usé de ma position pour la mettre dans mon lit. Qu'elle avait été la victime d'une prédatrice sexuelle. Et elle a fini en me disant qu'elle avait rencontré quelqu'un. Quelqu'un qui n'avait pas l'âge d'être sa mère. Cette petite garce. »

Elle s'arrêta à nouveau. Plus rien chez elle ne tremblait. Elle respirait pleinement, et le psy voyait sa poitrine se soulever avec régularité sous le chemisier de soie. Elle tenait bien sur ses jambes. Toute trace de son malaise avait disparu. Comme si, en laissant s'écouler la vérité, son corps avait cessé d'être son ennemi. Était redevenu sien.

« Continuez, Héléna. Vous ne pouvez plus faire marche arrière. »

Elle lui sourit.

« Je sais. » Elle se rassit, et Caranne reprit place face à elle. « Je me suis sentie trahie. Et tellement idiote. Moi, une honorable thérapeute dans la fleur de l'âge, m'être fait avoir par une gamine de vingt ans… Elle avait des preuves de notre relation, des SMS… Des photos. » Elle avala sa salive. « La honte m'empêchait presque de respirer.

– Alors vous avez appelé Mehdi. »

Elle acquiesça.

« Héléna… Qu'avez-vous fait ? »

Cette fois, ce fut la thérapeute qui attrapa la main de Caranne, la serrant aussi fort qu'elle le pouvait.

« Elle allait détruire nos vies sans le moindre remords ! Et ça avait l'air de l'enchanter ! Nous avions fait des erreurs, mais de là à tout perdre… Mon métier, ma réputation, peut-être même Mathieu… »

Caranne répondit à la pression de sa main par une pression équivalente. Il avait promis qu'il ne la laisserait pas tomber. Et il allait tenir parole, quoi qu'il puisse arriver.

« Mehdi a décidé qu'il fallait l'empêcher de parler », dit Caranne.

Elle ferma les yeux. Le psy fut parcouru d'un frisson d'horreur.

« Non. Ce n'est pas lui. C'est vous. »

Après avoir repris vie, le corps d'Héléna sembla soudain s'affaisser sur lui-même. Une véritable poupée de chiffon.

D'une voix à peine audible, elle chuchota :

« Il voulait lui proposer de l'argent, mais je savais que ça ne suffirait pas. » Une pause, puis : « Mehdi m'a appelée pour me dire que les choses ne s'étaient pas déroulées comme prévu. Qu'il s'était occupé de Roxane, mais qu'il ne pouvait plus maquiller ça en suicide parce qu'il y avait quelqu'un d'autre dans l'appartement. Un jeune homme. Il l'avait assommé mais voulait tout arrêter… Il voulait aller se dénoncer. Nous dénoncer. »

Caranne sentit ses intestins se retourner dans son abdomen. L'abomination de ce qu'il entrevoyait lui coupa le souffle.

« La police m'a appelée le lendemain matin. Ils avaient retrouvé deux corps dans un appartement de Mireuil, dont un jeune homme qu'ils me demandaient de venir identifier.

Ils se sont sûrement rencontrés sur mon palier, Mathieu sortant de chez moi, et Roxane de mon cabinet… » Son regard se fit implorant. « Si j'avais su, jamais je… Jamais je n'aurais… »

Sa gorge palpita sous ses sanglots muets, tel le ventre frémissant d'un animal couché sur le flanc, à l'agonie.

54

Mercredi 6 octobre – 9 h 43

À force de maintenir sa tête dans une position peu naturelle, les muscles de son cou s'étaient ankylosés.

Maddie roula sur le dos et posa quelques secondes l'arrière de son crâne sur le revêtement froid.

Tous les civils présents sur le parking avaient été escortés au-delà du périmètre de sécurité.

Il ne restait plus qu'elle. Elle et une flopée de poulets sur les dents.

Des bribes de conversation qui lui parvenaient, elle avait compris que le preneur d'otages avait jusqu'à maintenant refusé toute communication et n'avait affiché aucune revendication. Ce qui était, apparemment, très mauvais signe.

Soudain, un crissement de pneus et de grandes éclaboussures de lumière bleue sur le bitume.

Maddie roula à nouveau sur le ventre et rampa jusqu'à ce qu'elle puisse apercevoir les roues et la partie inférieure de la bagnole de police qui avait stoppé à quelques mètres.

Les semelles de plusieurs paires de boots claquèrent autour d'elle, et les portières s'ouvrirent.

Une voix de femme se fit entendre – une voix à l'accent

ibérique, à ce qu'il sembla à Maddie, mais c'était difficile à affirmer, tant la panique y perçait.

« Où est-il ? Où est mon mari ? »

Les pieds de la femme se posèrent au sol. Ils étaient chaussés de sandales dorées, les ongles vernis de rose vif.

« Donnez-moi le bébé, Madame, lança une voix féminine.

– Non, je le garde avec moi ! Occupez-vous de Teresa, s'il vous plaît. » La femme se pencha à l'intérieur de l'habitacle. « Teresa, *mi amor*, tu restes avec la policière, d'accord ? Tout va bien se passer. » Elle recula, fit quelques pas en direction du bâtiment. « Je veux parler à mon mari. Tout de suite !

– Très bien, suivez-nous. » C'était la voix d'un homme, grave et posée, presque douce. « Je veux que vous compreniez qu'il va falloir faire attention à ce que vous allez lui dire. Le RAID prendra les choses en main d'ici trente minutes, et nous cherchons à temporiser. Essayez de le faire parler. Commencez par lui rappeler que vous l'aimez, et que… »

La suite, Maddie ne put l'entendre, parce qu'ils étaient désormais trop loin.

Ce qu'elle put voir, en revanche, ce fut la minuscule paire de baskets rouges à paillettes qui courait jusqu'à elle. Une tête aux cheveux noirs et bouclés se pencha en avant et deux yeux verts immenses rencontrèrent les siens.

Maddie sourit à la fillette et posa son index sur ses lèvres, lui intimant de ne rien dire.

La petite ouvrit de plus grands yeux encore.

« Viens avec moi, Teresa, dit la femme flic en lui prenant la main et en la tirant doucement vers elle. On va aller attendre là-bas, près des barrières. Tu connais des chansons ? Hum, tu es trop petite encore, peut-être…

– La dame de la voiture !

– C'est une chanson, ça ? Je ne la connais pas, tu veux me la chanter ? »

Maddie attendit qu'elles s'éloignent, puis pivota autour de l'axe de ses hanches. Elle rampa lentement jusqu'à l'arrière du châssis.

Prudemment, elle s'extirpa de sa cachette.

Et repéra la fillette, que la flic tenait distraitement par la main tout en échangeant avec deux de ses collègues en uniforme.

Leur colère et leur frustration se lisaient sur leurs visages.

Normal, pensa Maddie. L'un des leurs avait mis le feu à la baraque. Baraque qu'ils ne quittaient pas des yeux, au demeurant.

Un coup à manquer le reste.

55

Mercredi 6 octobre – 9 h 47

« Je voulais pas tuer Roxane, et encore moins Mathieu, geignit Ramzy, la bouche tordue en une grimace démente. C'est elle. C'était son idée. Moi je voulais lui filer du blé, à la petite, je pensais que ça suffirait à ce qu'elle la ferme. Mais elle m'a convaincu que non. » Une expression de pure fureur glissa sur son visage blême. « C'est sa faute. Elle m'a manipulé, elle m'a seriné que nos vies seraient foutues. » Il stoppa, leva les yeux vers le faux plafond en placo. « Elle m'a dit que mon enfant n'aurait pas de père. » Il se remit à s'agiter. « Ils seront obligés de le prendre en compte, putain !

– La faute de qui ? » demanda Anaïs, qui regardait le Sauer danser devant elle comme la flamme d'une allumette au-dessus d'une flaque d'essence.

Ramzy stoppa ses folles gesticulations. La dévisagea comme si elle venait de lui demander en quelle année on était et qui était le président de la République.

« D'Héléna. »

Anaïs avait du mal à comprendre. Mais ce n'était pas le moment d'exiger des explications. Il y avait peut-être là un moyen de convaincre ce cinglé de sortir d'ici sans tirer une seule balle.

« C'est qui, Héléna ? chuchota Blondinet.

– T'occupe », murmura-t-elle. Puis, à voix haute : « Tu as raison, Mehdi. C'est sa faute à elle, puisque l'initiative vient d'elle. Ta responsabilité dans cette histoire est limitée. Tu étais fragilisé par tes problèmes d'argent, ta femme était enceinte, et tu t'es laissé embobiner. Ce sera pris en compte, j'en suis sûre. »

Ramzy s'arrêta à nouveau. S'approcha de Michel, assis dos aux moniteurs vidéo, sur les écrans desquels la fourmilière qu'était habituellement le commissariat était figée, comme si un gros coup de gel lui était tombé dessus.

La rotation des images, programmée toutes les minutes, afficha de nouvelles vues intérieures et extérieures.

Anaïs vit alors une voiture débouler sur le parking, quatre flics se ruer dessus, et une femme portant quelque chose dans ses bras en sortir.

Sa femme. Ils sont allés chercher sa femme, bien sûr !

Ça faisait partie du protocole. Le RAID n'était pas encore sur place – ils arrivaient de Bordeaux –, ce devait donc être le commissaire de la PJ, lui-même coincé à la cafétéria du commissariat, comme le montraient les images, qui avait décidé de prendre les devants.

« T'en penses quoi, Michel, hein, t'en penses quoi ? » demanda Ramzy, les yeux exorbités.

Le flic frotta ses sourcils avec son pouce et son index.

« Ouais, elle a certainement raison. Ça peut être considéré comme de la contrainte. Tu devrais t'en sortir pas trop mal. »

Le regard de Ramzy passa de Michel à Anaïs, puis d'Anaïs à Blondinet. Tous retenaient leur souffle. Le bras tenant le flingue descendit lentement le long de la cuisse de Ramzy.

« Vous me prenez vraiment pour un con. »

Le canon du Sauer se redressa brusquement pour aller

s'enfoncer dans la tempe de Michel, qui ferma les yeux et émit un grognement sourd.

« Je suis foutu, putain ! hurla Ramzy, le doigt exerçant une légère pression sur la détente, le reste de son corps tendu à rompre.

– Mehdi ? C'est moi mon chéri, tu m'entends ? »

Ramzy se figea. Observa le micro intégré à la console de contrôle des caméras, et d'où semblait provenir le son. Puis ses yeux examinèrent un à un les moniteurs.

Lorsqu'il vit Carmen et la petite tête de leur enfant lovée dans son cou, chacun des muscles de son corps tressaillit. Sa gorge se contracta si fort qu'il fut incapable de prononcer le moindre mot.

56

Mercredi 6 octobre – 9 h 55

« Pourquoi il ne répond pas ? demanda Carmen d'une voix suppliante. Vous êtes sûr qu'il m'entend ? »

Le flic baissa la radio et posa une main sur son épaule.

Ils avaient choisi de se placer face à l'entrée du commissariat, qui était couverte par deux caméras. Histoire d'être certains que Ramzy ait le son ET l'image.

« Oui. Le centre de vidéosurveillance est relié à ACROPOL, le réseau radio de la police. Il nous entend. »

Carmen regarda le flic. C'était un bel homme aux cheveux gris et très courts et à la voix d'une douceur étonnante. Est-ce qu'il était ce qu'on appelle un *negociador* ? Négociateur, c'était ça, le mot français ?

« Recommencez », dit le flic de sa voix calme.

Elle approcha à nouveau sa bouche de la radio.

« Mehdi, réponds-moi, je t'en prie. Je veux juste que tu me dises que tu vas bien. »

À nouveau, le silence. Carmen secoua la tête, désespérée.

« Carmen ? Ma chérie ? »

Elle sursauta, ferma les yeux et posa une main en coupe sur le crâne de son bébé endormi. C'était son homme et elle l'aimait, quels que soient les ennuis dans lesquels il s'était fourré. Il fallait qu'elle le sorte de là.

Elle rouvrit les yeux et attrapa la radio de sa main libre.

« Mon amour, tu vas bien ?

– Carmen, je suis tellement désolé… » Il sanglotait. « Je ne suis pas un meurtrier, je ne voulais pas… »

Elle leva un regard étonné vers le flic.

Un meurtrier ? Ils lui avaient dit qu'ils ignoraient les raisons pour lesquelles il avait pris trois personnes en otages. Est-ce qu'ils lui avaient menti ?

L'accusait-on d'un crime duquel il était innocent ? Ça pouvait expliquer son geste insensé, toute cette folie…

Elle était seule, alors. Il fallait qu'elle ne compte sur personne d'autre qu'elle-même.

Se détournant du flic, elle murmura, la bouche collée à l'émetteur :

« Il faut que tu arrêtes ça, tu entends ? Je ne sais pas ce qui se passe, mais on va trouver une solution. Je te le promets. »

Seul un long silence lui répondit. Puis, elle l'entendit demander qu'on bloque la rotation des images. Elle ignorait ce que cela signifiait, mais fut rassurée par le ton calme avec lequel son mari s'était adressé à l'une des personnes qui se trouvaient avec lui. *L'un de ses otages.* Cette pensée fit remonter un filet de bile sur sa langue.

« Mehdi ? Tu m'écoutes ?

– Je suis là.

– Allez, sors de là, et on va te trouver un bon avocat. Ça va aller.

– Tu ne comprends pas, Carmen. J'ai été obligé de faire quelque chose… Je l'ai fait pour nous, pour notre famille, ils vont te dire des choses horribles, alors ne l'oublie pas, surtout…

– *Cállate !* Pense aux enfants ! Ils ont besoin de toi ! »

Les soudains sanglots de son mari lui brisèrent le cœur. Il lui paraissait si proche et si loin à la fois.

« *Mi amor*... Ne fais pas de bêtise, je t'en supplie !

– Ils vont m'envoyer en prison, Carmen. La seule idée que tu viennes me voir là-bas avec les petits...

– Ne dis pas n'importe quoi. Je suis ta femme, je le serai toujours. On n'abandonne pas l'autre au moindre petit problème ! Ce n'est pas comme ça que ça se passe, chez moi !

– Tu n'écoutes pas ce que je te dis ! On parle de meurtre, là, pas d'une contravention pour stationnement interdit ! Je n'aurai pas le courage d'affronter tout ça... Il vaut mieux pour toi et les enfants que... »

Il n'acheva pas sa phrase, mais Carmen n'en eut pas besoin pour comprendre.

Ses yeux s'emplirent de larmes.

Ses enfants. Il fallait qu'il entende ses enfants !

« J'ai Teresa avec moi ! Elle veut te parler, elle veut te dire qu'elle t'aime ! »

Elle pivota, et se retrouva nez à nez avec le flic, planté derrière elle comme un piquet.

« Allez chercher Teresa ! Vite ! »

Le flic porta son talkie à sa bouche.

« Amenez-moi la gamine. Magnez-vous ! »

Un grésillement, suivi d'un brouhaha indistinct.

« On a un problème. La petite a disparu.

– Vous déconnez. Comment... ça a pu arriver ? »

Carmen regarda le flic. Son assurance s'effritait comme une poutre rongée par les termites. Son visage à elle fut traversé d'un sourire d'incompréhension, comme si elle s'attendait à ce qu'on lui annonce que tout ceci n'était qu'un exercice en conditions réelles, et que son mari, volontaire pour jouer le rôle du forcené, était là, derrière la porte du commissariat, en train de sommer ses collègues d'arrêter de se moquer de sa piètre performance.

Mais ce sourire se transforma dans l'instant en un rictus de terreur. Elle ouvrit la main et l'émetteur radio tomba au sol avec un son mat.

« Teresa ? TERESA !!! » hurla-t-elle à pleins poumons.

Le flic fixa la femme d'un œil vide. Monta à nouveau le talkie à son menton.

« Et qu'est-ce que fout le RAID, bordel ! C'est à eux de gérer toute cette merde ! »

57

Mercredi 6 octobre – 10 h 01

Elle courait, courait aussi vite qu'elle le pouvait, un bras levé haut, la petite sous l'autre, craignant que le bus refuse de s'arrêter. Elle jeta un œil par-dessus son épaule pour vérifier que personne n'était à sa poursuite, trébucha et évita de peu la chute.

Quand elle parvint à rétablir son équilibre, elle le vit qui stoppait, là, au feu.

Et ouvrait ses portes.

Elle se dépêcha de le rattraper, monta et remercia le chauffeur en haletant. Celui-ci poussa une sorte de grognement et redémarra.

Maddie zigzagua jusqu'au fond du véhicule, croisant le regard bienveillant de quelques vieilles dames, brushing impeccable et petites mains ridées croisées sur le sac à main en cuir.

Ça s'était joué à pas grand-chose.

Une seconde d'inattention. Lorsqu'ils avaient compris que Mehdi s'était mis à parler, les deux flics en uniforme avaient fait quelques pas en direction du bâtiment, espérant attraper des bribes de la conversation entre le forcené et sa femme. Quant à la flic, elle avait lâché la main de la petite afin de passer un appel.

Maddie, dissimulée depuis plusieurs minutes derrière la voiture la plus proche, avait attendu que la fillette se tourne vers elle. La jeune femme lui avait alors fait un petit coucou de la main. Puis elle lui avait fait signe d'approcher.

La flic n'avait pas vu la fillette s'éloigner.

« La dame de la voiture », avait-elle murmuré en attrapant la main que Maddie lui tendait.

Après ça, il leur avait suffi de passer derrière la rangée de haies délimitant le parking et de la longer jusqu'à la route, barrée dans les deux sens. Trois policiers étaient postés à chaque extrémité, mais ils étaient trop loin pour les voir s'engager sur la piste cyclable, qui bifurquait opportunément vers une petite rue en dehors du périmètre de sécurité.

Maddie s'assit dans la dernière rangée, en sens inverse de la marche. Face à elle, une pub pour des cours d'anglais en ligne montrait un ours coiffé d'une toque d'étudiant.

« Ça va ? » demanda-t-elle à la fillette.

Assise sur l'un de ses genoux, celle-ci lui sourit et attrapa une mèche de ses longs cheveux châtain clair.

« On dirait des cheveux de poupée, dit-elle avec admiration.

– Et toi, petite poupée, tu t'appelles Teresa, c'est ça ?

– Oui.

– Très bien, Teresa. On va passer un coup de téléphone, toutes les deux, d'accord ?

– D'accord. Après on ira voir Maman ?

– J'espère qu'on pourra, oui. Je l'espère vraiment. »

58

Mercredi 6 octobre – 10 h 07

« QUOI ?! s'époumona Ramzy. Qu'est-ce qu'il se passe avec Teresa ?! Carmen ? »

Le canon du flingue quitta la tempe de Michel, qu'on entendit se remettre à respirer.

« CARMEN ! » cria encore Ramzy en collant presque son nez sur l'écran où sa femme, à genoux et les mains sur la bouche, était secouée de violents sanglots.

Le bébé, qu'une policière avait attrapé juste avant que sa mère ne se laisse tomber sur le bitume, s'était réveillé. Il ouvrait une bouche béante sur des hurlements muets.

« Je vais vous demander de rester calme, Mehdi », commanda une voix posée, mais derrière laquelle sourdait une légère panique.

C'était celle du grand flic, qui d'une main tenait la radio, de l'autre son portable, et qui visiblement aurait bien envoyé les deux au diable vauvert.

Trois autres agents en uniforme se tenaient à ses côtés. L'un d'eux se pencha vers Carmen, posa une main sur son épaule et lui parla à l'oreille.

Carmen repoussa fermement cette main, se redressa et partit en courant, disparaissant dans l'angle de l'écran.

Mehdi fit un pas en arrière, puis se pencha sur le micro intégré au panneau de contrôle.

« Si vous ne me dites pas tout de suite ce qu'il se passe, je vous jure que dans cinq secondes je fais un trou dans la tête de quelqu'un. »

Et, joignant le geste à la parole, Ramzy plaça le canon du Sauer contre l'arrière du crâne de Michel.

« Merde, tu fais chier, Mehdi », souffla le vieux flic, dont le flegme commençait à sérieusement se fendiller.

Sur l'écran, l'autre écarta le téléphone de son oreille, leva la tête vers le ciel. Resta immobile quelques instants. Puis, au ralenti, il approcha la radio de ses lèvres, pivota et s'adressa, pour la première fois, à l'œil de la caméra.

« Votre fille a été enlevée.

– Quoi ? Qu'est-ce que vous racontez ?

– Et on vient de m'informer que le ravisseur s'était manifesté. »

Ramzy s'écarta un peu de l'écran, comme si la lumière qu'il dégageait était soudain devenue aveuglante.

« Qu'est-ce qu'il veut ?

– Que vous vous rendiez. Sans quoi vous ne reverrez plus votre fille. »

Le silence qui tomba sur la pièce avait la densité du marbre.

« C'est de la merde, ce que vous me racontez, finit par lâcher Mehdi. Elle n'a pas été enlevée. Amenez-la-moi, je veux la voir.

– Je vous jure que c'est la vérité, Mehdi. »

La crosse du Sauer heurta plusieurs fois le panneau de contrôle, si violemment qu'un morceau de plastique de la taille d'un sous-verre vola à plus d'un mètre de là.

« Arrêtez de prononcer mon nom à tout bout de champ !!! Je vous rappelle que je suis flic, moi aussi, alors arrêtez de me prendre pour un con avec vos stratagèmes de merde ! Je vais buter tout le monde et me flinguer, si vous continuez ! Je vous jure que je vais le faire ! »

Il se tourna vers Anaïs et Blondinet.

« La vie m'a jamais fait de cadeau, à moi ! Jamais ! » Il leva l'arme vers eux en avançant. « Je vois pas pourquoi je vous en ferais un, à vous. »

Le flingue dévia de quelques degrés, ciblant la fliquette.

« Pourquoi t'es venue fouiner, toi, hein ? Pourquoi t'as eu besoin de venir foutre ma vie en l'air ! »

Il avança encore d'un pas. Le canon du Sauer n'était plus qu'à quelques centimètres de la tête d'Anaïs. Blondinet baissa les yeux et laissa échapper un gémissement suraigu.

Anaïs ne bougea pas d'un cil. Le mépris qu'elle éprouvait à l'égard de l'homme qui la tenait en joue se lisait sur chaque millimètre carré de son visage.

Le Sauer tremblait.

Pas elle.

Plutôt crever que de montrer à cette pourriture qu'elle était terrorisée.

D'ailleurs, à bien y penser, elle ne l'était pas. Terrorisée. Une partie d'elle espérait même qu'il appuie sur la détente.

Il lui avait volé tout ce qui comptait. Alors maintenant, qu'il ait la décence de finir le boulot.

Mais un mouvement sur l'écran, dans le prolongement de son regard, restaura en un instant son instinct de survie.

« Elle est revenue, fit-elle avec un geste du menton. Ta femme est revenue, pauvre connard. Si tu veux nous flinguer, je te conseille d'écouter ce qu'elle a à dire, avant. Elle m'a l'air d'avoir hérité des couilles qui t'étaient destinées à l'origine. »

Ramzy se retourna. Carmen tenait la radio et fixait l'objectif de la caméra.

Quand elle parla, il n'y avait plus trace dans sa voix de la moindre épouvante.

Seulement une détermination sans faille, qui faisait siffler chaque syllabe comme le couperet d'une guillotine.

« Je sais ce que tu as fait, Mehdi. Rends-toi. Sinon ils vont la tuer. Ils vont tuer Teresa. Et ça, je ne te le pardonnerai jamais, tu m'entends. Jamais. »

L'homme se tourna à nouveau vers Anaïs.

« Tout est ta faute, sale garce. »

Il leva l'arme.

Et tira.

59

Mercredi 6 octobre – 10 h 15

Caranne et Héléna sursautèrent.

« C'était un coup de feu ? » demanda la thérapeute, terrifiée.

Caranne se leva d'un bond, une sueur glacée couvrant soudain sa nuque. Le visage d'Anaïs emplit un instant la totalité de son champ de vision. Il ferma les yeux.

« Non. Deux. Deux coups de feu. »

La tête d'Héléna tomba sur sa poitrine, comme si les muscles de son cou avaient brusquement fondu.

« Je suis désolée, tellement désolée…

– Je sais, Héléna.

– Si jamais quelqu'un d'autre perd la vie… »

Caranne se tourna vers elle.

« Fermez-la. »

Elle reçut ces mots comme une gifle. Releva doucement la tête, un faible sourire aux lèvres.

« Ça fait dix ans. Dix ans que je me demande qui viendra me chercher. Je sais que c'est absurde de dire ça, mais je suis heureuse que ce soit vous. »

Caranne s'approcha de la porte et se colla à la vitre. Mouillac et Babiak étaient invisibles. Qu'est-ce qu'il se passait, bon sang !

Il pivota et s'adossa à la porte.

« Je ne comprends pas comment vous avez pu laisser un innocent payer à votre place. »

Elle laissa échapper un rire, empreint d'amertume et de désabusement.

« Je me suis persuadée que le monde se porterait mieux si les choses se passaient ainsi. Un dealer arrêtait de distribuer ses poisons, et je continuais d'aider ceux qui en avaient besoin. Vous savez que j'ai sauvé de nombreuses vies, Victor. Que j'ai permis à des milliers de personnes de mieux vivre !

– Ce n'est pas comme ça que ça marche.

– J'en suis consciente. Mais j'avais perdu mon fils. Tout ce qui me restait, c'était ce que je pouvais apporter aux autres. Derrière les barreaux, je n'aurais aidé personne.

– C'est de la mauvaise foi, Héléna. Vous aviez peur, c'est tout.

– Je n'ai jamais eu peur de la prison.

– Ce n'est pas de ça que je parle. »

Elle se leva, attrapa entre deux doigts le saphir posé sur le bureau et le remit à son annulaire.

« De quoi d'autre ?

– Vous étiez terrorisée à l'idée d'anéantir votre image. Toutes ces années de travail, d'acharnement pour gagner le respect de vos pairs, puis celui du monde entier… La papesse du deuil… Qu'aurait-on dit de vous en découvrant la vérité ? Que vous, que vous… » Caranne secoua lentement la tête, soudain accablé.

« Que j'avais commandité le meurtre de mon propre fils ? Je ne l'aurais pas supporté, en effet. Mais qui le pourrait ? Ne jamais avoir à prononcer ces mots, c'était une façon de maintenir la réalité à distance. Une chose si monstrueuse n'a pas besoin qu'on l'aide à vivre. » Les yeux gris se fermèrent à demi, comme ceux d'un chat. « Vous ne savez pas ce que c'est que d'avoir à grandir dans une famille qui n'exige de vous que le meilleur, sous peine de vous retirer son amour.

– N'essayez pas de vous justifier, Héléna, rien ne peut… »

BAM !

Le cœur de Caranne bondit dans sa poitrine.

Il fit volte-face et se retrouva face à la paluche de Babiak, paume moite écrasée contre la vitre.

« Ouvrez cette foutue porte, Caranne ! »

Le psy l'arracha presque de ses gonds, sortit dans le couloir et la referma derrière lui.

« Que s'est-il passé ?! C'était quoi, ces coups de feu ?

– Le RAID vient d'intervenir, mais Ramzy était déjà sous contrôle. Merci les mecs, vous avez été très utiles ! » Il jeta un œil par-dessus l'épaule de Caranne, vérifiant la présence d'Héléna dans la pièce. « Je viens pour coffrer la mère Beaulne. Merde, je sais pas si j'ai envie de vous raconter. C'est vraiment moche.

– Je suis déjà au courant. Mais les otages ? Anaïs ? »

Babiak soupira.

60

« Elle vous a laissé la petite et elle est partie, comme ç, sans rien dire ? »

La vendeuse replaça un flacon de parfum en forme de buste féminin sur l'étagère et fronça ses sourcils épaissis au crayon.

« Si, elle a dit quelque chose.

– Quoi ?

– Qu'elle aimait beaucoup mes chaussures. »

Caranne soupira.

La vendeuse sourit de ses lèvres cerclées d'un trait chocolat et attendit qu'il se passe quelque chose. Mais Caranne n'avait rien de plus à lui demander.

De toute façon, les flics étaient passés avant lui. Si elle avait lâché quoi que ce soit susceptible de mener jusqu'à Maddie, à l'heure actuelle celle-ci serait derrière les barreaux.

Après son appel au commissariat, ils n'avaient mis que quelques instants à l'identifier et à géolocaliser son téléphone.

Tous les agents disponibles s'étaient alors dispersés dans le centre de La Rochelle, à la recherche d'une jeune femme de vingt ans aux longs cheveux châtains, accompagnée d'une fillette de deux ans.

Quand, quelques minutes après, Ramzy était sorti menotté du commissariat, le chef du RAID – qui venait de reprendre le contrôle des opérations – avait tenté de contacter la jeune femme.

Un téléphone s'était alors mis à sonner au fond d'une poubelle de la rue du Minage, entre un magasin de baskets ultra tendance et une pâtisserie à sept euros la tartelette aux framboises.

Un sans-abri avait plongé son bras dans la poubelle, récupéré le téléphone, décroché et répondu avec indignation que non, il ne s'appelait pas Maddie, mais Jojo la Paluche.

Puis le standard avait reçu l'appel d'une vendeuse en parfumerie, qui disait avoir dans sa boutique une petite fille nommée Teresa.

Une jeune femme la lui avait confiée en lui recommandant de prévenir la police.

Comment Maddie avait-elle appris que Ramzy s'était rendu ? Personne ne le savait. Les événements étaient arrivés dans un laps de temps si court que la presse n'avait pas eu le temps d'exploiter la nouvelle et était arrivée sur place bien après la bataille.

Mais peut-être la jeune femme n'avait-elle jamais eu l'information.

C'était en tout cas ce que pensait Caranne.

Il savait aussi que Maddie aurait été incapable de toucher à un cheveu de la gamine.

Et cela, il était à peu près le seul à le penser.

Il y avait maintenant une semaine qu'elle s'était évaporée.

Il ignorait s'il devait s'en réjouir ou en pleurer. Ne pas savoir où elle se trouvait, si elle allait bien, si elle était même encore en vie, lui était difficilement supportable.

Mais sa réapparition signifiait, pour la récidiviste qu'elle était, une très lourde peine de prison.

Il fit le tour de la parfumerie, incapable de comprendre l'utilité de la moitié des instruments qu'il avait sous les yeux.

À quoi pouvait bien servir un bouclier à mascara ? Et une pierre Gua-Sha ?

Il reposa le galet rose sur la pile, le lexique de tout cet outillage esthétique lui paraissant soudain tristement belliciste.

Y avait-il ici la moindre chose susceptible de plaire à Anaïs ? Il aurait voulu lui faire un cadeau.

Mais il n'était clairement pas au bon endroit.

Les deux balles que Ramzy avait tirées ne l'avaient pas touchée. Il avait volontairement visé à côté, avant de laisser tomber l'arme à ses pieds, de se tourner et de lui offrir ses poignets.

Mais elle avait refusé de lui passer les menottes, laissant Michel s'en charger.

Elle avait déjà dit adieu à la police.

Elle n'était déjà plus une flic.

La jeune femme ne répondait que très rarement au téléphone, et quand elle le faisait, sa conversation évoquait les scènes les moins bavardes d'un long-métrage bergmanien.

Elle n'avait jusqu'ici ouvert sa porte à personne.

Il retourna au rayon parfum, aspergea une languette en papier d'un pschitt de fragrance aux notes abominablement sucrées. Il éloigna la languette en grimaçant, sous l'œil à la fois amusé et curieux de la vendeuse.

Il la salua d'un geste de la main et sortit de la boutique.

Dehors, le monde continuait de tourner. Les gens faisaient leurs emplettes avant de rentrer chez eux, une journée de travail supplémentaire dans les jambes. Il croisa une jeune femme, qui n'avait de Maddie qu'un très vague air de ressemblance. Pourtant il ne put s'empêcher de se retourner et de la regarder s'éloigner.

Après trois jours où Milou, Ramzy, Héléna et Maddie avaient fait la une de la presse, l'émulation autour de l'affaire était retombée. Sans doute le devait-on à la découverte de ces ossements d'enfants, déterrés dans le jardin d'un enseignant que tous ses voisins décrivaient comme « discret mais poli, on est totalement sous le choc ».

Oui, le monde continuait de tourner, et ses atrocités poursuivaient leur irrépressible quadrille.

Le psy fit quelques pas, les yeux sur le pavé. C'était à Milou qu'il fallait se raccrocher. À Milou, ou plutôt à la pensée qu'ils étaient parvenus à le sortir de là. À lui sauver la vie, même si sa vie, aujourd'hui, se résumait à des soins quotidiens dans l'aile fermée de l'hôpital psychiatrique Marius-Lacroix.

Les médecins se montraient modérément optimistes. Dans le meilleur des cas, le patient pourrait sortir dans un an ou deux. Quoi qu'il en soit, il allait souffrir jusqu'à la fin de ses jours de plusieurs troubles sérieux.

« Il est libre, c'est le plus important. Et c'est grâce à toi, Anaïs. »

À l'autre bout du fil, les mots se faisaient attendre. Et étaient invariablement négatifs.

« On n'est pas libre quand on vous a volé votre vie. »

Il n'était pas difficile de deviner qu'elle parlait autant de Milou que d'elle-même.

Il allait lui falloir du temps, mais Caranne tentait de se persuader qu'elle finirait par rebondir.

Il ne la lâcherait pas.

La vitrine de l'épicerie fine devant laquelle il stoppa lui renvoya son reflet, que les spots multicolores scindaient en plusieurs fragments distincts. Il repensa à la dernière fois qu'il avait formulé cette promesse et détourna les yeux de sa propre image chahutée.

Héléna se trouvait en détention provisoire, à l'autre bout du pays. Il avait prévu de lui rendre visite la semaine suivante.

Mais si l'on ne peut pas pardonner, ça ne vaut pas la peine de vaincre, disait Victor Hugo.

Il était temps. Temps de pardonner à Maddie, à Héléna. À lui-même.

Les monstres n'existent pas. C'était sa seule certitude en ce monde.

Il n'y a que des hommes, des femmes.

Et toutes les passions qui les consument.

Épilogue

24 décembre – 20 h 55

« Elle aurait été aperçue à Mexico, sur la vidéosurveillance de l'aéroport.

– Maddie ? Vous êtes sûr ? Mexico ? Mexico ?

– Vous êtes devenu sourdingue ou quoi ? »

Caranne entendit le cuir d'un canapé gémir, signe que Babiak venait de s'y laisser tomber.

« Je suis juste étonné. Vous êtes certain que c'est elle ?

– Non, pas certain. Mais pour avoir vu les images, ça lui ressemble assez.

– Qu'est-ce qu'il va se passer maintenant ?

– Rien du tout. Le Mexique n'a pas d'accord d'extradition avec la France, et on a autre chose à foutre que de courir après une fille qui nous a peut-être épargné un gros bain de sang au sein même du commissariat. »

Les deux hommes restèrent silencieux une minute.

« OK. Merci d'avoir appelé.

– Joyeux Noël, Caranne.

– À vous aussi, Capitaine.

– J'aime autant que vous m'appeliez Babiak. »

Caranne raccrocha, glissa une cigarette entre ses lèvres et sortit dans le jardin.

Au bout, l'obscurité donnait au cabanon un aspect inquiétant, comme la tête d'un monstre qui se serait échoué, à bout de force et après une traversée homérique, sur les falaises du Plomb.

Et derrière, on ne devinait l'océan qu'aux points lumineux qui s'y noyaient. Il leva la tête. Les étoiles constellaient la nuit. Quelle heure pouvait-il bien être au Mexique ?

Il secoua la tête en souriant.

Puis il se tourna vers la cuisine. Derrière la porte vitrée, Pénélope et Marcus étaient en grande discussion. La première remonta ses petites lunettes rondes en haut de son nez, le second gratta vigoureusement la naissance de ses cheveux sous son bonnet de père Noël.

À leurs gestes, Caranne crut déduire que le désaccord concernait l'énorme dinde rôtie posée face à eux.

Marcus fit la grimace, attrapa une bouteille de blanc et resservit leurs verres ballons encore à moitié pleins.

Le psy se détourna et composa un numéro.

On décrocha à la première sonnerie.

« Joyeux Noël, Anaïs. Ça fait un bail.

– Je sais. Excuse-moi, j'ai été un peu occupée.

– Heureux de l'entendre. On peut savoir à quoi ?

– Oh, tu sais, qui dit nouvel appartement dit décoration d'intérieur, ameublement, tout ça. J'essaye d'avancer, tu vois. »

Caranne lâcha un rire nerveux.

« Décoration d'intérieur ? Te fous pas de moi. Tu sais que je suis à deux doigts de forcer ta porte pour vérifier que tu n'es pas couverte de puces et que tu ne te nourris pas de croquettes pour chat.

– Mais je te dis la vérité !

– Anaïs, la dernière fois que je t'ai eue au téléphone, tu avais l'air shootée aux médocs et…

– Mais pas du tout, je…

– Laisse-moi finir ! T'étais shootée aux médocs et tu m'expliquais que tu allais devenir chasseuse de primes aux Philippines.

– Écoute, viens chez moi quand tu veux, tu verras par toi-même. Je vais vraiment mieux. Vraiment. Beaucoup. Mieux.

– Demain ?

– Non, pas demain, je…

– Tu vois, comment tu veux que je croie un traître mot de ce que tu me dis ? Je suis ton ami, merde ! Ça fait des mois que je me ronge les sangs ! »

Il entendit la jeune femme lâcher un long et profond soupir. Puis :

« Si tu m'avais laissée finir, je t'aurais dit : la semaine prochaine, plutôt.

– La semaine prochaine ?

– Oui. Mardi. Tu peux, mardi ?

– Vendu. Tu ne passes pas les fêtes chez tes parents, j'imagine ?

– Non.

– Écoute, si tu es toute seule ce soir, viens à la…

– Je ne suis pas toute seule, le coupa-t-elle. Juré. »

Caranne resta silencieux quelques secondes, avant de faire claquer sa langue sur son palais.

« OK. À mardi, alors ?

– Ça marche. Joyeux Noël, Victor. »

Anaïs fixa l'écran de son téléphone jusqu'à ce qu'il redevienne noir.

« Pourquoi t'as décroché, t'es con ou quoi ? »

La jeune femme qui venait de parler avait les cheveux bruns et très courts, et flottait dans une chemise à carreaux noir et jaune.

Anaïs releva la tête. Son œil droit était couvert d'un voile blanchâtre. Le gauche envoya quelques éclairs noirs à Maddie.

« Tu connais Victor. Si j'avais pas répondu, il aurait été foutu de débarquer pour vérifier que je ne m'étais pas pendue avec une saleté de guirlande de Noël.

– Ouais, t'as raison. C'est bien son genre.

– Bien sûr que c'est son genre. Bon, on fait quoi maintenant ?

– À propos de ça ? demanda Maddie, un doigt pointé vers le sol.

– Évidemment, à propos de ça », répondit Anaïs en désignant du menton le cadavre de Colin Servier, étendu sur le tapis Ikea qu'elle avait choisi au hasard parmi cent autres tapis Ikea.

Elle s'accroupit, pencha la tête sur le côté afin d'apercevoir le visage exsangue du chauve aux petits yeux rapprochés.

« Je sais pas si je vais réussir à retrouver le sommeil un jour… »

Maddie haussa les épaules.

« Il a tabassé une petite vieille à mort. Moi, à ta place, je dormirais vachement mieux, à partir de maintenant. »

Anaïs se releva en frottant son œil mort de son poing fermé.

« Bon, mais ça ne répond pas à ma question : qu'est-ce qu'on fait maintenant ? »

Remerciements

Merci à toute l'équipe des éditions du Seuil, et en particulier à Antoine Toureix, Juliette Plé et Hugues Jallon.

Merci aux éditions Points, et en particulier à Natalie Beunat et Mireille Tykaert.

Merci à Alba Ombieri, Nathalie Fleuret et Pierre Lalanne, mes bêta-lecteurs.

Immense merci à Adrien Le Braz, consultant police super impliqué – toute approximation, inexactitude ou liberté prise vis-à-vis de la réalité est totalement de mon fait.

Merci à Jacques Saussey, on ne pourrait rêver meilleur soutien.

Et merci à Gwenaëlle Denoyers, toujours.

RÉALISATION : NORD COMPO À VILLENEUVE-D'ASCQ
ACHEVÉ D'IMPRIMER SUR ROTO-PAGE
PAR L'IMPRIMERIE FLOCH À MAYENNE
DÉPÔT LÉGAL : FÉVRIER 2024. N° 154182 (104115)
IMPRIMÉ EN FRANCE